바람과 구름과 비

바람과 구름과 비 8

ⓒ 이병주 2020

초판 1쇄   2020년 5월 15일
초판 2쇄   2022년 10월 14일

지은이   이병주
펴낸이   이정원

펴낸곳   그림같은세상
등록일자   1995년 5월 17일
등록번호   10-1162
주소   경기도 파주시 교하읍 문발리 파주출판단지 513-9
전화   031-955-7374 (마케팅)
           031-955-7384 (편집)
팩스   031-955-7393

ISBN   979-11-90831-00-0 (04810)   978-89-960020-0-0 (세트)

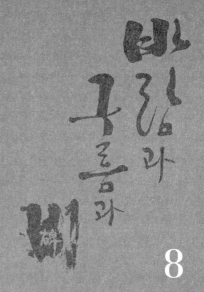

바람과 구름과 비

8

이병주 대하소설

그림같은세상

차례

泥中蓮花

이중연화의 장

章

"그 규수가 누군지 알아봅시다."

하고 최천중이 다시 정색을 했다.

"제왕의 상을 가진 청년의 배필로서 왕후의 상을 가진 규수를 찾는다고 하고서 그런 상을 지니지 않은 규수를 알아 뭣에다 쓸 거요?"

곽선우는 비스듬히 익살을 섞었다.

"농담이 아니오, 곽공."

최천중의 말이 약간 거칠게 나왔다.

"나도 농담이 아니외다, 최공."

곽선우도 정색을 하고 말을 이었다.

"내가 말하고 있는 규수는 누구이건 한번 보기만 하면 찬탄하지 않을 수 없는즉, 혹시 최공이 보시고 본의 아닌 생심을 하여 그 청년과 배합되었을 때 장차 그 청년이 제왕이 되지 못했을 경우 규수를 탓하는 일이 있어선 안 되겠기에 신중을 기하는 것이오이다."

"나는 그처럼 편벽한 사람도 아니고, 혹여 무슨 일이 있다손 치더라도 남을 탓하진 않소. 그러니 세상사를 얘기하는 지나가는 말로 그 규수가 누구인가를 알려줄 수 있지 않겠소?"

"좋소이다. 나 자신의 사정이 다소 꺼림칙하지만 말하리다. 그 규수는 유덕로의 둘째딸이오."

"유덕로의 둘째딸?"

하고 최천중이 놀란 것은, 황봉련의 얘기를 듣고 이제 막 유덕로의 집을 다녀왔고, 그 얘길 이미 곽선우에게 한 일이 있는, 바로 그 장본인이었기 때문이다.

"최공도 아까 말씀하지 않았소?"

곽선우가 웃음을 띠고 말했다.

"설마 농담은 아닐테죠?"

최천중이 물었다.

"결코 농담이 아니오."

곽선우의 말은 단호했다.

그러자 최천중이 중얼거렸다.

"유덕로 같은 부덕한 인간이 어떻게 그런 훌륭한 딸을 낳았을까?"

"두생두豆生豆라, 콩은 콩을 낳는다지만, 두중豆中에도 상두上豆가 있고 하두下豆가 있는 법이오. 마찬가지로 소인생대인小人生大人할 수가 있고, 대인생소인大人生小人할 수도 있는 게 아니오? 순舜 임금의 아버지는 소인 축에도 끼이지 못했소. 그래도 성군을 낳지 않았소? 부모를 보고 아들딸을 점치는 것은 흔히 있는 일이오만, 더러는 특출이란 게 있소. 계불생봉鷄不生鳳이지만 비인생성卑人生聖은 있는* 법이오. 유덕로의 둘째딸은 과연 이중泥中의 연화蓮花이며, 역중礫中의 주옥珠玉**, 숙녀 중의 요조窈窕이오."

"어떻게 곽공은 그 규수를 그렇게 잘 알고 계시오?"

"식객 수십 년으로 동가식서가숙하고 있으면 피치 못할 부탁을 받는 수가 있소이다. 그래, 모문某門의 부탁을 받고 월장越牆으로 보길 수 번, 그 용모와 용자와 언동을 살핀 결과, 아까와 같은 심량心量을 하였소."

"한데, 왜 모문과의 혼담이 성립되지 않았소?"

"이유 가운데 갖가지가 있었지만, 유덕로란 인간은 그 딸을 미끼로 엄청난 야심을 품고 있는 것 같소이다."

"엄청난 야심이라뇨?"

"짐작컨대, 대궐을 노리고 있는 것 같소."

"대궐? 궁인으로 하겠다는 건가요?"

"왕의 호색을 빙자하여 야심을 펴보겠다는 뜻인 것 같습니다."

"흠!"

하고 최천중은 술잔을 비웠다. 있을 수 있는 일이었다.

"그러나…"

하고 최천중이 물었다.

"위位는 인신人身을 극하고 재는 광에 넘쳤는데, 또 무엇을 바라

---

* '닭이 봉황을 낳을 순 없지만, 비천한 사람이 성인을 낳을 수는 있다.'
** '진흙 속의 연꽃, 자갈 속의 주옥.'

11

고 그런 야심을 품었을까요?"

"유덕로는 중전의 파경을 미리 점치고 있는 모양이외다."

"그런 막연한 야심으로 딸자식을 늙히겠다는 건가?"

"너덧 해는 기다려봄직한 나이요. 그 규수의 연치年齒는 아직 열여섯이니까요."

"열여섯이라."

하고 최천중은 마음속으로 육갑六甲을 짚어보았다. 무진년戊辰年이었다. 왕문은 갑자생甲子生이니 연치로선 어긋남이 없었다.

"한번 보고 싶은 생각이 없으시오?"

곽선우가 넌지시 물었다.

"이중의 연화요, 역중의 주옥이기로서니, 그 아비인 유덕로의 야심이 그 모양이라면 본들 무슨 소용이 있겠소이까?"

최천중이 텁텁하게 말했다.

"금강산은 보기만 해도 금강산이 아니오리까."

하곤 곽선우는 다음과 같은 의미심장한 말을 했다.

"그 청년으로 하여금 제왕의 꿈을 버리게 하고라도 그 규수를 맞았으면 하는 생각을 최공이 하신다면 성취되도록 내가 견마지로를 다하리다. 하나, 그러기에 앞서 최공이 말하는 청년을 내가 한번 보아야 하겠소."

"그 청년이 스스로 제왕의 꿈을 가지고 있는 것이 아니오. 제왕의 상과 사주를 가졌다는 얘기요."

"하여간 내가 한번 그 청년을 보고 싶소. 사실은 모문의 부탁을 받아 주선하면 유덕로의 야심쯤 꺾어놓을 방책이 있었지만, 그 모문의 아들이란 게 내 마음에 들지 않았소. 한마디로 말해 그 규수에 어울리는 군자가 아니었더란 말요. 그래서 유덕로의 거절을 평계로 하여 그 주선을 그만둔 거요."

"꼭 그럴 의향이시라면 내가 먼저 그 규수를 보리다."

"안 돼요. 내가 먼저 청년을 보아야 하겠소."

서로 양보하지 않고 각기의 주장을 세우려고 입씨름을 벌이고 있는 동안에도 술잔은 계속 오갔다.

최천중도 술에 강했지만 곽선우도 만만치가 않았다. 이미 두주斗酒*를 마셨을 것인데도 두 사람 모두 혀끝 한 번 흐트러지질 않았다.

"야심하오이다. 방으로 들어가사이다."

하고 소녀가 옆방으로 들어가더니 자리를 펴는 모양이었다.

"아무렴. 야심해서 돌아갈 순 없겠소."

하고 곽선우는 최천중을 건너다보았다. 곽선우 자신은 어디이건 앉은 자리가 자는 자리로 되어 무방한 것 같았다. 곽선우는,

"양야양주良夜良酒에 봉양우逢良友하면 비로소 인간의 득의得意를 느낄 수 있다는 얘기지."

하고 술잔을 내밀었다.

"할 수 없죠. 오늘 밤엔 이 집에서 신세를 져야겠소."

술잔을 받으며 최천중이 말했다.

새벽의 잠결에 어슴푸레 들려오는 소리가 있었다. 그 소리의 연

---

* 말술.

속을 좇고 있는 동안에 차츰 최천중의 의식이 깨어났다. 소리는 나직이, 그러나 낭랑하게 들렸다. 분명히 독경하는 소리였다.

최천중은 무심코 귀를 기울였다.

"불고문수사리佛告文殊師利하사대 약보살마하살若菩薩磨何薩이 어후악세於後惡世에 욕설시경欲說是經인덴 당안주사법當安住四法이 즉사안락행야卽四安樂行也니, 일一은 정신행正身行이요, 이는 정어행正語行이요, 삼은 정의행正意行이요, 사는 대비행大悲行이니, 계삼업이대비자繼三業以大悲者는 삼업三業이 기정旣正하면 즉정지진정則正智眞淨하여 체득기리逮得己利하리니 수기대비須起大悲하여 굉행이타宏行利他하사 지비상제智悲相濟하여서 내능어악세乃能於惡世에 연설시경演設是經하사대 득무제난得無諸難하시리니…"

조용한 독경 소리는 잔잔한 호수 위를 건너가는 미풍을 닮아 있었다. 최천중은 자기가 누워 있는 방이 임진집의 아랫방이란 것을 짐작하여, 그 독경 소리가 위채에서 흘러나오는 것을 확인했다.

'이상도 하다. 술집에서 새벽에 독경 소릴 듣다니…. 그렇다면 이 집의 안주인은 불교 신자란 말인가.'

독경 소리가 여성女聲이었기 때문에 최천중은 이렇게도 생각을 했다.

독경 소리는 요요*하게 끝나질 않았다. 최천중은 진행되고 있는 독경 소리에 귀를 기울이면서, 그 독경 소리에서 들은 문자를 마음

---

* 소리가 길고 간드러짐.

속에서 되뇌고 있었다.

'수기대비하여 굉행이타하사 지비상제하여서….'
라는 대목이었다.

'한데, 수기대비는 어떻게 해야 되는 것일까? 실지로 행하지 못하
면 공염불로 되는 것이 아닐까?'

이런 의혹이 심중에 일었지만, 최천중은 그 독경 소리를 듣고 있
으니 차분한 심정이 되었다.

그는 독경 소리가 끝나길 기다려 방에서 나갔다. 변의便意를 느
꼈기 때문이다. 멀리 서쪽 하늘에 가느다란 윤곽의 잔월殘月이 있
었다. '서창일편잔월담西窓一片殘月淡'**이란 시구가 뇌리를 스쳤다.
그렇다면 그 전구前句는 다음과 같이 되어야 할 것이 아닌가도 싶
었다.

'천춘객사효문경淺春客舍曉聞經.'***

측간에서 돌아오니, 곽선우가 일어나 앉아 있었다. 최천중이 물었다.

"곽공도 독경 소릴 들었소?"

"그 소리에 잠을 깼쇠다."

"이 집 안주인의 독경인가요?"

"안주인이 모시고 있다는 마님이 와 계신 것 같소."

최천중은, 절에 몸을 의탁하고 불도에 정진하고 있으면서도 삭발
하지 않고 재가의 신도처럼 행사하고 있다는 그 여인의 경력을 알

** '서창에 기우는 한 조각 달이 맑다.'
*** '이른봄 객사에서 새벽 독경 소리를 듣는다.'

15

고 싶어 하는 심성이 동했다.

곽선우가 측간으로부터 돌아오길 기다려 그 뜻을 밝혔더니, 자기로선 남의 일을 전색*하고 싶지 않으나,

"최공의 부탁이니 한번 알아보도록은 하겠소이다."

하며 순순히 응했다.

세숫물이 날라져 오고, 이어 아침 밥상이 들어왔다. 지난밤의 과음을 달랠 수 있는 조촐하고도 알뜰한 밥상이었다.

최천중은 아침밥을 먹고, 중간채 마루 끝에 걸터앉은 곽선우와 안주인의 대화에 귀를 기울였다.

"새벽의 독경 소리에 일체죄장一切罪障이 씻긴 듯하오이다. 스님에게 고맙다고 여쭈어주시오."

한 것은 곽선우.

"스님이 아니오이다. 제가 모시고 있는 마님이오이다."

한 것은 안주인.

"마님은 고향이 어디시온지?"

"마님의 고향이 제 고향입니다."

"그럼 임진강변?"

"예, 그렇소이다."

"임진강변이라고 해도 넓은 데 아닙니까?"

"그러하옵죠."

---

* 물어서 앎.

"그러니까 동리 이름이라도 알고자 하오이다."

"동리 이름까지 아셔서 무엇을 하시려고 그러십니까? 주인 손님 간에 대강의 고장만 아시면 되올 것을…."

이런 말이 오가는 사이, 최천중은 임진강변에 용주골이란 곳이 있다는 기억을 더듬어냈다. 연치성의 아버지가 퇴관 후 음서**하던 곳이다.

최천중이 나직이,

"곽공."

하고 불러놓곤,

"혹시 용주골이란 델 아시는지 물어보시오."

했다. 최천중의 그 말이 안주인에게도 들렸던 모양이다.

"용주골을 어떻게 아십니까요?"

하는 안주인의 말에 놀란 빛이 있었다.

"용주골엔 제가 잘 아는 어른이 계셨소이다."

최천중이 소리를 약간 높여 말했다.

이번엔 안방에서 안주인에게 뭐라고 하는 말이 있었다. 그 말을 받아 안주인이 물었다.

"용주골의 누구를 알고 계시는지, 마님께서의 말씀이오이다."

최천중은 연치성의 아버지를 상기했다.

"전에 강릉부사로 계셨던 연백호란 어른을 알고 있습니다."

갑자기 조용해진 느낌이었다. 안주인은 안방으로 들어가고 곽선

** 陰棲: 조용히 삶.

우가 돌아왔다. 그리고

"이 이상의 말은 묻질 못하겠소이다."

하고 자리에 앉았다.

최천중은, 용주골이란 이름을 대자 안주인의 태도에 변화가 있었다는 사실을 깨닫고 '혹시' 하는 생각을 해봤다.

분명히 그들은 용주골과 관계가 있는 사람들일 것이라고 짐작할 수 있었다.

연백호를 알고 있을 것이라고도 짐작할 수가 있었다.

'그렇다면 연치성을 알고 있을 것이다.'

상상이 뻗어나가는 과정에서,

'혹시 독경을 한 여자가 연치성의 어머니 아닐까?'

하는 상념에 부딪혔다.

연치성은 아직껏 어머니를 찾고 있었다. 연치성의 말로는, 어머니가 살아 계시면 지금 쉰일곱 살이라고 했었다.

'우선 나이라도 알아볼 수 있으면….'

하는 마음으로 곽선우에게,

"곽공, 그 마님의 연세라도 알아보고 싶소이다그려."

하고 은근히 간원하는 눈짓이 되었다.

"호사호기好事好奇는 군자의 소기所忌*일 뿐 아니라, 비록 노인이라고 하지만 여자의 나이를 묻는다는 건 실례가 안 되겠소?"

곽선우의 쓸쓸한 말이었다.

---

* 일 벌이기 좋아하고 새롭고 신기한 것을 좋아함은 군자가 피해야 할 것.

"호사호기는 군자 소기란 걸 모르는 바는 아니오만, 각별한 연유가 있어 연세라도 알아보려는 거요."

하고, 최천중은 연치성의 이름을 들먹이지 않고, 다섯 살 때 헤어진 어머니를 찾고 있는 사람이 있다는 사연을 말했다.

"그래도 연세를 물어본다는 건 좀 뭣하구려."

곽선우가 내키지 않는 투로 말했다.

"그렇다면 이렇게 합시다."

하고 최천중이 다음과 같이 제안했다.

"마님 당년의 춘추가 쉰일곱이 아니냐고 물어만 보시오. 가부 어느 편으로건 무슨 반응이 있지 않겠소이까."

그러자 곽선우가 심부름하는 소녀를 불렀다. 그리고

"네 마님께 가서, 마님의 춘추 금년에 쉰일곱이 아니냐고 여쭈어 보아라."

하고 부탁했다.

그런데 소녀가 전해온 답은,

"삭발 출가는 안 했으나 이미 세간을 떠난 몸, 세간의 나이는 잊은 지 오래라고 하시옵니다."

최천중은 내심으로 '그쯤 하면 알았다'고 단정했다. 연치성의 어머니, 아니면 그와 관련이 있는 사람일 것이란 추측이었다.

그는 곽선우를 돌아보고 말했다.

"아침밥 대접도 받았고 하니 떠나는 게 어떻겠소?"

"불가피한 일이죠."

최천중은 허리띠에서 백 냥짜리 어음을 꺼내 곽선우에게 건넸다.

"이걸로 셈을 끝낸 것으로 합시다."

"돈이 너무 많지 않소."

"곽공의 외상을 갚는 셈으로 칩시다."

"그렇더라도 이건 지나친 액수 같소."

"아무튼 곽공이 알아서 처리하시오."

하고 최천중이 일어섰다.

먼저 그 집을 나선 최천중이 동대문 바로 앞까지 갔을 때, 곽선우가 바쁜 걸음으로 따라왔다.

"그렇게 큰돈은 받을 수 없다는 걸 겨우 떠맡기고 오는 길이오."

하고,

"가까운 시일에 최공이 한 번이라도 다시 와주셨으면 하는 부탁이 있었소."

하고 덧붙였다.

그길로 숭교방崇教坊에 있는 연치성의 집으로 갈 작정인 최천중이,

"곽공, 어디로 갈 것이오?"

하고 물었다.

"장안 천만 가에 갈 곳이 없겠소? 다만, 지금 작정한 곳은 없소."

하는 곽선우의 대답이었다.

"언젠가 다시 만날 기약이라도 있었으면 좋겠소."

"다시 만날 기약이야 하면 되지만, 어젯밤 나는 청년을 먼저 보겠다고 하고 최공은 규수를 먼저 보아야겠다고 하여 한참 다투다가 끝을 보지 못했는데, 그 일은 어떻게 하면 좋으리까?"

그제야 최천중은 어젯밤 일을 깜박 잊고 있었다는 사실을 깨달

았다.

연치성이 찾고 있는 어머니가 임진집에서 독경한 그 여자가 아닐까 하는 생각으로 정신이 집중되어 있었던 까닭이다.

최천중은 양생방에 있는 자기 집 주소를 소상하게 가르쳐주고,

"오늘 밤엔 꼭 우리 집에서 유하도록 하십시오."

하고 간곡히 초청했다.

최천중은 종로에서 숭교방으로 가려다가 말고, 연치성이 양생방에 와 있을 것으로 짐작하고 곧바로 발길을 집으로 돌렸다. 사전에 아무 말 없이 엉뚱한 곳에서 밤을 새워놓았으니, 집에선 적잖은 소란이 일고 있을 것으로 짐작이 되었다. 백귀횡행百鬼橫行을 방불케하는 장안의 거리라서, 무슨 일이 어디서 어떻게 발생할지 모른다는 시국이기도 했던 것이다.

아니나 다를까, 양생방 최천중의 집은 발칵 뒤집혀 있었다. 최근 최천중이 심복들에게 행선지를 알리지 않고 거동한 적이 한 번도 없었던 탓도 있었다. 회현동 황봉련으로부터도 심부름꾼이 와서 대기하고 있었다. 마포 최팔룡의 중남이와, 물론 연치성도 와 있었다.

연치성은 최천중을 보기가 바쁘게 별실로 맞아들여 황급히 보고했다.

"어제 아침에 난데없이 절 찾아온 사람이 있었습니다. 중국 이름으로 소민蘇民이라고 하는 사람인데, 사실은 조선인입니다. 천주학을 하는 부모를 동시에 잃고 하인의 등에 업혀 중국 땅으로 몰래 건너가 거기서 장성한 사람인데, 저보다 다섯 살인가 아래입니다만

문무를 겸전한 사람입니다. 이번 원세개의 막료로서 조선에 왔다고 합니다. 저와는 호형호제하는 사이옵니다. 선생님께 인사드리게 하려고 하루 종일 선생님을 찾았습니다만 뵐 수가 없어 일단 돌려보냈습니다. 연락을 하면 곧 올 겁니다."

"원세개의 막료로 온 사람이면, 그 사람을 통해서 청국의 동향을 잘 알 수 있겠구나."

하고 최천중은 기뻐하고,

"그런데 그보다도 더 중요한 일이 있을 것 같아."

하며 임진집 얘기를 했다.

"어쩌면 연공의 어머니를 만날 수 있을 것 같지 않은가. 빨리 그곳으로 가보게."

연치성은 잠깐 동안 멍청히 앉아 있더니 일어섰다. 몸 둘 바를 모르는 그런 기분인 것 같았다. 언제나 냉철하고 침착한 연치성이 최천중 앞에서 처음 보이는 혼란상이었다. 최천중은 자기의 말이 경솔했다는 것을 뉘우치고 다음과 같이 말을 고쳤다.

"내 짐작이 빗나갈 수도 있는 거니까, 그처럼 흥분하지 말게. 그렇게 믿고 덤볐다가 그렇지 않을 경우엔 실망도 클 테니까…. 일단 그 집에 가서 주객을 가장하고 차분히 살펴보게."

"예, 그렇게 하겠습니다."

하고 물러갈 땐, 연치성은 여느 때와 같은 평정을 찾고 있었다.

"이왕이면 구철룡을 데리고 가게."

최천중이 등 뒤로 말을 던졌다.

집 안이 진정되길 기다려 최천중은 내실로 들어갔다. 최천중의 정실 박숙녀는 내일모레가 40세인데도 청순한 젊음을 아직 잃지 않고 있었다.

아랫목에 착정한 최천중이,

"부인."

이렇게 불러놓고 말을 이었다.

"원석이와 형석이를 먼 나라로 보내야 하겠소."

"먼 나라라면 청국으로 가는 것입니까?"

하는 박숙녀의 얼굴에 그늘이 스쳤다.

"그보다도 더 먼 나라요. 미국이나 법국으로 보냈으면 하오."

최천중의 숙연한 말에 박숙녀는 고개를 떨구었다.

원래 표일飄逸*한 성격을 가진 사람이란 낙엽과 같은 인생이게 마련이다. 그런데 곽선우란 사람은 그렇지가 않았다. 곧잘 해학을 잘하는데도 결코 가볍지가 않은 것이다.

한마디로 말하면 그의 거동은 불경부중不經不重이었다. 학식은 불천불심不淺不深, 세속에 대한 태도는 부즉불리不卽不離.** 그러면서도 희로애락에 초연한 체를 안 하고, 그 희로애락의 감정을 부드러운 바람처럼 나타내는 것이다.

최천중은 그러한 곽선우를 희귀한 성품으로 보았다. 뿐만 아니

---

* 세상일을 마음에 두지 않고 태평함.
** 불경부중: 가볍지도 무겁지도 않음. 불천불심: 얕지도 깊지도 않음. 부즉불리: 찬성하지도 반대하지도 않음.

라, 10년 전 돌아가신 원여운 선생 같은 품격을 그에게서 발견하기조차 했다. 일의 성불성成不成에 마음을 쓰는 것이 아니라, 일각우일각一刻又一刻의 보람에 살아가는 맛을 느끼는 듯한 그 심성은 가히 배울 만한 것이라고 생각했다.

곽선우가 양생방 최천중 집의 식객이 된 지 며칠 후, 바람이 불고 비가 억수로 쏟아지는 날이었다. 저녁나절 술상을 사이에 놓고 대좌하고 있는데, 곽선우의 얼굴에 수색이 끼인 것을 발견하고 최천중이 물었다.

"곽공의 얼굴에 유수색有愁色인데, 무슨 심려라도 있으시우?"

"풍취우래風吹雨來하고 춘화낙니春花落泥하니 상가향想家鄕*할 뿐이지, 심려란 건 없소이다."

"집안 일이 걱정되신다, 이 말씀이구려."

"상가향, 즉 생각이 난다는 거지, 걱정한다는 건 아니외다."

"그러나 가향을 떠나 객지에 있으면 자연 걱정되는 바가 있지 않겠소?"

최천중의 이 말을 받아 한 곽선우의 대답은,

"나는 아직 깨치질 못해 소행지어지선所行止於至善**할 순 없으나 걱정되는 바, 걱정이 될 바를 행하지는 않습니다. 내가 가향을 떠날 수 있었던 것은, 일一에 수촌토數寸土의 전답이 있어 가족이 그로 인해서 굶어 죽지 않을 바탕이 되어 있을 뿐 아니라, 내

---

* '바람 불고 비 오고, 봄꽃이 땅에 떨어지니, 고향집 생각난다.'
** 하는 바가 선의 경지에 이름.

한 몸 떠나 있으면 그로 인해 감일구減一口하여 연년年年에 수석數石의 양식을 절절할 수가 있고, 이二에 노부모가 구부재俱不在***니 원행遠行을 기릴 까닭이 없고, 삼三에 부유腐儒의 향사鄕士들과 어울리지 않음으로써 이웃에 폐를 끼치지 아니하며, 사四에 강호산야江湖山野를 주장****함으로써 명사들을 만날 수 있고, 오五에 춘풍추우春風秋雨에 곤경을 당할 때마다 가향에의 애착을 가꿀 수 있다는 마음에서였소이다. 즉, 속俗과 초속超俗의 어울림에 나는 있는 것이로소이다."

그리고 얼른 다음과 같이 덧붙였다.

"조강지처는 칠칠七七 사십구四十九로서 음도陰道를 다했으니 생과부의 설움에서 벗어났고, 아이들은 자립자강할 나이가 되었으니 그로써 휴념할 수 있소이다."

최천중은 그 말을 듣고 기분이 좋았다. 무릎을 치며 감탄하길,

"벽공碧空의 부운浮雲 청산靑山에 유수流水이면서 그리워하는 가향을 가졌으니, 속중俗中의 선인仙人이고 초속超俗한 시인市人이오."

그러고도 며칠 후의 아침, 황봉련의 집에서 자고 돌아온 최천중이 곽선우에게 말했다.

"이제나저제나 하고 곽공의 승낙을 기다리고 있었는데, 곽공의 그 불교不巧*****의 고집에 내가 졌소. 규수는 다음에 만나기로 하고,

***　모두 안 계심.
****　周章: 두루 돌아다니며 놂.
*****　우직함.

오늘 그 청년을 소개하리다."

그랬더니 뜻밖의 말이 돌아왔다.

"왕문이란 청년 말고 또 내게 소개할 청년이 있소?"

"왕문이란 이름은 어떻게 아셨소?"

최천중이 놀라서 물었다. 집안의 사람들이 왕문의 이름을 들먹였을 리가 없는 것이다. 그 집에서 왕문의 통칭은 '강남의 도련님'이었다.

"얘기를 하자면 약간 길어질 겁니다. 매일 하는 일이 있소. 하루, 강남을 소요하고 있다가 청년들을 만났소. 그 가운데 하나가 왕문이란 이름의 청년이었소. 그 청년들과 이런저런 얘기를 하다가 보니, 그 왕문이란 청년이 곧 최공이 들먹인 청년이란 걸 알았소이다."

"흐음."

최천중이 신음했다. 곽선우가 믿을 수 없는 사람이었더라면 최천중이 크게 당황할 뻔했지만, 상대가 상대인지라 최천중의 신음은 어떻게 그처럼 감쪽같이 하는 기분 이상의 것은 아니었다.

"세상은 좁은 겁니다."

하고 곽선우가 웃었다.

최천중은 왕문에 관한 곽의 의견을 알고 싶었지만, 따지고 물을 순 없었다. 곽선우는,

"그 외에 또 다른 청년이 있으면 몰라도, 바로 그 청년이라면 새삼스럽게 소개할 필요가 없소이다."

하는 말을 했을 뿐, 그 이상은 언급하지 않았다.

"곽공이 청년을 보셨다면, 규수를 보여주셔야 할 것이 아니겠소?"

최천중이 넌지시 말했다.

이에 대해 곽선우는,

"그러지 않아도 그 기회를 노리고 있소이다. 남의 집 규중처녀를 예사로 보잘 순 없으니…. 하여간 기회가 있겠죠. 수삼 일만 더 기다리시오."

하곤 덤덤했다.

최천중은 답답했다.

"그 처녀가 유덕로 같은 탐관의 딸인데도 그런 걸 볼 필요가 없을 만큼 훌륭하다고 하셨는데, 그 까닭을 미리 알고 싶소."

"이중의 연화, 역중의 주옥이라고 말하지 않았소이까?"

"연꽃은 원래 뻘에서 피어나고, 주옥은 돌무리 속에 있는 것인데, 그런 말 갖고 어디 설명이 되는 겁니까?"

"그렇긴 하군요."

하고 곽선우는 잠깐 입을 다시더니 다음과 같이 말했다.

"최공에게만 말하겠소. 유덕로가 둘째딸로 키우고 있지만, 그 숙녀는 역모로 몰려 능지처참을 당한 중군中軍 구조경仇兆慶의 딸이외다. 구조경의 역모란, 애국의 지성이 발로한 청행*을 그야말로 역적 같은 놈들이라고 할밖에 없는 놈들이 짜고 모함한 사건이었소이다. 말하자면 그 규수는 고사高士 구조경의 딸이외다."

"한데, 어떻게 그런 고사의 딸이 유덕로의 딸로 되어 있는 거죠?"

---

* 清行: 청렴한 행위.

27

"그러니까 얘기가 길지요."

청렴하고 강직하기로 소문이 나 있던 구조경의 딸이 어찌하여 탐관 유덕로의 딸로 되어 있는가? 곽선우의 얘기를 간추려보면 대강 다음과 같다.

16년 전의 일이다. 제천현감 유남규柳南畦가, 대역부도죄인으로 몰려 참형을 당한 남종삼南鍾三의 아내 이소사李召史와 그 아들딸이 제천의 모처에 있다는 것을 의금부에 알려 왔다. 남종삼은 대역부도죄인이란 어마어마한 죄명을 썼지만, 따지고 보면 천주학을 믿었다는 것뿐이고, 대원군에게 천주학을 허용함으로써 구미 각국과 우의를 돈독하게 함이 어떻겠느냐고 건의한 사실밖에 없는 것이다.

그런데다 구조경과 남종삼은 서로 친한 사이였다. 구조경은 의금부에서 제천으로 포졸을 파견한다는 소문을 듣고, 파견되는 포졸이 전부터 잘 아는 사람이라, 몰래 그 포졸을 불렀다. 그리고 한다는 말이,

"국법은 지엄하니 이를 어길 수 없다. 남종삼은 순후한 인품이고 독실한 성격의 사람이지만, 그 뜻이 시대에 어긋나서 처참한 죽임을 당했다. 국법이니 할 수 없는 일이지만, 동정하지 않을 수 없는 일 아니었던가. 그러니 그 딸린 식구의 경우는 정상이 가련하지 않은가. 죄인의 가족을 붙들지 않는 것은 안 될 일이지만, 만부득이 붙들지 못할 경우에는 어떻게 하겠는가? 다투어 잡아 공을 세울 수 있는 죄인이란 것도 있고, 다투어 잡았다고 해도 공이 안 되는 일도 있는 것일세. 그러하니 서둘러 공을 세울 생각을 말고 마음의

순리에 따라 행동하게."

　노골적으로 말하면, 꼭 그 죄인을 잡을 생각을 말고 되도록이면 잡지 않도록 하라는 은근한 뜻이 포함되어 있는 말이었다. 포졸은 그렇게 알아들었다.

　그런데 그 포졸이 제천에 도착했을 땐 이미 관가에 이소사와 자녀들을 체포해놓고 한양에서 내려올 포졸을 기다리고 있었다. 하는 수 없이 포졸은 죄인들을 데리고 서울로 올라오는데, 도중에 죄인들에게 깊은 동정을 느끼게 되었다. 그러나 죄인을 풀어줄 수도 없는 일이라서 계속 상경 중에 있었다. 포졸은 평택 근처에 이르러, 그 근동에 구조경의 집안사람들이 많이 살고 있다는 사실을 알고, 그곳 청년 몇에게 '구仇 중군中軍의 부탁이오' 하고, 데리고 가는 죄인들을 탈취하라고 일렀다. 구 중군을 존경하고 있던 그곳 일가 청년들이 평택과 온양 사이에 있는 동산에 잠복하고 있다가 이소사와 자녀들을 탈취했다. 그러니 자연 충돌이 있게 되어, 포졸 일행 셋 중 하나가 돌에 맞아 죽었다.

　그 후 삼 일 만에 이소사와 자녀들은 다시 붙들리고, 그들을 납치한 청년들도 붙들렸다. 청년들을 국문한 결과, 구조경의 이름이 드러났다. 구조경이 결코 그렇게 시킨 일은 아니었으나,

　"나는 남종삼의 가족이 붙들리지 않기를 바랐던 것이니 결과로처선 교사敎唆한 것이나 마찬가지라."

하고 자복自服했다.

　결국 구조경은 역모를 꾸민 자라고 하여 극형을 받고 그 아들들도 연좌되었는데 그 아내만은 목숨을 얻어 제주목濟州牧의 관비로

귀양살이를 하게 되었다.

귀양을 갔을 무렵에 구조경의 부인 배 속엔 이미 아이가 있었다. 제주목사에게 조정에서 명령이 내려졌다.

"만일 구조경의 아내가 낳은 아이가 남아이면 이를 즉시 죽여 없애고, 여자아이일 경우엔 비적婢籍에 넣어라."

그때의 제주목사가 유덕로였다.

노비로 있는 동안 구조경의 부인은 몇 번 자결을 기도했다. 번번이 실패한 것은 감시가 워낙 엄중했기 때문이다.

이윽고 구조경의 부인은 딸아이를 낳았다. 딸이니 죽음만은 면할 수가 있었다. 부인은 비록 비적에 들긴 했지만 언젠가는 좋은 세상을 볼지 모르는 딸을 위해 온갖 고초를 겪으면서 살려고 했는데, 유덕로가 부인의 미색에 혹해 덤볐다. 구조경의 부인은 그 꼴을 당하지 않으려고 드디어 자결하고 말았다. 부인은 죽기 직전 강보에 싸인 아이를 마을의 할머니에게 맡겼다. 그리고,

"이 아이의 이름을 망화라고 불러주시오. 화和를 바란다는 뜻의 망화입니다. 어미의 얘기는 들먹일 필요 없고, 아버지는 구조경이란 이름의 훌륭한 인물이었는데 천추의 한을 품고 돌아가셨다고만 하고 장성해서 경기도 평택 근처의 구씨 집안을 찾으면 내력을 알 수 있을 것이라고 전해주시오."

하는 유언을 남겼다.

그러나 그럴 겨를이 없었다. 유덕로는 마을을 뒤져 그 딸아이를 찾아내어 또 다른 관비에게 맡겨 키우도록 했다.

유덕로는 1년 후 내직으로 돌아오게 되었다. 그때 생각이 나서

구조경의 부인이 남겨놓은 딸을 보자고 했는데, 생후 2년밖에 안 되었는데도 천성天性의 미美는 이미 그때부터 나타나 있었던 모양이다. 유덕로는 무슨 생각을 했는지 망화를 데리고 서울로 돌아와 이름을 제희濟姬라고 고치고 자기의 딸로서 길렀다. 장성함에 따라 미색이 더해지고 총명이 뛰어나자 유덕로는 자기의 친딸 이상으로 제희를 사랑하게 되었다. 유덕로의 부인도 그 딸을 귀하게 여기는 덴 남편에게 지질 않았다.

"그래, 그 제희라는 아가씨는 자기가 유덕로의 딸이라고만 알고 있는가요?"

하고 최천중이 물었다.

"누가 말해주는 사람이 없으니 그렇게 알밖에요."

곽선우의 대답이었다.

"제희가 둘째딸이라고 했는데, 유덕로 부부는 내색을 안 한다고 치더라도 바로 그 위 딸은 제희의 사연을 알고 있을 것 아뇨."

"나이가 한 살 차인데 어떻게 알겠소. 자기 다음에 낳은 동생이라고만 생각하고 같이 성장했을 텐데요."

"한데, 곽공은 그 제희라는 아이의 사정을 어떻게 그처럼 소상하게 알고 있소?"

"그 얘길 하면 또 길어집니다. 이따 천천히 하기로 하고 이번 단옷날 정릉골 약수암으로 유덕로 안식구들이 소풍을 간다니까 일단 그 제희라는 규수를 보아두기나 하시오."

"그렇게 하겠소."

하고 최천중은 제희의 아버지 구조경에 대한 갖가지 질문을 했다.

곽선우는 구조경을 비롯한 그 가문의 일에 소상했다. 너무나 소상한 구씨 가문에 관한 곽선우의 지식에 최천중이 놀라자 곽선우는 짤막하게 말했다.

"구씨는 내 처가 집안이외다."

단옷날의 아침, 최천중과 곽선우는 정릉골 약수암 근처의 반반한 바위 위에 앉아 옆에 지연紙硯, 필묵筆墨을 놓고 제법 풍아風雅한 놀이를 시작하고 있었다. 속셈은 유덕로 안식구들의 행차를 기다리고 있는 참이었다.

하늘은 청랑하고 신록은 향그러웠다. 낙락한 장송이 있는가 하면 지금이 한철이라는 치장한 사철나무도 있었다. 방초 우거진 가운데 봄꽃이 남아 있고 갖가지 새소리를 엮어 천수泉水*의 소리도 그윽했다.

"사면의 풍경이 모조리 입화중入畵中이면 화공畵工의 손은 하위何爲**리요."

한 것은 곽선우.

"만상만색萬象萬色이 모조리 화시경化詩景인데 시인의 필은 하위리요."

하고 받은 것은 최천중.

이러한 응수 가운데서도 각기 시상을 익히고 있었던 모양으로

---

* 샘물.

** '어디다 쏠까?'

32

곽선우가 먼저 붓을 들었다. 일필휘지에 씌어진 선명한 묵흔은,

문여하의방정릉問餘何意訪貞陵

함소무언심자흥含笑無言心自興

송뢰천수한연거松賴泉水閑然去

이객대주정호응二客對酒情互應

(정릉엔 무슨 까닭으로 왔느냐고 나에게 물으면

웃음을 머금고 말하진 않되 마음은 괜히 흥겨운지라.

솔 사이로 부는 바람, 시내의 물은 한연히 지나가는데,

두 나그네 술을 대하고 앉았으니 정이 서로 통하는구려.)

최천중이 곽선우를 대신해서 그 시를 낭창하여 무릎을 치곤 자기도 붓을 들어 임리***하게 붓을 놀렸는데,

막언조화무심물莫言造化無心物

춘색난숙정릉중春色爛熟貞陵中

풍성조어소의사風聲鳥語小意思

무감촉의개정풍撫感促意開情風

(조화가 무심하다고 말하지 말지어다.

정릉 속에까지 춘색은 무르익었구나.

바람소리, 새소리에 무슨 뜻이 있을까만,

*** 淋漓: 글씨에 힘이 넘침.

감정을 어루만지고 뜻을 재촉하여 정풍을 열게 하는도다.)

최천중의 시는 곽선우가 낭창했다. 그러고서는 무릎 대신 주먹으로 옆에 있는 소나무를 치며
"최공은 가히 시인의 경지에 이르렀소."
하고 감탄했다. 그러자 최천중이 다시 붓을 들어 이르길,

녹수교가산조제綠樹交加山鳥啼

청풍탕양낙화비晴風蕩樣落花飛

조가화무곽공취鳥歌花舞郭公醉

주성연후정언귀酒醒然後正言歸

(신록이 얽혀 있는 사이로 우는 새소리.

청풍은 탕양한데, 낙화가 나는구나.

새 노래 꽃 춤에 곽공은 취한 것 같은데,

술이 깨고 나면 바른 소리로 돌아오겠지.)

말하자면 최천중이 곽선우를 향해 과찬하지 말라는 뜻이었다. 이에 응수한 곽선우의 시는,

고릉송백인풍향古陵松柏因風響

표객심정인시향漂客心情因詩向

취중진언성후묵醉中眞言醒後默

불가수언오심량不可須言吾心量

(고릉의 송백은 바람에 따라 울리고,

나그네의 심정은 시에 따라 움직이니,

취중엔 참말을 하고 깨고 나면 묵묵할밖에.

내 마음을 짐작하는 말은 필요 없소이다.)

마주친 두 사람의 눈엔 감격이 서려 있었다.

술잔을 주고받다가 문득 곽선우가 잔을 내려놓고 말했다.

"오라, 오늘이 단오이니 초나라 굴원이 멱라수에 빠져 죽은 날이 아니오이까."

"그렇소, 오늘이 굴원이 물에 빠진 날이오."

하고 두 사람은 이천 년 전의 시인을 어제 만난 사람인 것처럼 얘기하기 시작했다.

"초사楚辭의 유현*함은 가히 중국의 문학을 연 것이 아니오리까."

한 것은 곽선우.

"부유蜉蝣**와도 같은 인명이로되, 천고千古를 뚫고 살아 있는 문장은 장하기도 하지요."

한 것은 최천중.

그러다가 이윽고 토론이 벌어지게 되었다. 곽선우는 뭐니 뭐니 해도 이소경離騷經이 제일이라고 했는데, 최천중은

"그 우매하기 짝이 없는 회왕懷王의 총애를 잃었다고 해서 산천

---

* 幽玄: 이치나 아취(雅趣)가 알기 어려울 정도로 깊고 그윽하며 미묘함.

** 하루살이.

초목의 이름을 죄다 엮어대기까지 하고, 아녀자와 같은 사모의 정을 누누이 적고 있다는 것이 마음에 들지 않는단 말이오이다."

하고 반대하고,

"그 때문에 나는 송강松江 정철鄭澈도 대수롭게 치진 않습니다. 그의 사미인곡思美人曲은 굴원 이소경의 아류이니까요."

라고 덧붙였다.

곽선우의 말은 달랐다.

"이소경의 대상을 회왕으로 치지 말고 섭리의 신이라고 보고, 스스로 당한 운명의 비애를 적은 것이라고 풀이하면 될 것이 아니오. 이천 년 전의 사람이면 인군人君을 그야말로 섭리의 신으로 모셨을 것 아니오. 그렇게 생각하는 게 이소경에 대한 정해正解라고 나는 생각하오만."

"곽공의 함축 알아 모셨소이다. 그러나 안능찰찰지신安能察察之身으로 이몽세속지진애호而蒙世俗之塵埃乎*라고까지 할 수 있었던 사람으로선, 비록 인군을 섭리지신으로 보았다고 치더라도 그 미련이 너무나 지나치게 연연戀戀하지 않소이까."

하고 최천중이 의견을 말했다.

"최공, 이천 년을 살아남은 문장을 보아서도 넉넉히 보아줍시다."

하고 곽선우가 껄껄 웃었다.

"지금에 와서 굴원 이소경을 두고 그 사람을 운운한다는 건 용

---

* '어찌 이 깨끗한 몸으로 세속의 더러운 먼지를 뒤집어쓸 수 있는가.' '어부사'에 나오는 말을 약간 변형함.

렬한 짓이오. 나는 다만 이소경보다는 어부사漁夫辭를 높이 산다는 것 뿐이오."

"최공의 뜻은 알겠소만 '영부상류寧赴湘流하여 장어강어지복중葬於江魚之腹中할지라도'** 하는 대목이 마음에 들지 않습니다. 상류湘流에 가서 죽는다는 표현을 왜 하필이면 강어江魚의 배 속에 장사 지낸다는 꾀죄죄한 표현을 썼느냐 말이오."

"그러나 곽공, 창랑지수가 맑으면 갓끈을 씻을 것이요, 창랑의 물이 탁할 땐 발을 씻으면 될 게 아니냐는 대목은 가히 절창이 아니오이까."

"옳소이다, 최공."

하고 두 사람은 의기상투하여 어부사를 합창했다.

두 사람의 합창이 끝날 무렵이었다. 곽선우가 유덕로 안식구들의 행차를 본 모양이었다.

"저기 올라오고 있소이다."

나직이 말하며 방향을 가리켰다.

"자리를 피해줘야 할 것 같소."

하고 곽선우가 일어섰다.

"그래야 할 것 같구려."

최천중도 따라 서며 데리고 왔던 종자들에게 반석에 널어놓은 음식이며 삿자리를 뒤쪽으로 옮기라고 일렀다.

그러고는 우연히 절 구경을 온 사람처럼 꾸미고 암자 근처에서

** "차라리 상수(湘水)에 몸을 던져 물고기 배 속에 장사를 지낼망정.' '어부사' 중 일구.

서성거렸다. 이윽고 일행이 암자 가까이에 왔을 땐 그 자리를 떠나게 되었는데, 최천중은 곽선우가 가리키지 않아도 제희라는 아가씨가 누구인 줄을 알 수 있었다.

남끝동 노랑 저고리에 남색 치마를 입은 것은 세 자매가 다 같았지만 그 가운데 하나가 옷고름에 파란색 들꽃 한 송이를 매달고 있었다. 그것이 제희일 것이라고 짐작했다. 최천중의 짐작은 어긋남이 없었다. 특별히 눈을 끄는 미색은 아니나 보면 볼수록 은근한 매력이 솟아나는, 이를테면 선과 바탕이 뚜렷한 용모이며 몸매였다.

최천중은 힐끔 보아서도 범인의 장시간 응시보다도 많은 것을 볼 수 있는 안력을 가졌다. 암자 뒤편으로 돌아와 종자들이 마련해놓은 자리에 앉으며 불쑥 말했다.

"폐월수화閉月羞花의 미녀가 아닌 것이 마음에 들었소."

"맞았소."

하고 곽선우가 무릎을 쳤다.

폐월수화의 미녀란 그 아름다움이 너무나 화려하기 때문에 달이 얼굴을 가리고 꽃이 부끄러워할 정도의 미녀를 말한다. 폐월수화의 미는 또한 경성傾城*의 미와도 통한다.

"명월환화明月歡花의 미라고나 할까. 달과 더불어 밝고 꽃과 더불어 즐길 수 있는, 닦고 가꿀수록 아름다움이 더하는 건강한 미라고 보았소."

최천중이 다시 감상을 보탰다.

---

* '성을 기울게 한다', 즉 나라를 위태롭게 할 정도로 빼어나다.

"최공과 내 의견이 일치되었소이다."

하고 곽선우는 기뻐했다.

최천중은 일견에 제희의 사람됨을 이해했다. 제희는 요화妖花처럼 피는 그런 유형이 아니고 때와 더불어, 주변의 지도**와 더불어 서서히 착실하게 봉오리를 맺고 꽃을 피울 그런 유형이었다. 가히 이중연화泥中蓮花라고 할밖에 없다.

"한데 곽공, 저 아가씨가 마음에 들었다고 치고 유덕로의 완고를 무슨 수단으로 꺾을 것이오?"

"그 일에 관해선 소생에게 맡기시구려. 과일過日*** 왕문이란 청년을 보았더니 제희와 배필이 될 수 있는 남자라고 느꼈소."

곽선우의 입에서 처음으로 나온 왕문에 대한 평이라서 최천중은 긴장했다.

곽선우의 말은 계속되었다.

"나는 관상은 보지 못하오마는 그 사람을 둘러싸고 있는 운기運氣라고 할까 기운이라고 할까, 그런 것은 알고 있는 사람이오. 왕문으로 말하면 화이부동和而不同****하는 절조가 강한 만큼 고고한 군자풍君子風이었소. 그런데 제희란 아가씨는 한기寒氣를 난화暖化하는 훈기薰氣를 가지고 있는 여성이오. 고고는 훈기로써만 행幸이 될 수가 있는 법이니 천생배필이라고 해도 과한 말은 아닐 것이외다."

** 指導: 가르쳐 이끎.
*** 지난날.
**** 남과 화목하게 지내지만 자기의 중심과 원칙은 잃지 않음.

최천중이 곽선우의 말을 음미했다. 왕문이 고고한 군자풍이 있다면, 아니 그런 것이 느껴진다면 곤란하다는 생각이 앞섰다. 군자풍은 제왕풍帝王風과는 통하지 않는 것이다.

유덕로의 안식구들은 그늘 아래 윷판을 벌인 모양으로,

"윷이야."

"모야."

하는 교성*을 지르기 시작했다.

한편 하인들은 시냇가로 뭔가를 져 내려가고 있었다. 시냇가에 솥을 걸고 거기서 음식을 장만할 참인가 보았다.

"부녀들이 단오에 임간林間에서 노는 도圖**라고 하면 명화가 되겠구려."

하고 곽선우가 중얼거렸다.

"곽공은 그림을 그리시오?"

"잘은 못합니다만 화의畵意는 알죠."

"그러면 심심파적이라 한번 그려보시구려."

하고 최천중이 곽선우 앞으로 지필묵을 밀어놓았다.

"화필은 아니지만…."

하고 곽선우가 종이를 펴놓고 붓을 들었다. 점과 점을 미리 치더니 그것이 이어지고 보니 장송長松이 되고 방초가 되는데, 그 사이 윷을 놀고 있는 부녀자들이 5, 6명 화면에 떠올랐다. 묵색墨色 단일의

---

*　嬌聲: 여자의 간드러지는 소리.
**　숲속에서 노는 그림.

색깔인데도 농담濃淡으로 하여 오색五色의 기분을 나타내는 것이 신기롭기만 하다. 최천중이,

"가히 신운神韻***의 경지가 있소이다."

하고 찬탄의 눈을 곽선우에게 보냈다.

"천만의 말씀입니다. 아직 치기稚技****일 따름이오."

하면서도 곽선우는 무심히 그림을 완성시켜나갔다. 한데, 그 그림에는 최천중이 보지 못했던 바위의 형상이 나타나 있었고, 그가 느끼지 못했던 소나무 가지의 유현한 선이 나타나 있었다. 이를테면 최천중은 곽선우가 그 산속에서 본 것의 반도 못 봤다는 것을 느끼고 새삼스럽게 주변을 두리번거렸다. 화면 일각에 암자의 지붕이 그려져 있었고 그 지붕 모서리에 참새가 앉아 있었기에 그곳에 눈을 돌렸더니 아니나 다를까 한 마리의 참새가 거기 앉아 있는 것이 아닌가. 그런데 그림을 그리기 시작한 이래론 곽선우가 암자 지붕의 그 방향으로 눈을 돌리는 것을 최천중이 보지 못했으니 더욱 신기할 수밖에 없었다.

곽선우는 다른 여자들은 원경으로 본 모습의 형상만을 그려놓았는데 제희의 얼굴만은 이목구비의 선을 완연하게 부각시켜놓았다. 그것이 군계일학의 그림으로 선명했던 것이니 최천중은 재삼 감탄하지 않을 수 없었다.

곽선우는 그림을 완성해놓곤 붓을 놓고 한참 들여다보고 있더니

*** 고상하고 신비스러운 운치.
**** 유치한 기예.

다시 붓을 들어 그림 좌상변의 여백에 임간망경林間望景, 방초화색
芳草和色이라고 두 줄로 가지런히 쓰고 노우老牛라고 서명했다.

최천중은 넋을 잃고 그 그림을 바라보고 있다가 한참만에야 임
간망경 방초화색이란 뜻을 깨달았다. 그것은 구조경의 딸, 지금은
유덕로의 딸로 되어 있는 제희의 아명兒名인 망화望和를 꾸며놓기
위한 계교라는 것을 안 것이다.

아니나 다를까 곽선우는 저편에서 대기하고 있는 종자를 불러,

"이 그림을 저 아래에서 놀고 있는 부녀들에게 갖다주라."

하고 일렀다.

종자가 떠나고 난 뒤 곽선우가 나직이 말했다.

"그림이 저리로 내려가면 알아볼 조兆*가 있을 것이오."

최천중이 무엇에 홀린 사람처럼 종자가 내려간 방향을 보았다.

윷놀이를 하고 있던 여자들은 그 그림에 시선을 쏟았다. 이윽고
모두의 입에서 탄성이 나왔다.

"아이구 잘 그리기도 해라."

"어쩌면 이렇게 잘 그렸을까."

"이건 사람이 그린 게 아니고 신선이 그린 그림 같다."

모두들 저마다 이런 말을 하고 있는데 유덕로의 부인은 긴장했
다. 그 그림이 잘 그려졌다는 것을 찬양하는 마음에 앞서 왜 이런
그림이 그 자리에 오게 되었는가의 까닭을 살피는 마음이 될 만큼
유덕로의 부인은 사려가 깊은 여성이었는데, 언뜻 그림 옆에 씌어

---

* 조짐.

42

져 있는 글귀에, 아니 글자의 배합配合에 마음을 빼앗긴 것이다.

'망화望和'라고 씌어진 글귀가 예사일 까닭이 없었다. 유덕로의 부인은 넌지시 제희의 동정을 살폈다. 제희의 동작엔 아무런 흔적도 나타나 있지 않았다. 급격한 동요는 사라졌지만 아련한 불안이 가슴의 바닥에 남았다.

"이 그림을 그린 분이 누구냐?"

하고 물었는데 종자는 어느덧 사라지고 없었다. 시비侍婢 하나가 말했다.

"아까 이 근처에서 서성거리던 사람들이 암자 뒤켠에서 술을 마시고 있사온데, 그 가운데의 한 사람이 그려 보낸 듯하옵니다."

"아직도 그 사람들이 거기 있느냐?"

부인이 물었다.

"예, 아직 있사옵니다."

그러자 딸들과 질녀들 사이에 그 그림을 서로 가지려는 다툼이 시작되었다. 부인은 그 그림을 뺏듯이 하여 접어들곤,

"얘들아, 물건들을 설겆어라. 빨리 돌아가야겠다."

하고 영을 내렸다.

"어머니 왜 그러시와요. 아직 점심도 먹지 않았사온데요."

하고 딸아이 하나가 투덜대자,

"그럴 여가가 없다. 내 시키는 대로 해라."

하고 잘라 말하곤 뒤치다꺼리하는 하인들에게 맡겨놓고 빨리 가자며 딸들을 독촉했다.

영문을 몰랐지만 딸들과 질녀들은 어른의 말을 거역할 수가 없

었다. 비탈진 길을 화려한 빛깔의 옷을 펄럭거리며 내려가기 시작했다.

"최공, 저기 셋째 번에 가고 있는 규수가 제희, 즉 망화이오. 걸음걸이를 한번 봐두시구려."

하고 곽선우가 가리켰다.

최천중이 그 방향을 바라보았다.

제희, 즉 망화는 다른 여자들과는 걸음걸이부터 달랐다. 다른 여자들은 비탈길을 내려가는 데 자세를 옳게 잡지 못해 구부러지기도 하는데, 제희만은 온전하고 자연스러운 걸음걸이로 침착하게 걸어 내려가고 있었다.

그러나 최천중은 그것보다도 한 장의 그림을 받고 소풍을 중도에서 파하고 황망히 돌아가게 된 사정이 궁금했다. 그래 물었다.

"어떻게 된 까닭이오?"

"유덕로의 부인은 현명합니다. 망화라는 글자를 읽은 겁니다. 아무도 모른다고 생각하고 있던 제희의 출생의 비밀이 탄로 났다고 여기곤 당황하게 된 거죠."

"저렇게 당황할 만큼 제희 아가씨를 소중히 하고 있다는 얘기가 아닙니까?"

"그렇죠. 그러나 그렇게 하는 뜻 가운덴 갖가지가 있으리다."

곽선우는 표정 없이 이렇게 말했다.

제희, 아니 지금부터는 망화라고 불러야 하겠다. 망화의 일행이 시야에서 사라지고 난 뒤 곽선우는 최천중에게 자리에 앉기를 권하고 다음과 같은 이야기를 시작했다.

"최공께서 내가 하는 거동에 수상하다는 감을 가질 것 같아서 죄다 털어놓겠소이다. 중군 구조경은 나의 처남이오. 내 아내의 오라비지요. 그러니 망화에겐 내가 고모부뻘이 되는 것이외다. 망화의 어머니가 제주로 귀양 갈 때 나는 그 뒤를 따라갔소이다. 아이를 뱄다는 사실을 알았기 때문이로소이다. 남아가 나면 죽여 없애라는 영이 내릴 것은 당연한 일, 나는 망화의 어머니가 남아를 낳았을 경우를 생각해서 그 아이를 뺏으러 간 것이었소이다. 그런데 딸아이를 낳은 거요. 나는 그 아이가 만일 기적에 드는 일이 있으면 성장을 기다려 무슨 수를 쓸 작정을 하였소이다. 한데 뜻밖에도 유덕로가 자기 딸처럼 키우는 것을 보고 안심을 하였소이다. 그러나 마음은 망화의 곁을 떠나지 못해 항상 그 집의 사랑에 드나들며 망화의 동정을 보아왔죠. 되기만 하는 일이라면 내가 망화의 신랑감을 구해 중신을 할 작정이었소이다. 그러나 차일피일 적당한 신랑감을 구하지 못하고 있었는데, 나는 유덕로의 속셈을 알았소이다. 왕의 후궁으로 넣지 않으면 세도하는 민씨 집안으로 혼처를 얻으려는 수작을 벌여놓고 있는 것 같습니다. 하지만 나는 나의 비위에 맞지 않는 혼사는 단연 방해할 생각으로 있소이다. 오늘의 나의 수작은 그런 뜻도 가지고 있는 것이온즉, 짐작하기 바라외다."

"질녀에 대한 마음 씀을 듣고 보니 갸륵하외다."

최천중이 진심으로 소감을 말했다.

"부모와 형제를 잃은 천애고아, 불쌍해서 견딜 수가 없소이다. 비록 유덕로의 딸로서 호의호식 잘 살고 있는 것 같지만, 그 근본을 알고 있는 마음으로선 그런 것마저가 측은함을 더하는구려."

"돈으로 곽공의 질녀에게 도움이 되는 일이 있다면 얼마라도 힘을 쓸 용의가 있소이다."

부모와 형제를 잃은 천애의 고아로서 유덕로의 딸이 되어 비록 호의호식은 하고 자랐을망정 그 근본을 알고 보니 망화의 생애가 측은하기 짝이 없었다. 최천중은 혀를 차며 곽선우의 말을 받아 왕문과 망화가 천생배필이 될 것을 은근히 점쳐보기도 했다.

"그러나 즉답은 바라지 않겠소이다. 당자의 의향도 있을 것이오니 수삼 일 후에 답이 있었으면 좋겠소이다."

하자 곽선우는,

"그럼 최공은 종자를 데리고 먼저 내려가시길 바랍니다. 나는 삼일 후에 귀댁을 방문하겠소이다."

하는 말을 남기고 최천중과 헤어졌다.

'왕문과 망화는 천생의 배필이다'라는 곽선우의 말이 자꾸 귓전에 울리고 있었다. 그러나 왠지 허전한 느낌이 남았다. 이왕이면 왕문에게 인재가 흥성한 처가를 선사했으면 하는 기분이 마음 한구석에 있었기 때문이다.

양생방 집으로 돌아오니 최천중을 기다리는 손님이 있었다.

소민蘇民이었다. 연치성이 데리고 온 것이다. 첫인사를 나누며 최천중은 소민의 관상을 자세히 보았다.

장대한 체격과 선명한 윤곽을 가진 이목구비. 가히 장부의 상이었으며 출장입상出將入相의 그릇이라고 할 수가 있었다. 유일한 흠이 있다면 그것은 너무나 잘생겼다는 그 사실이었다. 연치성의 상

46

이 지닌 유일한 결점이 남자이면서도 여복女服을 시키면 미녀 중의 미녀가 될 수 있는 아름다운 용모와 몸매에 있었듯이, 소민의 결점은 남자다운 남자로서 너무나 잘생겼다는 바로 그 점이었다.

이 나라처럼 가난하고 험한 바탕의 나라에선 너무 잘났다는 것은 형편에 어울리지 않는다는 것으로 된다. 혹은 주색과 잡기 때문에 망신하기도 하고 출세의 마지막 단계에서 뭇 시기를 받아 굴러 떨어지기도 하며, 독존獨尊의 자만自慢이 세차서 대기大器로 크지 못하는 화를 자초하기도 하는 것이니 너무 잘생긴 것이 재승덕박才勝德薄과 비슷한 결과를 낳는다.

그런 만큼 최천중은 안타까운 눈으로 소민을 보았고, 소민의 말을 들었다. 소민은 부형父兄에게 하는 큰절을 하고 나서 육중한 음성으로 다음과 같이 말했다.

"연형께옵선 제가 어릴 때 형님처럼 절 보살펴주셨습니다. 계루*라고는 없는 놈, 일구월심 연형을 사모해왔사옵니다. 그 연형께옵서 어버이처럼 모시고 있다고 하오니 저도 어버이를 대하는 것과 똑같은 마음이로소이다. 앞으로 절 자식처럼 가르쳐주사이다."

"정을 가꾸면 부자가 따로 있고 형제가 따로 있을 수가 있겠는가. 나는 우선 치성이의 아우를 만날 수 있었다는 게 반가울 뿐이네."

하고 최천중이 이어 물었다.

"듣건대 소군은 원세개의 막료로서 내조한 모양인데 청국인의

---

* 繫累/係累: 다른 것에 얽매임.

신분인가, 조선인의 신분인가?"

"제 양부가 소인방蘇仁方이라고 해서 청국인의 신분을 가지고 원 장군의 막료가 되어 있사오나 제 피와 마음은 분명히 조선인의 것이옵니다."

"듣건대 소군은 천주학의 교난 통에 부모형제를 잃었다고 하는데, 부모형제를 죽인 조정에 대해 미움을 가지고 있지는 않은가?"

"왜 미움이 없겠습니까만, 맞았으니 때리고 죽였으니 죽인다는 그런 소국적小局的인 보복을 할 생각은 추호도 없사옵니다."

"대국적인 보복은 할 텐가?"

"이 나라를 좋게 만들어, 그 연후에 악을 가려내어 다신 그런 악이 이 땅에 자라지 못하도록 함으로써 저의 보복심을 충족시킬까 하옵니다."

"그럼 원세개가 돌아갈 때 같이 돌아가지 않겠다는 말인가?"

"그러하오이다. 그러나 원세개와 같이 돌아갈 경우엔 이 나라에 도움이 되는 일이 있을 것이라고 확신할 수 있을 때라고 하겠소이다."

"청국에 가족은 없는가?"

"아내와 아들 둘, 딸 하나가 있습니다."

"그들도 데리고 올 텐가?"

"그들의 뜻에 매인 겁니다. 그러나 그들 때문에 제 소신을 꺾진 않을 것이옵니다."

"소공의 장군 원세개는 이 나라에 대해 어떤 생각을 가졌는가?" 하고 최천중이 물었다.

"원 장군은 그 야망이 대단한 인물입니다. 이 나라를 위할 마음은 추호도 없고, 자기가 입신할 수단으로만 이용하려는 것입니다."

"명색이 종주국에서 왔다는 사람의 배포가 그 모양이라면 큰일이 아닌가."

"그러나 이편에서 그것을 알고 소小를 주되 대大를 얻어내는 경략이 있으면 상대방의 그 탐욕을 이용할 수도 있을 것 아닙니까?"

"그런데 그런 경략이 우리 조정에 있을 까닭이 있나."

"있습니다. 김윤식, 어윤중 같은 어른은 결코 만만치가 않습니다."

"그럴까?"

하고 최천중이 수염을 쓰다듬다 말고 다시 물었다.

"목인덕이란 독일인을 청국의 이홍장이 추천하여 이 나라의 협판協辦 벼슬을 주게 했는데 그 독일인은 가히 믿을 수 있는 사람인가, 어떤가?"

"원 장군하곤 대단히 친한 사이로 보았습니다만, 그 속을 알 수 없습니다."

하고 소민의 대답이 있자, 최천중이 말했다.

"내가 목인덕의 사람됨을 알고자 하는 것은, 내 아들을 구주歐洲로 보낼까 하는데 그 의논 상대가 되어줄 수 있는 사람인가 어떤가를 알아보고자 하는 거네."

"그런 일이라면 목인덕 같은 사람을 상대하지 않는 것이 좋을 것 같습니다. 그 사람이 좋은 사람이라고 해보았자 자기 나라 일처럼 남의 나라 일을 볼 까닭이 없고, 따라서 장차 무슨 과오가 있을는 지도 모르는데 그만한 일로 사연私緣을 맺었다가 뜻하지 않은 오해를 받을 일이 있을지 모르는 것 아닙니까?"

"소공의 말 잘 알아들었네."

하고 최천중이 기뻐했다. 사실은 아들의 유학을 위해 편리한 수단을 찾고 있는 터이긴 했지만 그런 목적으로만 물은 것은 아니었다. 소민의 깊이를 떠볼 의도가 없지 않았다고 하는 것이 정확하다.

"원세개의 막하를 떠나 이 나라에서 생계를 유지할 방도가 있겠는가?"

하고 최천중이 다시 물었다.

"배운 건 그렇게 많지 않사오나 나라 바깥에 오래 살다가 보니 다소의 견문은 있사옵니다. 그것을 바탕으로 후진의 양성에 힘써 볼까 하옵니다. 모든 일이 인인성사因人成事 아니겠습니까. 그런데 이 나라에 부족한 건 재물도 아니고 무기도 아닙니다. 바로 사람이 부족합니다. 사람을 가꾸어 백년의 대계를 세워야 한다고 생각하고, 저는 그 포부에 일생을 바칠 각오를 하고 있습니다."

"장하오, 소공."

하고 최천중이 소민의 손을 잡았다.

"소공이 그런 뜻이라면 내 견마지로를 다하리다."

"감사하옵니다."

소민이 깊숙이 머리를 숙였다.

최천중이 무언가를 생각하는 빛이더니 물었다.

"앞으로 이 나라를 어떻게 할 작정으로 있는지 원세개의 의중을 알 수 있을까?"

"대강은 알고 있습니다."

하고 소민은 자세를 고쳐 앉았다.

"첫째, 청국은 서양 제국과 교섭하는 데 있어서 가능하다면 이 조선을 미끼로 하여 그들의 난점을 다소라도 해결하려는 의도를 가지고 있습니다."

이어 소민은 다음과 같은 예를 들었다.

"청국의 내륙에 광산이 많은데 영국이 그 채굴권을 요구한 적이 있습니다. 이때 청국은 조선은 소국이나 금은의 광맥이 많은 곳이므로 그곳의 채굴권을 보장해주겠다는 대안을 낸 적이 있습니다. 영국이 이를 수긍하지 않아 그 얘기는 유야무야로 끝난 것 같습니다만 대강 이러한 것이 청국, 즉 원세개의 생각입니다."

"한때 청국은 조선국이 자기들의 속방이 아니라고 하잖았는가."

"일본에 대해서 한때 그런 말을 한 적이 있습니다. 그것은 조선국 때문에 생긴, 아니 조선국이 책임져야 할 손해를 자기들에게 요구할까 봐 그런 연막을 친 데 불과하고, 요즘엔 조선국이 자기네들의 속방이란 사실을 고집하려고 하고 있습니다. 일본의 세력이 이 땅을 차지할까 보아 그런 겁니다. 게다가 조선의 조정이 사사건건 청국의 조정에 협력과 원조를 청하는 태도가 이와 같은 사정을 조장하기도 한 것입니다. 원세개는 이 나라의 조정을 자기의 장중掌中에 잡고 있다고 자부하고 있습니다. 심지어는 어느 술자리에서 숙맥 같은 왕을 그냥 뒀다간 언제 아라사나 일본에게 이용당할지 모르니 차제에 내가 조선국의 왕이 되어버릴까 하는 소리를 한 적이 있습니다. 농담같이 말했지만 나는 거기서 그의 본심을 보았습니다."

"원세개의 청국에 있어서의 실력은 어떠한가?"

"아마 장차엔 북양대신 이홍장의 뒤를 이을 인물이란 하마평이 나돌고 있습니다. 그보다는 현재 청국의 조정을 쥐고 있는 서태후의 제일 충신입니다."

"서태후의 충신이면 태후의 측근에 있어야 할 것이 아닌가?"

"바로 그것이 원세개가 다른 책사들보다 월등히 뛰어난 점입니다. 원세개는 지금 궁중에 있다간 정신廷臣들의 반목질시를 견디어낼 수 없다고 판단한 것입니다. 그보다는 그 정신들의 술수권術數圈 외에 서 있다가 시기가 오면 그 모든 측근을 성패成敗하고 두각을 나타낼 작정으로 있는 게 분명합니다. 조선에 와 있으면 그들 누구의 질시도 받지 않는 데다가 공을 세우고 돌아가면 당적할 수 없는 막강한 세력을 가질 수 있다고 보는 겝니다. 게다가 서태후의 측근으로 가기 전에 재화를 만들어놓아야겠다는 속셈도 있고, 어느 기간 이홍장의 심복으로 있는 것이 장차 이홍장의 세력을 이용하는 데 큰 도움이 될 것이라고 믿고 있는 것입니다."

"원세개의 재력은 든든한가?"

"든든합니다. 조선에서 거둬들이는 재화도 막대합니다. 십 일 만에 한 척꼴로 원세개는 여기서 모은 재물을 청국으로 보내고 있습니다. 그러니까 때론 돈으로도 조선국쯤은 사버릴 수 있다고 호언하고 있는 것 아닙니까."

"무서운 인물이군."

"가히 무섭다고 할 수 있죠."

하고 소민이 다음과 같은 얘기를 했다.

원세개가 천진시장으로 있을 때였다. 서태후가 심양瀋陽으로 행차한 일이 있다. 심양은 청조, 즉 만주족의 근거지다. 이를테면 서태후는 잠시 고향에 나들이를 한 셈이다.

심양에서 북경으로 기차를 타고 돌아오는데, 각지의 관리와 유지들이 갖다 바치는 선물 때문에 기차는 화물을 싣는 차량을 수십량 달지 않으면 안 되었다. 그런데 천진역에 도착하자 마중을 나온 원세개는 선물이라며 한 쌍의 앵무새를 헌상했을 뿐이었다.

서태후는 심히 심기가 상했다.

"천진은 어떤 곳이냐?"

하고 서태후가 측근에게 물었다.

"천진은 풍광이 명미*하기로 유명한 곳입니다."

측근의 대답이었다.

"풍광만 명미한 곳이냐?"

태후의 질문은 계속되었다.

"풍광만이 아닙니다. 해륙**의 보화재물이 골고루 모여드는 풍요한 곳으로서도 유명합니다."

하는 대답이 있었다.

"그런데 그런 곳 시장의 자리에 있는 놈이 선사했다는 게 기껏한 쌍의 앵무새야?"

하고 서태후가 혀를 찼다.

---

* 明媚: 경치가 맑고 아름답다.
** 海陸: 바다와 육지.

바로 그 찰나였다.

"태후 폐하, 만수무강하옵소서."

하는 소리가 뒤편 머리 위에서 들렸다. 한데 그것은 분명히 천진시장 원세개의 목소리였다. 서태후가 두리번거렸다. 원세개는 거기 없었다. 그런데 다시,

"태후 폐하, 만수무강하옵소서. 신령님, 우리 태후 폐하께서 만수무강하옵시도록 가호가 계시옵소서."

하는 원세개의 말소리가 들렸다.

보니 그것은 앵무새가 하는 소리였다.

서태후는 적이 놀랐다.

앵무새는 적당한 사이를 두고,

"태후 폐하, 만수무강하옵소서."

하곤 또 사이를 두어.

"신령님…"

하는 말을 되풀이하는 것이었다.

서태후는 북경에 도착할 때까지 줄곧 그 앵무새의 문안을 들었다.

태후는 깊은 감동을 받은 모양으로 궁으로 돌아가자 측근에게 말했다.

"나는 충신을 만났다. 하늘 아래 원세개 같은 충신은 없을 것이다. 그 충성이 오죽하길래 무심한 새가 그걸 본받아 나의 만수무강을 빌겠느냐."

이렇게 해서 원세개는 서태후의 제일 충신이 된 것인데, 이렇게 되자 감히 누구도 서태후 앞에선 원세개의 욕을 하지 못하게 되었다.

또한 근시近侍를 임명했는데도,

"소신은 안에서 할 일보다는 바깥에서 할 일이 너무나 많사옵니다. 후일 폐하를 가까이에서 모셔야 할 일이 생기오면 서슴없이 폐하 곁으로 달려가겠소이다."

하고 사양했으니 측근들은 그를 모략할 필요마저 느끼지 않았다. 서태후의 기분을 좋게 하기 위해 모두들,

"원세개는 다시없는 충신입니다."

하고 입을 모았다.

최천중은 소민의 이야기를 주의 깊게 들었다. 기는 놈 위에 나는 놈이 있다는 속담이 생각나기도 했다.

"아무튼 원세개는 장차 한 바람 날릴 인물임엔 틀림이 없습니다."

소민은 자신 있게 말했다.

"그렇게 장담을 할 수 있다면 소공은 계속 원 장군 막료로 있으면서 신망을 얻어 장차 우리나라에 유리하게 그를 이용할 계획을 세우는 게 어떨는지…."

하고 최천중이 넌지시 말해보았다.

이에 대한 소민의 대답은,

"원세개가 한 바람 날릴 것은 사실이오나 청조의 명운은 얼마 남지 않았습니다. 워낙 대국이니 일조일석에 망하기야 하겠습니까만, 그들은 그들의 처신 때문에 남의 나라를 돌볼 겨를도 없을 것이옵니다. 지금도 국내는 사분오열, 각지의 군벌들로 하여 중앙의 위령을 겨우 통하게 되어 있는 형편이어서 그 군벌들의 향배에 대국 청

의 운명이 걸려 있는, 이를테면 누란累卵의 위기에 있다고 하겠습니다. 그러니 원 장군을 우리나라에 유리하도록 이용하려는 생각은 안 하는 게 좋다고 저는 작심한 것이옵니다."

"청조가 무너지면 장차 어떻게 될꼬?"

"그것을 가늠하기란 지극히 곤란합니다. 어차피 서양의 세력을 교묘히 이용한 군벌이나 또는 군벌연합이 들어설 것임엔 틀림이 없는데 지금 청국엔 대소 삼십여 개의 군벌이 흡사 춘추전국 시절을 방불케 하고 있습니다."

"그 가운데서도 가장 강한 군벌은?"

"이홍장, 단기서, 증국번, 그런 순서로 되지 않을까 합니다만."

"그렇다면 지금 청국의 소매에 매달리고 있는 이른바 수구파들의 앞날도 뻔한 게 아닌가?"

"그러하옵니다."

"그렇다면 소공, 앞으로 이 나라는 어떻게 해야 될 것 같은가?"

이건 최천중이 건성으로 한 말이 아니다.

"제가 어찌 그런 방책을 알겠습니까만, 제 소견으로선 이러하옵니다."

하고 소민은 자기의 의견을 피력했다.

"지금 개화파니 수구파니 하고 조신朝臣들이 양분되어 있습니다만, 제가 보기엔 그 근본의 방략은 한가지로소이다. 양파의 두령급 인사는 모두 개화, 개명을 해야 산다, 널리 서양 문물을 받아들여 문명해야만 된다, 이런 생각엔 일치되어 있는 것 같사옵니다. 다만 틀리는 건, 이른바 개화파는 지금 서양을 열심히 배우고 있는 일본과 손을 잡고 개화하자는 것이고, 수구파는 청나라와 손을 잡고 청나라의 개화하는 정도에 맞춰 그보다 한 걸음쯤 뒤에 다가가며 개화를 하라, 이것입니다. 모두 일리가 있습니다. 그러니 차제에 현재의 개화파는 청국으로 보내고, 수구파의 인사는 일본으로 보내어, 각 그 상대방이 근거로 하고 있는 바를 이해한 연후에 배청배일拜淸拜日의 방향으로 국론을 통일함이 어떨까 하옵니다. 아까도 말씀드린 바와 같이 청국은 의지할 바 못되고 일본은 가외可畏*입니다. 청국은 의지할 바 못 되는 만큼 우리에게 끼칠 화가 그다지 크지 않을 것이올시다. 그러나 일본이 끼치는 화는 엄청날 것이옵니다. 그래서 저는 김옥균, 박영효, 홍영식, 서광범 등의 의견을 취하지 아니합니다."

"그러니까 어떻게 하면 되겠는가 말이다."

최천중이 웃으며 물었다.

"전들 그걸 어떻게 알겠소이까."

하고 소민도 웃었다.

소민의 등장은 최천중의 주변에 한결 화려한 색채를 보탰다. 어느 날 왕문과 민하, 강원수를 끼워 소민을 환영하는 소연小宴을 여란의 집에서 베풀었을 때, 소민이 왕문을 대하는 태도에 각별한 친애감이 있다는 것을 보고 최천중은 흐뭇한 느낌을 가졌다. 그런 까닭으로 줄곧 두 사람의 응수에 귀를 기울였는데, 화제에 '김옥균'이

---

* 두려워할 만함.

57

란 이름이 올라 최천중은 아연 긴장했다.

"김옥균 선생을 어떻게 생각하오?"

하고 왕문이 소민에게 물었던 모양이다. 당시 청년들의 이목 앞에 김옥균이 큰 모습으로 등장하고 있었다. 김옥균은 많은 선배 준수 俊秀들을 제쳐놓고 참판의 벼슬에 올라 있었으니 그것만으로도 이목을 끌 만한데, 젊은 나이로 일본과 왕래가 있어 그 개화적인 사상이 상당한 반향을 일으키고 있었던 터라 왕문이 소민에게 김옥균의 인물평을 물어볼 만도 했다. 그런데다 소민과 김옥균은 동년배쯤이었던 것이다.

소민은 왕문의 질문을 받고 심사숙고하는 눈치였다. 어느덧 자리가 조용해져 있었다. 모두들 소민의 말을 기다리는 마음이 되어 있었던 것 같았다.

소민이 입을 열었다.

"김옥균 선생은 청국에 가서 일이 년 지내고 오면 훨씬 대성할 수 있을 것 같은데…"

하는 말이 나왔다.

모두들 잠잠한 것은 그다음 말을 기대하고 있기 때문일 것이었다. 소민이 조금 사이를 띄우고 말을 이었다.

"김옥균은 개화를 곧 일본과 결부시키고 있는데, 그 사상엔 나쁠 것이 없다고 하겠지만 후일을 도모하는 덴 시야의 부족함이 있을 것 같아서 하는 말이로소이다."

그러자 민하의 질문이 있었다.

"일본에 편중하는 것이 나쁘단 말씀인가요?"

"나쁘고 좋고 할 성질의 문제가 아니라 우리나라가 놓인 입장을 잘 파악해야 한다는 말입니다."

하고 소민은 다음과 같은 설명을 했다.

"청국은 오늘날 노후하고 일본은 생신한 기백에 넘쳐 있소. 그러나 청국은 아직도 동양에 있어선 막강한 힘이오. 이 나라를 속방이라고 생각하고 있소. 그런데 이 나라가 자기들을 따돌리고 일본을 중시한다는 태도를 노골적으로 보이면 그들은 자기들의 체면을 위해서도 좌시하지 않을 것이오. 앞으론 어떻게 될지 모르나 원세개가 이 한성에 머물러 있는 동안엔 일본을 의지하고 일을 꾸미려는 술책은 수포로 돌아갈 것이외다. 내가 보기엔 김옥균을 비롯한 개화파가 그 점을 등한히 하고 있는 것 같소. 아직 대사에 이르지 않았으니 별일이 나타나지 않고 있습니다만, 이른바 개화파가 그 세력을 국사 전반에 뻗치려고 하면 반드시 무슨 일이 있으리다."

소민은 자신을 갖고 말했다.

소민의 의견이 강원수를 만족시킨 모양으로 그가 한마디 했다.

"김옥균은 모사의 재才는 있으나 성사成事의 능능能能은 없는 사람으로 나는 보고 있는데 소공의 생각은 어떻소?"

소민의 눈이 순간 빛났다. 말이 있었다.

"강공의 혜안, 놀랄 만하오."

소민의 칭찬을 받은 강원수는 약간 어색한 기분이 되지 않을 수 없었지만, 제자인 왕문과 민하가 김옥균 쪽으로 마음을 기울이고 있는 것 같아 애를 태우고 있던 터라 이 기회를 이용해야겠다고 생각하고 왕문과 김옥균을 비교하는 뜻으로 다음과 같이 시작했다.

"내가 왕군을 만난 것은 왕군이 다섯 살인가 여섯 살 때였습니다. 그때 재력才力을 시험해볼 양으로 두자미의 일람중산소一覽衆山小란 시구를 내어놓았더니 왕군은 즉석에서 천하위유소天下爲猶小, 즉 천하도 작다고 할 판인데 하론안저산何論眼底山일꼬, 눈 아래 산을 두고 논할 건더기가 있느냐고 했소이다. 그때 나는 적이 놀랐습니다. 나 자신 어릴 때부터 신동이란 평을 받고 자란 사람인데도 왕군의 재주엔 다만 혀를 내두를 뿐이었습니다."

하고 강원수가 한숨 쉬고 있었다.

"그런데 우연한 기회에 김옥균 씨가 비상한 재능을 가졌다는 소문을 들었습니다. 그 어른이 장원급제했을 때의 과시科詩를 얻어 읽을 기회도 있었사옵니다. 과연 재는 빛나고 능이 번득이는 명문장이었습니다. 그러나 한편 사물의 진상眞相에 철하려는 의욕의 부족이라고 할까, 다시 한 번 사물의 뜻을 살펴보려는 대재大才의 부족을 곧 알게 되었습니다."

"가령 어떤 점에서 그런 것을 보았습니까?"

하고 소민이 물었다.

"일례를 들면 바다의 풍랑을 보고도 바다가 잠잠할 때를 짐작할 줄 알고, 고요한 바다가 노도로 변할 줄을 알아 그 융통무애한 진상을 터득해야 할 것인데도 불구하고 조용한 바다는 조용한 대로, 거친 바다는 거친 대로만 보고 말았다 이겁니다."

"그건 너무 일면만을 보신 게 아닐까?"

하고 최천중이 한마디 끼였다.

"그의 문장을 속속들이 다 읽은 것이 아니고 그의 언동을 살살이 챙겨본 것은 아니니 장담은 못 하겠습니다만 제가 본 바로는 그러했습니다. 그 한 가지 예로서…."

하고 강원수는 잠깐 생각하더니,

"김옥균 선생이 여섯 살 되던 해 지었다는 시구가 있습니다. 왜 여섯 살 때의 것을 들먹이느냐 하면 왕군이 여섯 살 때 지은 시와 대비될 수가 있기 때문입니다. 옥균 선생의 부친 김병태金炳台 공이, 선생이 여섯 살 때 달을 가리키며 글을 지어보라고 했더니 그 자리에서 김옥균 선생은 '월수소조천하月雖小照天下', 즉 달은 작지만 천하를 비춘다는 글을 지어 마을 사람들을 놀라게 했다는 얘기를 들은 적이 있습니다. 여섯 살 난 아이의 글로선 대단합니다. 그러나 대재大才일 수 없다는 것은, 달을 작은 것으로만 보았다는 바로 그 점입니다. 그만한 문장을 지을 줄 아는 재기가 있으면 반드시 저 달이 내 눈으론 작게 보이나 사실은 작은 것이 아니리라 하는 느낌을 갖는 것이 당연합니다. 그 당연한 느낌이 없이 보이는 대로 월소月小라고 해버린 곳에 대재의 부족이 있다는 것입니다."

소민은 수긍하는 듯 고개를 끄덕였으나 최천중은 강원수의 말이 불만이었다.

"여섯 살 때의 글을 가지고 재질을 논한다는 건 지나치지 않을까?"

최천중은 소민의 말에도, 강원수의 말에도 일리가 있다고 인정할 수는 있었으나 김옥균을 낮추어 평가하는 말을 계속 듣고 있긴 싫었다. 그는 뭐니 뭐니 해도 어윤중, 김옥균, 김홍집, 김윤식 등을 당대의 출중한 인물로 보고 있었다. 뿐만 아니라 대단한 호의를 갖고 있기도 했다.

"그들을 잘 보살펴주게, 그럼 기필 보람이 있을 것일세."

라고 한 환재 박규수 선생의 유언이 있기도 했던 것이고 보니, 최천
중은 김옥균에 관한 달갑지 않은 말을 듣기가 거북했던 것이다.

"견수불견림見樹不見林도 불가하거니와 견림불견수見林不見樹도
역시 불가한 것이오. 평인評人에 부주不周하면 수선의雖善意라도
악담처럼 되는 것인즉 삼가는 것이 어떨는지?"

하고서 최천중이 웃었다. 나무를 보고 숲을 보지 않는 것도 좋지
않거니와 숲만 보고 나무를 보지 않는 것도 역시 좋지 않으니, 사
람을 평하되 두루 살피는 것이 되지 못하면 선의로써 하는 말도
악담으로 들린다는 지극히 당연한 뜻의 충고였다.

"고마우신 가르침입니다."

하고 소민이 활달하게 말했다.

최천중이 좌중의 기분을 돌릴 겸 화제를 바꿨다.

"청국의 풍수와 조선의 풍수는 어떠한지 한번 비교해서 말해볼
수 있겠소?"

"한마디로 말해 십일불견산十日不見山이 청국이면 무일불견산無
日不見山이 이 나라 입니다. 비교가 되지 않습니다."

하는 소민의 대답이어서 최천중은,

"사람의 크기도 그렇게 보는가?"

하고 물었다.

"넓은 땅에 살면서도 사람은 수 칸 집을 짓고 살고, 좁은 땅에
살면서도 역시 수 칸 집이니 땅의 광협廣狹으로 사람까지야 달라

지겠습니까? 코끼리의 벼룩이나 고양이의 벼룩이나 다를 것이 없듯이 말입니다."

하는 답이 있었다.

"그런데 청인들이 우리 국인을 멸시하는 까닭은 뭔고?"

"소인에겐 그런 폐단이 있지만, 대인은 우리가 소국이라 하여 멸시하는 일은 없습니다."

"그럼 원세개는 소인이란 말이 아닌가?"

"소인입니다. 분명히 소인입니다. 탐욕이 크다고 해서 대인일 순 없으니까요. 그러나…."

하고 소민이 덧붙였다.

"원세개는 소인이나 얕잡아볼 수 있는 소인은 아닙니다."

"그 까닭은?"

"원세개는 언제나 스승을 모시고 있습니다. 그 이름은 마영馬英이라고 하는데 금년이 환갑입니다. 원세개는 마영 선생의 말만은 어떤 일이 있어도 듣습니다. 마영 선생은 원세개의 그릇을 알고 있으니 그 그릇에 맞추어 교훈을 내립니다. 그런 까닭으로 해서 원세개가 어느 지위에 이르기까진 실수가 없을 것이옵니다. 물론 그 실수란 그의 입신에 관한 일을 두고는 말입니다만."

"그 마영이란 사람이 지금 한성에 와 있소?"

"물론입죠."

"그 사람을 한번 만나보고 싶구려."

"마영 선생은 절대로 외인을 만나지 않습니다."

"그것 또한 이상한 일이로군."

하고 최천중이 중얼거렸다.

"마영 선생은 조정에 죄를 얻어 극형을 당할 뻔했던 일이 있었는데 원세개 장군의 덕으로 살아난 것입니다. 그 후론 자기의 목숨은 원 장군 덕택으로 있는 것이니 평생을 그를 위해 바치겠다고 서약을 한 모양입니다. 원 장군에게 서약한 것이 아니고 자기 스스로 그렇게 서약한 것입니다. 다른 사람들과 만나게 되면 정신이 그만큼 산일된다는 겁니다. 그래 놓으니 원 장군 자신보다도 원 장군의 마음을 잘 알고 있습니다. 매일매일 행하는 일을 미리 짜두는데, 마영 선생의 계획은 조금도 어긋남이 없습니다."

"그런 사람이니 더욱 만나보고 싶구나."

"가망 없을 줄 알지만, 제가 한번 주선을 해보겠습니다. 저완 각별한 사이입니다. 그 연고는 제 스승 마지량 선생과 마영 선생이 종형제지간이란 데 있습니다. 그러니 약간의 무리는 통할 수가 있습니다."

"그 마영인가 하는 사람이 우리나라의 조정을 어떻게 보고 있는가?"

"그런 말을 잘 하지 않는 분인데 얼마 전 이런 얘길 한 적이 있죠. 병란(임오군란)이 지난 지 일 년이 다 돼가는데도 이 나라의 조정은 그것을 마무리할 생각은 않고 자꾸 사건을 확대하기만 하니, 그래서 어떻게 할 셈인지 모르겠다고 개탄하는 말을 했습니다."

사실 그대로였다. 조정에선 일 년이 지난 지금까지도 그때의 연루자가 누구였는가를 머리칼에 홈을 파듯 살폈고, 한편 그때 화를 입은 사람을 찾아내어 승진을 시키고 상을 주는 등 법석을 떨고 있었다. 전전前前 오위장五衛將 조병의, 전전前前 감역監役 정용섭, 전전前前 학관學官 김홍배, 중관中官 이정식, 민원식, 김완실, 진사 이건춘, 유학幼學 민치복, 상윤, 전전前前 별선군관別選軍官 상범식, 군교軍校 양억주, 박홍영 등 수십 명이 임오군란 때 화를 입었다고 하여 벼슬이 오르고 상금을 받았는데, 그 가운덴 얼토당토않은 인간들도 섞여 있었다.

그런가 하면 저놈은 군란 때 대원군파에 속했다는 투서 한 장으로 곤욕을 치러야 하는 사건도 빈번히 있었다. 허욱, 장태진, 장순길, 김창영, 유홍엽, 장재식, 이봉학 등이 붙들려 능지처참을 당한 것도 그 무렵에 있었던 일이다.

마영은 이런 사실을 두고

"난의 처리는 빠를수록 좋은 것, 불미한 일은 백성이 빨리 잊도록 해야 민심의 안정을 얻을 수 있는데, 처리를 끌고 있으면 민심을 악화시킬 뿐, 하등의 이익이 없다."

라고 하며 조정의 처사가 잘못되었다고 비평했다는 것이다.

"그 밖엔?"

"하는 짓을 보니 작년에 있은 군란이 조정엔 치명적인 화근이 될 것이란 말을 덧붙였을 뿐, 달리 말이 없었습니다."

"꼭 그 사람을 한번 만나보고 싶구나."

하는 말을 마지막으로 최천중이 좌석에서 일어섰다.

젊은 사람들끼리 마음놓고 놀라는 배려에서였다.

최천중은 바깥으로 나와 초여름의 밤바람을 쐬며 하늘을 보았다. 만천에 성두가 찬란했다. 그날 밤 배행*은 구철룡이었다. 최천중이 구철룡을 돌아보고 말했다.

"인재는 있는데 시운이 없어. 인재는 있으되 시운이 없다."

하고 최천중이 다시 한숨을 쉬자,

"시운이 없으면 잠자코 계실 수밖에 없지 않습니까."

하고 구철룡이 혼잣말처럼 중얼거렸다.

"그런데 그 기다린다는 게 여간 일인가?"

최천중이 쓸쓸하게 웃으며 덧붙였다.

"내 나이가 벌써 쉰 살이 아닌가."

그리고 한동안 말없이 두 사람은 진고개 쪽으로 걸었다.

호젓한 골목으로 들어섰을 때 최천중이 물었다.

"자네의 아이들도 꽤 컸지?"

"큰놈이 열 살이고 작은놈이 여덟 살이며, 딸아이는 아직 네 살밖에 안 되었습니다."

"잘 기르게."

"나으리 덕택으로 걱정 없이 기르고 있습니다."

"다행이로구나."

하고 최천중이 다시 말을 끊었다. 그는 잠시 구철룡의 처지를 생각했다. 구철룡의 조부는 역모에 가담했다 하여 죽음을 받았다. 그 아버지도 연좌되어 죽었다. 구철룡이 어머니의 배 속에 있을 때의 얘기다.

---

* 陪行: 윗사람을 모시고 따라감.

구철룡의 어머니는 아이를 배 속에 가지고 도망쳤다. 시부의 명령에 따른 것이다. 구철룡의 할아버지는 미리 그날이 있을 줄 알고 은괴 세 개와, 구씨 집안의 내력을 적은 것과, 자기를 모함한 자들의 이름을 적은 것을 문서로 만들어 며느리에게 주며,

"이걸 갖고 너는 도망을 쳐라. 배 속의 아이라도 살려야겠구나. 다행히 그놈이 사내아이거든 성년이 되길 기다려 이 보따리를 끌러라. 딸아이거든 곧 이걸 태워버려라."

하고, 빨리 떠나라고 재촉했다는 것이다. 며느리는 사람이 많이 사는 한성에 몸을 숨겼다. 은괴 세 개가 밑천이 되었다. 떡 장사도 하고, 한가할 땐 남의 품도 팔고 하며, 데리고 나온 딸과 유복자를 길렀다. 그리하여 구철룡은 철이 들 무렵 종로의 지전에 중남으로 들어갔는데, 그 뒤에 최천중을 만나게 된 것이다.

"자네와 내가 만난 지도 벌써 이십 년이 되는구나."

"그러하옵니다."

다시 두 사람 사이에 말이 오갔는데 감개가 서려 있었다.

"오늘 밤은 회현동으로 가야겠구나."

하고 최천중이 교자전 앞을 지나 회현동 골목길에 접어들었을 때였다. 바로 눈앞 얼마 안 되는 곳에서 괴한이 담을 뛰어넘는 것이 으스름 달빛에 보였다. 최천중이 멈춰 섰다.

"그것 보았나?"

"예."

"도둑놈인가?"

"아마 청병淸兵이 아닌가 합니다. 빨리 지나가도록 하십시다."

두 사람은 얼른 그 자리를 지나쳤다.

청병들 가운덴 과부 집이나 바깥주인이 없는 집을 골라 가끔 불미한 짓을 하는 놈들이 있었다. 그러나 그런 일은 본체만체해야 하는 것이 통례로 되어 있었다. 알은체를 했다간 무슨 봉변이 있을지 몰랐다. 포졸들도 청병을 보면 피했다.

'이 꼴이 뭐람. 우리의 한성도 지키지 못하는 이 꼴이.'

최천중의 가슴에 울화가 끓었다. 구철룡의 기분도 마찬가지였다. 이윽고 두 사람은 황봉련의 집 문 앞에 섰다.

"잠깐 들렀다 가세."

"예, 그렇게 하옵죠."

구철룡의 집은 황봉련의 집에서 멀지 않은 곳에 있었다. 두 사람은 사환이 열어준 대문으로 해서 들어갔다.

황봉련이 마루에까지 나와 최천중을 맞이하는데 그 얼굴에 담뿍 웃음이 있었다.

"무슨 좋은 일이 있으신가 보군요."

구철룡이 말했다.

"좋은 일이 있었어. 구 선비도 잠깐 마루에 앉으시구려."

황봉련이 넘칠 듯한 기쁨을 감출 수가 없다는 시늉을 했다.

"무슨, 그렇게 좋은 일이…?"

하고 최천중이 방안으로 들어가고 구철룡은 마루로 올라가 황봉련의 말을 기다렸다. 봉련은 아이를 시켜 두 사람에게 냉차를 갖다놓게 하고 말했다.

"연치성 나으리의 어머니를 찾았소이다."

"결국 그 보살이?"

하고 최천중이 물었다.

"그러했소이다. 제가 그 보살님을 모시고 앉아 차근차근 말씀을 올렸더니 실토를 하셨어요."

"그것 잘되었소."

하고 최천중이 구철룡을 건너다보았다.

"빨리 연공에게 알리는 게 좋지 않을까?"

"벌써 알고 계세요. 저와 같이 갔으니까."

최천중은 그제야 여란의 집에 연치성이 나타나지 않은 까닭을 알았다. 연치성은 피치 못할 사정으로 어디 좀 가봐야겠다고 미리 전갈을 보냈던 것이다.

"임자가 연공을 그리로 데리고 갔던가?"

"아닙니다. 연 나으리께서 저더러 같이 가보자고 했던 거예요."

"어떻게 했건 잘했소."

이십 수 년 만의 모자의 상봉이니 얼마나 기쁘랴!

최천중이 곽선우와 더불어 동대문 밖의 임진집에 갔다가 돌아와 '혹시나' 싶어 연치성에게 귀띔을 했던 것인데, 연치성이 그 집을 찾아갔더니 처음엔 술집 안주인이 뭔가 흥분을 가누지 못하는 눈치였다가 방에 들어갔다가 나온 후론 침착한 어조로,

"우린 그런 일도 없었고 그런 분도 알 수 없다."

하고 잘라 말하더란 것이다. 몇 번을 가도 그런 모양이라서 연치성은 하는 수 없이 황봉련의 도움을 청한 것이었다.

봉련의 얘기는 다음과 같았다.

"내겐 아무런 연루도 계루도 없고 이 절 저 절로 떠돌아다니는 반승반속半僧半俗의 여자라고만 고집하더니, 연 나으리는 이십 수 년 내내 어머니를 찾다가 못 찾는 바람에 못된 속병을 앓고 있다고 말하자 그 보살님의 얼굴에 변화가 생기더란 말예요. 그래서 한술 더 떴죠. 보기엔 아무렇지 않은 것 같으나 속은 곯아 그 생명이 단석*에 있다구요. 그런데 어머니만 찾으면 그 속에 맺힌 것이 일시에 풀릴 것이라고도 했지요. 그랬더니 감았던 눈을 다시 뜨며 내 아들을 보게 해달라고 하시데요…."

"한데, 왜 자기의 처지를 밝히려고 안 하셨을까?"

최천중이 물었다.

"이미 없는 것으로 되어 있는 어미가 불쑥 나타나면 아들의 신상에나 가정의 형편에 혼란이 생기지 않을까 두려워했던 거죠."

하는 황봉련의 답이었다.

"연공이 어머니를 만나게 되었으니 이십 년 쌓은 노력이 헛되지 않았다는 얘기가 되는구려."

최천중이 느슨한 마음으로 되며 구철룡을 돌아보고 말했다.

"구공의 일이 한스럽구려. 할아버지와 아버지의 원수를 갚지 못했으니."

구철룡이 성년이 되어 조부가 전한 보따리를 끌렀을 때 그 문서에 적힌 원수들이 이미 죽고 난 뒤였다. 구철룡의 조부는 자기의 원수들의 이름을 적은 문서의 뒤에 다음과 같이 덧붙였다.

---

* 旦夕: 시기나 상태 따위가 위급함.

'당자가 사망한 뒤면 원한을 그 후손에겐 옮기지 말라.'

그렇게 해서 구철룡은 조부의 원한을 풀어주지 못했던 것이다.

"모든 것이 팔자소관 아닙니까."

하고 구철룡은 덤덤했다.

"이제 그러면 왕문과 민하의 혼사만 남았군."

최천중이 중얼거렸다.

"하나의 걱정이 지나면 또 걱정, 그렇게 하다가 우리의 팔도유람은 언제쯤이 되겠어요?"

하고 황봉련이 웃었다.

"팔도강산은 그렇게 쉽게 없어질 것이 아니니 바쁜 일이나 처리해놓고 갑시다."

하는 최천중의 답이어서,

"그게 언제란 말씀이오이까?"

하고 황봉련이 안달을 했다.

"추풍기혜백운비秋風起兮白雲飛라, 가을바람이 일기 시작할 무렵 떠나기로 합시다. 만산이 단풍으로 치장되어, 그야말로 금수강산이 될 것이 아니오."

최천중이 호방하게 웃었다.

"이번 출행엔 이 구철룡을 데리고 가주십시오."

구철룡이 한 말이었다.

"아냐, 이번 차례는 유만석이다. 그놈이 요즘 잔뜩 부어 있어….
자기를 데리고 안 다닌다구."

하다가 최천중이

"옳지."

하며 무릎을 쳤다.

"왜 그러세요, 나으리?"

황봉련이 놀라 물었다.

"유만석 부인 김씨를 왕문의 모친에게로 보내야겠구나."

"뭣 하시게요?"

황봉련은 여전히 의아스런 눈초리였다.

"왕문의 혼사를 두고 의논할 일이 있소."

"어디 좋은 데가 나섰수?"

"일전 임자가 말한 유덕로 대감 둘째딸이 지금…."

"탐한 권문의 딸이라서 싫다고 하시더니."

"사실은 오늘 그걸 의논하러 온 거요. 딱 내 마음에 드는 것은
아니지만 본인 하나를 두고 말할 땐 그 이상 가는 규수가 흔하지
않을 것 같애."

"그건 이미 제가 확인했소이다. 그런데 상대편의 의사를 떠보시
기라도 하셨수?"

"그 일을 맡은 사람이 있어. 요는 왕문의 모친이 결정할 일이지."

"임자의 뜻이 그렇게 정해졌다는 건가요?"

"반쯤은…."

"그렇게 할 수 있는 방책만 있으면 그 규수로 정하세요. 요즘 내
가 본 규수 가운데선 그 아가씨가 훌륭하옵니다. 재앙의 집에 화풍
和風을 일으킬 수 있는 규수이옵니다."

바로 그 무렵 곽선우는 유덕로 대감과 대좌하고 있었다.

"대감께선 소인이 하자는 대로 하시는 게 좋을 줄 압니다."

곽선우는 몇 번인가 되풀이한 말을 다시 한 번 해놓고 유덕로가 등지고 있는 병풍의 글귀에 눈을 돌렸다. 지금 눈이 간 곳의 글귀는 '옥호미주시백편玉壺美酒詩百篇'*이란 대목이었다. 유덕로가 등지고 앉아 있는 병풍엔 추사秋史의 글씨로 된 정도전의 중추가中秋歌가 적혀 있었다.

"어림없는 소리!"

빈 담뱃대로 재떨이를 탕탕 두드리며 유덕로가 으르렁댔다.

유덕로와 곽선우의 대화는 이로써 사흘째를 끈 대좌였다. 식사를 하고 변을 보고 와선 다시 그 자리에 앉고, 앉아선 가끔 한마디씩 이렇게 주고받는 터인데 성깔이 괴팍한 유 대감이 건달 곽선우를 쫓아내지 못하고 있는 것이 하인들에겐 수수께끼였다.

곽선우가 첫날 면회를 청했을 때 유덕로의 실수가 있었다. 환쟁이가 유 대감의 초상을 그리고자 왔다는 바람에 방으로 들라고 한 것인데, 나타난 사람을 보니 항상 바깥사랑에서 뒹굴고 있던 과객 곽선우였던 것이다.

"자네가 화공인가?"

성난 투로 물었다.

"화공 노릇도 제대로 하옵죠. 아마 부인께서 수일 전 소풍 나가셨다가 얻어 오신 그림이 있었을 터인데 그게 제가 그린 그림이올

---

* '옥 병에 담긴 좋은 술 마시며 백 편의 시를 짓다.'

습니다."

시원한 음성으로 곽선우가 말했다.

유덕로는 눈앞이 캄캄해졌다.

"그래 어떠하옵니까. 초상을 그려 올릴까요?"

곽선우가 물었다.

"필요 없네."

유덕로는 시선을 엉뚱한 곳으로 돌렸다.

"잘됐습니다. 저도 대감의 초상을 그리고 있을 여가가 없습니다. 긴히 드릴 말씀이 있어서 핑계로 삼았을 뿐이옵죠."

"무슨 말인가? 어서 하고 가게나."

"내가 어서 가게 될지, 가지 못하게 될진 오로지 대감의 의중에 있소이다."

"그건 또 무슨 소린가?"

"들어보시면 알 것이외다."

하고 곽선우는 다음과 같이 말했다.

"대감님 슬하에 제희라는 따님이 계시지 않습니까?"

"…"

"제주도에서 얻었다고 해서 제희라고 한 것으로 알고 있습니다만."

"무슨 소릴 하려는 건고?"

소리는 낮았으나 울화가 섞여 있었다.

곽선우가 뭔지 알고 있다는 짐작으로 불안한 마음을 품고 있지 않았더라면 유덕로의 입에서 당장 '여봐라' 하는 소리와 함께 '이놈을 끌어내라'는 호통이 떨어졌을 것이었다.

"이때까지 드린 말씀은 그저 되는 대로 지껄인 것이고 사실은 좋은 신랑감이 있어서 찾아온 것입니다."

"차례라는 게 있어. 그 애 위에 딸이 있으니 그 딸을 치워야 제희를 치울 생각을 하지."

"만부득이할 땐 순서를 바꿔도 될 일이 아니겠습니까?"

"장유유서를 바꿔야 할 만큼 부득이한 사정이란 게 우리 집안엔 없어."

유덕로의 말은 이렇게 강경했다.

"그러시다면 큰따님 중매를 먼저 하겠습니다."

곽선우가 말을 바꿨다.

"자네에게 부탁할 마음 없네."

유덕로가 잘라 말했다.

"대감께선 내게 부탁할 의사가 없더라도 내 사정은 빨리 서둘러 제희 아가씨의 혼사가 이루어지는 것을 보아야 하겠습니다."

"당치도 않은 소리."

그러면서도 유덕로가 곽선우를 쫓아내지 못하는 것은 일전에 본 그림이 마음에 걸려 있는 탓이었다.

"아주 훌륭한 청년이 있사옵니다. 제희 아가씨완 천생의 배필이 될 수 있는 신랑감입니다. 그래 그 혼처를 놓치기가 아까워 드리는 말씀입니다."

"해괴한지고. 자네가 어째서 혼처를 놓치기 아깝다느니 어쩐다느니…"

"귀댁과 댁의 따님 제희 아가씨를 위해 드리는 말씀입니다."

"내 집과 내 딸은 내가 위할 것이니 자네는 간섭 말게."

"그렇더라도 좋은 신랑감이 있다고 모처럼 권하고 있는데 그게 누구냐는 것쯤은 물어보셔야 할 게 아닙니까? 딸을 가진 어버이의 심정으로서 말입니다."

"그것도 외람한 소리여. 내 집 일은 내가 알아서 할 것이여."

"제희 아가씨의 일은 그렇겐…."

곽선우는 중대한 사연은 일부러 생략한다는 뜻을 풍기며 말을 끊었다.

"얘기를 다 했으면 가보게."

유덕로는 돌아앉아 담뱃대를 입에 물었다. 곽선우가 부시를 꺼내 불을 붙여주었다.

시키지도 않은 일을 왜 하느냐는 투로 유덕로의 얼굴이 찌푸려졌다.

"나도 제희 아가씨를 생각해야 할 처지에 있는 사람이외다. 대감의 마음에 못지않을 것이외다. 그러한 내가 천생의 배필이라고 고른 신랑감입니다. 한번 그 청년을 보기라도 하셔서 혼사는 뒤로 미루더라도 약혼이라도 해두는 것이 어떨지요?"

"장유유서라니까 그러네. 안 되네."

"혼례는 큰따님 뒤에라도."

"안 된다면 안 되는 거여. 어서 가게."

"승낙을 받기 전엔 못 가겠습니다."

그래도 유덕로는 곽선우를 쫓아내지 못했다.

그 후로 곽선우는 그 방에 눌러 앉아,

"제 시키는 대로 하시는 것이 좋을걸요."

하는 말을 가끔 되풀이하고 있었고, 유덕로는

"어림도 없는 소리."

라며 으르렁대고 있는 것이다.

사흘째의 밤도 깊어지려고 하자 유덕로의 인내심도 한계에 왔다. 도대체 이놈이 무얼 믿고 이런 배짱을 부리는가를 똑똑히 확인하고 싶은 충동이 일었다. 곽선우인들 답답하지 않을 리가 없었지만 끝까지 버틸 생각을 했다. 서툴게 말을 했다간 상대방이 똥배짱을 부릴지도 몰랐다. 궁한 쥐가 고양이를 무는 경우도 없지 않은 것이다. 게다가 유덕로는 탐관오리로서 소문이 나 있는 만큼 구린 데도 많았다. 유덕로가 정색을 했다.

"도대체 자네는 뉘긴데 이렇게 억지를 쓰는가? 하는 수 없어. 포도청 포졸을 불러야 하겠다."

"저하구 대좌해 있는 게 괴로우신 모양입니다그려. 하나, 포졸을 불렀대서 달라질 게 없습니다. 옥중에서도 이렇게 대좌하고 있어야 할 테니까요. 그럴 바에야 여기 이렇게 있는 것이 편하지 않겠습니까?"

망화도 알고 있었다. 지금 안사랑에서 어떤 일이 벌어지고 있는가를 알고 있었다. 망화가 알까 봐 온 집안이 쉬쉬하고 있었지만 망화는 알고 있었다.

보다도 망화가 자기의 출생에 관한 비밀을 알게 된 것은 열한 살이 되던 해였다. 소백산 어느 암자에서 수도하고 있다는 여승이 유

덕로의 집에서 묵게 되었는데, 여승이 떠날 때 한 개의 두루마리를
몰래 망화의 방에다 넣어주며,

"아무에게도 이걸 보이지 말고 아가씨만 보세요."

하고 속삭였다.

그 두루마리엔 그림과 사연이 적혀 있었다. 남자의 초상을 그려
놓곤 '망화의 아버지'라고 적었고, 여자의 초상 밑엔 '망화의 어머
니'란 글이 있었다. 그리고 이르기를,

> 망화의 아버지는 대쪽같이 곧은 어른이고 망화의 어머니는 솜처럼
> 부드러운 어른이었다. 모두 한을 품고 돌아간즉 조석으로 그 명복
> 을 빌지니라. 망화의 나이 열여섯 살이 되면 찾는 사람이 있으리라.
> 만일 그해에도 찾는 사람이 없고 그다음 해에도 찾는 사람이 없으
> 면 너는 양부모의 뜻을 따르되, 후일 생남하면 그 가운데 하나에게
> 구씨仇氏 성을 주어 너의 아버지 구조경의 후사로 하고 제사를 모
> 시게 하라.

하고 이어 구조경의 무덤과 망화 어머니 무덤의 소재지와 도면을
그려놓고 아울러 그들의 망년, 망월, 망일을 적어놓았다.

그 두루마리를 읽고 망화가 놀란 것은 두말할 것도 없거니와, 그
놀람과 슬픔을 감추고 태연하게 꾸미려는 노력도 이만저만이 아니
었다. 그런 만큼 망화는 양부모의 은혜에 감사하지 않을 수 없었
다. 양부모의 망화에 대한 마음 씀은 자기가 낳은 딸들과 조금도
다름이 없었으니 말이다.

망화는 그 두루마리를 자기의 물건으로 되어 있는 장 속에 깊이 간직해두었는데, 이해 열여섯 살이 되면서부터 누군가를 기다리는 마음이 되었다. 행여나 하고 기다리는데도 나타나지 않으니 서운하기도 하고, 한편 나타날까 봐 불안하기도 했는데, 수일 전 정릉골에서 한 장의 그림을 보고 그 그림 끝에 씌어 있는 '노우'란 이름에 가슴을 설렜다.

노우란, 5년 전에 여승이 가지고 온 두루마리 끝에 적혀 있던 이름이었기 때문이다.

'드디어 왔구나.'

하는 기분으로 가슴을 두근거리고 있는데 중랑에 묘한 손님이 찾아들었다는 소식을 들은 것이 사흘 전이었다.

망화는 그 묘한 손님이 일전 정릉골에서 그림을 그려 보낸 사람이라는 것을 의심하지 않았다.

'이제 무슨 일이 생기겠지.'

그러나 사흘이 지나도 중랑의 손님은 떠나질 않았고, 망화에게도 이렇다 할 소식이 없었다.

중랑으로부터 무슨 소란스러운 소리가 들려오는 것도 아니고, 형언할 수 없는 무거운 공기만 자욱한 것 같아 견딜 수가 없었다.

자정이 넘었는데도 잠을 이룰 수가 없어, 망화는 어둠 속에서 옷을 챙겨 입은 후 곤히 잠든 몸종의 몸을 조심스럽게 피해 뜰로 내려섰다.

달이 없는 방이었지만 여름이 시작된 뜰에 만발한 꽃들이 이슬을 머금고 부옇게 보였다. 그 사이를 사뿐사뿐 걸어 중랑으로 통하는 중문을 밀었다. 중문은 소리 없이 열렸다. 대감의 내당 출입을 위해 중문은 잠그는 법이 없었고, 소리가 안 나도록 언제나 기름이 쳐져 있었기 때문이다.

돌담을 끼고 대감의 침소로 되어 있는 방의 들창 밑에 섰다. 희뿌연 불빛이 봉창을 물들이고 있는 것을 보면 아직 잠들지 않았다는 것을 알 수가 있었다. 망화는 귀를 기울였다.

아무 소리도 없다가 불쑥,

"자넨 무슨 믿는 게 있어서 이런 억지를 쓰는 모양인데 그걸 말하려고 하지 않으니 이상하군."

하는 유덕로의 소리가 나직이 울렸다.

"나도 이상하외다. 이런 억지를 부리는 자를 으름장만 놓을 뿐 포도청에 넘기시질 않으니 말이외다."

한 것은 묘한 손님, 즉 곽선우의 말이었다.

"과년한 딸을 키우고 있으면 조심이 되는 거여. 내 집에서 딸을 두고 소란을 일으키기 싫은 거네. 그러니 이상할 것도 없지."

"내가 망화 아씨를 생각하는 마음은 대감님이 따님을 생각하는 마음보다 조금도 못하지 않사옵니다."

"허, 이 사람, 이 집엔 망화란 아가씨는 없다네."

"그럼 제희 아가씨라고 고쳐 부르죠. 천생배필이라고 할 만한 신랑감이 있다는데도 막무가내이신 마음을 알고 싶소이다."

"순서가 있다고 하잖았나."

"순서가 있기로서니 알기만이라도 해두실 순 있지 않겠소이까?"

"알기만이라도 하겠다고 하면 벌써 소문이 나는 거여."

"소문이 두려울 것 없잖습니까?"

"아냐, 제희를 두곤 내가 마음먹고 있는 데가 있어."

"그곳이 어떤 곳입니까?"

"말 못 하겠네."

그러곤 다시 침묵이 시작되었다.

풀벌레 소리가 요란스럽게 들려왔다.

망화의 옷은 이슬에 촉촉이 젖었다.

그래도 그곳을 떠날 수가 없었다.

자기의 운명이 지금 결정되려는 순간이란 의식이 망화의 가슴을 차분하게 했다. 한을 품고 돌아가셨다는 아버지와 어머니. 그 아버지와 어머니에 대해선 운명에 대한 푸념만 있을 뿐이다.

애착도 자기를 키워준 아버지, 즉 유덕로와 그 부인에게만 있었다. 자기의 아버지와 어머니가 달리 있었다는 사실을 알고서도 망화의 유덕로 부부에게 대한 정은 조금도 시들지 않았다.

방안에서 소리가 있었다.

"난 언제까지나 이 꼴을 당하고 있진 않을 거여."

유덕로의 음성이었다.

"나도 그걸 원하지 않습니다."

곽선우의 대답이었다.

"잔말 말고 내일 아침밥을 먹거든 떠나주게. 노자는 후하게 줄 테니까."

"나는 대감님이 내가 천거하는 신랑감을 한번 보겠다는 말씀이 떨어지기 전엔 이 댁을 떠날 수가 없습니다."

"자네 마음대론 되지 않을 걸세."

"난 언제나 내 마음먹은 대로 해왔사옵니다."

"그렇겐 안 될걸."

"두고 봅시다."

했을 때 유덕로가 '에헴' 하고 일어서는 기척이 있었다. 짐작건대 내당으로 들어갈 참인 것이다. 망화는 벽 쪽으로 몸을 찰싹 붙였다.

"자네 발로 걸어 나가면 후하게 노자를 줄 것이고 그렇지 않으면 끌어낼 테니까 그리 알게."

하는 말과 동시에 탕 하고 문을 여는 소리가 들리고 이어 유덕로가 중문으로 들어서며 기침하는 소리가 들렸다.

망화는 당분간 움직일 수가 없었다. 내당으로 들어가려니 이제 막 아버지가 들어간 뒤라서 탄로 나기가 쉽고, 다른 데로 자리를 옮기려니 마땅하지가 않았다.

벽에 기대서서 하늘을 보았다. 찬란한 별들이 깊은 정적 속에 그윽하기만 했다. 망화는 다시금 운명이란 것을 생각했다. 내일 하루가 어떻게 될 것인가를 모르고 살고 있는 스스로의 슬픔을 대신해서 울고 있는 것 같은 풀벌레 소리!

'그런데 지금 방안에 와 있는 사람은 도대체 어떤 사람일까? 무슨 연유로 아버님을 괴롭히는 것일까…?'

아까 귀에 스친 말이 되살아났다.

'천생의 배필이 될 수 있는 신랑감…'

망화는 아무도 보고 있지 않은데도 얼굴을 붉혔다. 동시에 그런 신랑감이 누구일까 하는 호기심이 일기조차 했다.

'그런데 아버지께선 내일 아침 저 손님을 끌어낸다고 말씀하셨는데…'

망화는 아버지 유덕로의 성격을 잘 알고 있었다. 한번 성이 나면 무슨 짓을 할지 몰랐다. 아랫사람들 가운데 곤장을 맞고 병신이 된 사람이 있었고, 어떤 나그네가 무례한 짓을 했다고 죽도록 곤장을 맞았다는 얘기를 들은 적도 있었다. 망화는 어떤 사람이건 간에 자기 때문에 이 집을 찾아왔다가 화를 당하는 일이 있어선 안 되겠다는 생각이 들었다.

'그러면 한번 만나보는 것이 어떨는지. 내 신랑감 걱정을 하는 사람이니 날 해롭게는 안 할 사람이겠지…'

그러나 쉽사리 용기가 나질 않아 망설이다가 결심을 하고 뜰에 피어 있는 꽃가지를 꺾어 그걸로 봉창을 살며시 두드려보았다. 가슴이 두근거렸다. 그러자 곧 응답이 있었다.

"네가 올 줄 알았다. 이리로 들어오너라."

나직이 가라앉은 음성에 이어 방문을 열어젖히는 소리가 있었다. 주저할 형편이 아니었다. 망화는 발소리를 죽이면서도 민첩하게 거동했다.

앞으로 돌아 희미하게 불빛이 흐르고 있는 마루를 밟아 방안으로 들어갔다.

곽선우가 문을 닫았다. 바깥사랑과 통해 있는 문은 이미 잠겨져 있었고 내당을 통하는 중문만이 잠겨 있지 않은 형편이니, 유덕로가 다시 나오지 않는 한 외인의 방해를 받지 않을 것이란 짐작이 피차에 있었다.

우두커니 서 있는 망화를 보고 곽선우가 조용히 말했다.

"거기 앉게."

망화는 불빛을 등진 자세로 앉았다.

곽선우의 말이 시작되었다.

"나는 너와 얘기를 나누려고 사흘 동안을 이 집에서 치근댔다. 그 마음이 네게 통했는가 보다. 내 말을 똑똑히 들어라. 내 이름은 곽선우라고 한다. 네겐 고모부가 된다. 네 아버지의 누이동생이 내 아내니까. 너를 이런 처지로 버려두었다가 새삼스럽게 고모부라고 하여 나타나는 건 누가 생각해도 뻔뻔스러운 노릇이다. 그러나 네가 이런 처지가 된 데도, 내가 여태껏 찾지 못한 데도 까닭이 있다. 그 까닭이 중요한 것이지만 그걸 소상하게 말할 수가 없구나. 긴요한 얘기만 하련다. 너의 신랑감을 내가 구해놓았다. 네가 그리로 시집을 가는 것이 너의 망부와 망모의 원한을 푸는 것이며, 네 자신의 앞날을 여는 것으로도 될 것이다…"

망화의 소리를 죽인 대꾸가 있었다.

"고모부님이라고 하오니 그대로 믿겠사옵니다만 그 분부를 따르진 못할 것이옵니다. 비록 생부와 생모는 아닐망정 소녀는 이 댁에서 친딸과 마찬가지로 자랐소이다. 소녀는 이 댁의 부모에게 생부와 생모에 대한 것과 다름없이 효성을 다할 작정이옵니다. 그러하오니 소녀를 위해 이 이상 고심하시지 마시고 아까 아버님께서 분부하신 대로 내일 아침 떠나주사이다. 소녀로 인해서 고모부께서 화를 당하신다면 소녀의 마음이 얼마나 아프겠사옵니까."

"이만저만해서 화를 입을 내가 아니니 그런 걱정은 말아라. 그렇

지 않아도 널 만나보는 것이 목적이었으니 내일 아침엔 떠날 것이
니라. 그러나 넌 나에게 약속을 해야겠다. 내가 구해놓은 신랑감의
아내가 되겠다는. 그 까닭은 아까 짤막하게 얘기했지만 그것 갖고
모자라면 한마디만 더 보태겠다. 너를 친딸처럼 키운 유 대감의 은
혜에 나도 똑같이 감사하고 있지만, 유 대감의 의중은 지금 널 친
딸처럼 생각하고 있진 않다. 유 대감이 널 친딸처럼 여긴다면 아무
리 내 처신이 초라한 과객에 불과하더라도 훌륭한 사윗감이 있다
고 하면 결말이야 어떻게 되었건 알아보려고는 할 것이다. 그런데
그럴 의향이 조금도 없구나. 그래서 내가 짐작한 바는 유 대감은
널 궁녀로서 입궐시킬 기회를 노리고 있거나, 권세와 부가 있는 내
시內侍의 아내로 널 보낼 작정이란 것이다. 나는 세상을 알고 사람
의 마음을 꿰뚫어보는 독심술讀心術을 익힌 터다. 그러니 내 짐작
엔 어긋남이 없을 게다. 그런데 궁녀로서 입궐한다는 건 만에 하나
의 경우를 노리는 화려한 치장을 한 산송장이 된다는 얘기며, 내
시의 아내가 된다는 것은 네 평생을 지옥으로 만든다는 뜻이니라.
네 망부 망모의 한을 풀 수 있도록 널 거두어 키우진 못했을망정
이러한 너의 처지를 어떻게 방관할 수가 있단 말이냐. 그래서 나는
수모를 견디면서 이렇게 서두르고 있는 것이니라."

"소녀는 아버님께서 죽으라고 하면 죽어야 할 몸, 어떠한 분부가
계셔도 개의치 않을 것이온즉 더 이상 말씀 마옵소서."

"그렇겐 할 수가 없다. 사정을 모르고 널 곤경에 빠뜨리는 것도
참기 어려운 일인데, 어떻게 사정을 알면서 속수무책일 수 있겠느
냐. 그리고 유 대감은 자기가 기왕에 저지른 죄업 때문에 널 궁녀

로 만들려고도 하고 내시의 아내로 만들려고도 하는데, 끝을 맞추어놓고 볼 날이 있으면 네가 내 시키는 대로 내가 구해놓은 남자의 아내가 되는 것이 끝내 유 대감의 앞날을 위해서도 덕이 될 것이니라."

"그래도 소녀는 아버지의 뜻을 따르겠소이다."

"그렇겐 안 될 것이다. 그러나 지금 네 마음을 돌리려고는 안 한다. 다만 알려만 둔다. 네 신랑감의 이름은 왕문이다. 왕문이란 이름을 듣게 될 땐 언제라도 각오하는 바가 있어야 하느니라. 네 의견을 들을 필요가 없다. 돌아가서 자거라. 나는 날이 밝으면 이 집을 떠날 것이니라."

곽선우의 말엔 대꾸할 수 없는 위력이 있었다. 망화는 나부시 큰절을 하고 그 방을 나왔다.

곽선우는 이튿날 아침 유덕로의 집을 떠나며 바깥사랑에 들러 조용팔이란 자를 불러냈다.

"우리 어디 가서 해장술이라도 한잔합시다. 경우에 따라선 용돈도 후하게 줄 테니까요."

하는 말에 조용팔이 곽선우를 따라나섰다. 곽선우가 조용팔을 데리고 나선 데는 이유가 있었다. 이틀 전 조용팔이 안사랑으로 와서 저편 구석에서 유덕로와 뭔가를 소곤대고 있었을 적에 귓전을 스친 몇 마디 말이 마음에 걸려 있었기 때문이다.

"천호동千戸洞의 어떤 집에 살판이 났다고들 하던데 어떻게 갑작스럽게 그렇게 되었소?"

곽선우는 다동 어귀에 있는 해장술집에 좌정을 하자 우선 이렇게 물었다.

"세상 참 야릇한 거요."

조용팔이란 자는 싱글벙글 이렇게 서두를 해놓고 얘기를 시작했다.

천호동에 김달범이란 사람이 있는데, 그 집 셋째아들을 고자대감, 즉 내시를 시킬 작정으로 그 아이가 세 살 때 불알을 깠다. 덮어놓고 불알부터 깐 것이 아니고 신申이라고 하는 노환관老宦官이 그를 양자로 삼을 의향을 밝혔기 때문이다. 내시직은 세전직世傳職인데 고자에게 아들이 있을 리 없으니 고자를 구해다가 양자로 하여, 그 양자에게 직을 물려주게 되어 있는 것이다.

말하자면 김달범은 신의 양자로 들여보낼 작정으로 아들의 불알을 깠는데, 양자로 입적시키기 전에 신이 죽어버렸다.

불알을 까서 병신을 만들어놓았는데 고자대감이 될 길이 막힌 셈이다. 김달범은 병석에 앓아눕게 되었다. 그리고 어언 15년의 세월이 흘렀다. 사방에 연줄을 달아놓은 보람이 있어 금번 강 내시의 양자로 들어가게 되었다.

"생각해보우. 불알만 까놓구 빈둥빈둥 기다리고 있었는데 대망의 고자대감이 될 길이 열렸으니 살판난 게 아뇨."

조용팔은 이렇게 말해놓곤,

"그러나 고자대감이 되면 얼마나 잘살 수 있는 것인진 몰라도 자기 아들의 불알을 까기조차 하는 부모의 마음이란 걸 난 도통 알 수가 없단 말여."

하고 입을 비쭉거렸다.

"강 내시의 세도가 당당한 모양이지?"

곽선우가 넌지시 물었다.

"세도뿐만 아니라 재산이 수만 석이라오. 임금님 옆에 딱 들러붙어 앉아서 못 하는 짓이 없는 모양이니 그만한 재산을 모을 수 있었을 테지만, 세도면 그만이구 돈이면 다인가? 아무튼 재물을 탐해 아들 불알 까는 놈의 심리는 도저히 이해할 수가 없는 거라."

조용팔의 말이었다.

"그래서 인면수심이란 말이 있는 것 아니우."

곽선우가 맞장구를 쳤다.

"짐승도 제 새끼는 귀하게 여긴다오. 팔아먹기 위해 제 새끼 불알을 까진 않을 거요, 짐승도. 짐승만도 못한 게요, 그런 놈은."

"그럴는지 모르지. 그런데 그 얘기를 두고 유 대감과 말이 많은 것 같던데 그건 어떻게 된 거요?"

"그래서 세상은 묘하다는 것 아닙니까요. 자식 불알 까는 놈이 있는가 하면 불알 없는 놈에게 딸을 시집보내려는 놈도 있으니…."

"그 얘기 좀 소상하게 해보슈."

하고 곽선우는 조용팔에게 술잔을 권하는 한편, 안주로 수육 한 접시를 더 시켰다.

"뭔지는 몰라도 유덕로 대감은 강 내시에게 켕기는 게 있는 모양이라, 조석으로 강 내시에게 사람을 보내 문안을 드리고 있거든요. 그런데 금번 강 내시로부터 김달범의 아들을 양자로 할 참이니 유대감 딸 가운데서 며느릿감을 내놓으란 청이 있었던 것 같소."

비밀을 지켜야 할 일인데도 불구하고 조용팔은 서슴없이 모든 것을 털어놓았다.

곽선우는 자기가 어림짐작했던 것이 너무나 적중한 바람에 적이 놀라는 마음이 되면서,

"내시라고 해서 며느리가 없으란 법은 없겠지만, 그 며느리를 대감 댁에서 구하려고 하는 걸 보니, 그 강인가 하는 내시는 꽤나 도도하구려."

하고 빈정댔다. 물론 조용팔의 말을 유도하기 위해서였다.

"그러니까 하는 소리 아뉴. 유 대감이 강 내시에게 뭔가 단단히 걸려든 거라. 그러지 않고서야 감히 어떤 자리라고 그런 말을 하겠수?"

"그래 유덕로는 강 내시에게 자기 딸을 며느리로 보낼 참이던가요?"

"아직은 그런 말이 없었소. 그러나 천호동 김달범의 집 사정을 알아달라는 걸 보니 어느 정도 사정은 하고 있는 것 같소이다."

"괘씸한 놈!"

곽선우의 입에서 느닷없이 터져 나온 소리였다. 조용팔이 움찔했다.

"당신에게 한 소리는 아뉴. 유 대감에 대해서 한 소리요. 어떻게 자기 딸을 내시에게 주려고 마음을 먹었을까 싶어서 홧김에 한 소리외다."

곽선우는 얼른 이렇게 얼버무렸다.

"그야말로 짐승만도 못하지. 하나, 아마 유 대감은 강 내시에게 죽고 사는 문제로 덜미를 야무지게 붙들리고 있는 것 같소이다. 그래 울며 겨자 먹기로 그런 꼴이 된 게 아닌가 하옵니다만."

곽선우는 술을 계속 마실 기분이 아니었다. 사실 그와 같다면 순리대로 망화의 일을 해결할 순 없는 것이다. 잠잠해버린 곽선우의 마음을 달랠 생각이었던지 조용팔이 이런 말을 했다.

"천호동이란 동리가 이상한 곳이야. 김달범의 집 말고도 불알을 까고 고자대감 되길 기다리는 집이 수두룩한 것 같아요. 집안에서 고자대감 하나 만들어놓으면 일족이 그 덕으로 편안하게 살 수 있는가 보지요? 그런데 불알만 까놓고도 연줄이 잘 맞지 않아 처량하게 일생을 보내는 놈도 흔한가 봅니다."

"학문을 해서 대감 되기가 어려우니 그 따위 어처구니없는 꼴도 생겨나는가 보지만, 따지고 보면 그게 모두 망국지조亡國之兆 아니겠소. 한데, 조공, 내 말 좀 들어보오."

하고 곽선우가 정색을 했다.

"조공이 무슨 수를 써서라도 김달범, 아니 강 내시와 유 대감 사이가 연결되지 않도록만 애써주시오. 그렇게만 해주면 유 대감의 일을 보아주어 받을 사례의 다섯 배를 드리리라. 이유는 묻지 마시오. 조공이 들면 반드시 그 일을 파괴할 수 있을 것이오. 내 선금을 얼마 드리리다."

곽선우는 주머니에서 어음을 찾았다.

청산의 기약

靑山

期約

낮부터 마신 술에 취해 초저녁잠을 잠시 잤는데 이상하게도 꿈자리가 어수선했다. 최천중은 눈을 뜨고 어둠을 익혔다. 방장 바깥으로 부옇게 뜰이 보이는 것은 초승달이 구름에 덮인 탓이리라.

　꿈에 관심이 없는 최천중이었지만 구체적인 내용은 전연 기억 밖에 있고 뒷맛만 쓴, 그날 밤의 꿈이 묘하게 마음에 걸렸다.

　망화란 아가씨를 두고 곽선우와 여러 말을 주고받았는데 그 사실이 악몽의 원인이 될 수 없을 거고, 원석과 형석 형제를 내달에 미국으로 떠나보내기로 했는데 그것이 악몽의 원인일 수도 없을 것이었다. 그런데도 '에라, 그 따위 꿈' 하고 치워버리기엔 왠지 개운치가 않은 기분이어서 부인 박숙녀의 숨소리를 들으면서 곰곰 생각을 좇았다.

　'박종태에게 무슨 사달이? 그럴 까닭이 없고, 연치성에게? 그럴 까닭도 없구! 그렇다면 내 신변에 무슨⋯?'

하고 생각하기 시작하니 이것저것 불안한 씨앗이 한두 가지가 아니었다.

바깥사랑의 문우文友와 주우酒友들이 벌써 잠들었을까? 아직 잠들지 않았으면 거길 가서 어울려볼까, 하고 있는데 뒤뜰 쪽에서 '사뿐' 하는 가벼운 소리가 들렸다.

'누가 들어온 게로구나.'

최천중은 귀를 세웠다. 최천중의 문하이자 연치성의 제자인 아이들이 밤늦게 놀다가 돌아올 때나 밤중에 무슨 심부름을 올 땐 으레 담을 넘어 들어오게 돼 있는데, 귀에 익은 것으로 보아 외인은 아니었다. 이윽고 저벅저벅 걸어오는 소리가 들리더니 마루 끝에 그림자가 와 섰다.

"누구냐?"

최천중이 낮은 소리로 물었다.

"구철룡입니다."

"철룡이?"

최천중이 대강 옷을 주워 입었다. 부인 박숙녀도 따라 일어났다. 부인은 잠귀가 밝았다. 그러면서도 앞질러 무슨 일이냐고 묻진 않는다.

최천중은 모기장을 걷고 마루로 나갔다. 구철룡이 최천중의 귀에 소곤댔다.

"김 별장이 의금부에 잡혀갈 것 같습니다."

김 별장이란 훈련도감에 있는 김권을 말한다. 최천중이 영문을 물었다.

"대궐에 들렀다가 나온 이범수가 전한 말입니다. 오늘은 심모沈

94

某인가 하는 자가 소청을 내었는데, 거기 김 별장이 작년의 군란 때 대원군 쪽에 붙어 거사하려고 했다는 사실이 적혀 있었다고 합니다. 그 사실을 중전에서 전하는 것을 이범수가 몰래 듣고 배가 아프다고 꾀병을 하곤 대궐에서 나와 신녀에게 전했다고 하옵니다. 신녀는 지금 회현동 마님 댁에 머물고 있습니다."

"김 별장이 의금부에 붙들려 간 건 아니지?"

"아직은 붙들리지 않았을 겁니다만, 내일 아침엔 포교들이 들이닥치지 않겠습니까?"

"그래, 그렇겠군. 너 별채로 가서 그놈, 복룡이란 놈을 불러오너라."

복룡의 성은 우禹. 빠르기가 다람쥐 같은 놈이다. 재물이 어디에 있다는 것만 알면 수십 명이 지켜도 감쪽같이 훔쳐내 오는 기막힌 기술을 가지고 있는 놈이다. 이 년 전 장마당에서 뭇매를 맞고 있는 것을 구해 데려다놓았는데, 금년 열여섯 살이었다.

우복룡이 나타났다. 잠에 취한 듯 하품을 하다가 눈을 비비다가 했다.

"빨리 얼굴을 씻고 오너라."

두레박을 던지는 소리에 이어 물을 퍼붓는 소리가 요란하더니 우복룡이 다시 최천중 앞에 섰다.

"너 김 별장 집 알지?"

"예."

"그럼 빨리 그 댁에 가서 별장님을 이리로 모시고 오고, 마님과 아이들은 우선 근처의 아는 집에 가서 당분간 피해 있으라고 일러라."

"예."

"누구에게도 붙들리지 않고 해낼 수 있겠지?"

"아무렴요."

"그럼 빨리 가거라."

최천중으로부터 영이 떨어지자 우복룡의 모습은 순식간에 없어졌다. 담을 뛰어넘는 소리마저 들리지 않았다. 아무리 가벼운 몸으로 능란한 기술을 가졌어도 사뿐 하는 소리쯤은 나게 마련인데, 그 소리마저 없는 것이다.

"아무래도 저놈 발바닥은 고양이 발바닥을 닮은 모양이지?"

부인 박숙녀를 돌아보고 이런 농을 해보는 것이지만 그의 마음은 무거웠다.

"철룡인 별채에 가서 한숨 자고 새벽이 되거든 연공을 불러오너라."

해놓고 부인더러는 거실에 불을 켜라고 일렀다. 최천중의 내당 거실은 큰 마루를 사이에 둔 저편에 있었다.

측간에 다녀와 거실의 책상 앞에 앉은 최천중을 향해 부인 숙녀가 물었다.

"군란의 연루자로 몰리면 살아남지 못하는 일 아니옵니까?"

"그렇소."

최천중이 무거운 한숨을 쉬었다.

"그럼 이 일을 어떻게…"

숙녀의 얼굴에 수심이 가득했다.

"무슨 도리가 있겠소? 피할 수밖에. 무슨 충성이 있다고 앉아

서 포박을 당하겠소. 피하면 될 일이니 부인은 과히 걱정하지 마시오."

"피해 산다는 것은 또 얼마나 고통스러운 일인가요?"

"어차피 한 번은 당해야 하는 일, 되레 잘 되었소."

최천중의 흉중에 계획이 익어가고 있었다. 김권에게 체포령이 내린 것을 계기로 배수의 진을 쳐야겠다고 생각한 것이다.

박숙녀는 최천중이 한 '되레 잘 되었소' 하는 말이 마음에 걸렸다. 그러나 예사로 물어볼 수가 없어서,

"평지풍파를 일으키는 일은 안 하는 게 좋을 것이오만."

하고 중얼거렸다.

"평지풍파? 풍파는 이미 일어나고 말았소. 부인도 단단히 마음을 먹어야 할 거요. 날이 새면서부턴 어제처럼 안온하게 나날을 보낼 순 없을 것이오."

그 말투로 보아 최천중이 비장한 각오를 하고 있다는 것을 박숙녀는 느꼈다.

밤은 이경쯤이나 되었을까. 바람 한 점 없었으나 서기瑞氣는 가셔 있었다. 벌레 소리도 없었다. 타 들어가는 촛불 소리가 들릴 정도의 정적이 계속되었다.

그 정적 사이에서 최천중은 갖가지의 경우를 생각하여 갖가지의 방책을 마음속에 엮고 있었다. 그사이 부인 박숙녀도 요동하지 않았다. 어떤 환난이 닥치더라도 종용從容*히 운명에 따를 결심은 나

---

* 침착하고 차분함.

면서부터 갖추어져 있었던 것이다.

김권이 나타난 것은 삼경이 지나서였다. 우복룡이 길어준 샘물에 얼굴을 훔치곤 최천중의 거실로 들어왔다. 박숙녀는 그 자리에서 물러나와 간단한 요깃거리를 장만하기 시작했다.

"별장, 큰일났소."

최천중이 나직이 말을 시작했다.

그래도 김권은 겁을 먹거나 당황하는 빛 없이 최천중의 다음 말을 기다렸다.

"오늘, 아니 오늘 밤 대궐에서 새어나온 말인데 김 별장을 모함하는 소청이 들어갔다고 하오. 소청을 낸 놈이 누구인진 확실치 않으나 심모라고만 들었소."

"소청의 내용은 뭐라고 하옵디까?"

"작년의 군란 때 김 별장이 대원군의 편에 서서 거사를 할 작정이었다는 거요."

그러자 김권의 대답은 늠름했다.

"지금 그런 사람을 밀고하기만 하면 벼슬이 한 칸쯤 오르고 벼슬 없는 사람은 벼슬이 붙게 되는데 내가 몰리지 않는 게 이상하다 싶었더니 올 것이 온 것입니다. 사실 나는 그때 의심스런 눈으로 보는 사람이 보면 이상한 태도를 취하고 있었으니까요."

"심모라고 했는데, 심가 성 가진 사람에게 원한을 살 만한 일은 없었소?"

"깨닫지 못하겠소이다."

"그럼 그 일은 뒤에 챙겨볼 작정을 하고 지금 발등에 불이 떨어졌는데 어떻게 하면 좋겠소?"

"발등에 떨어지려는 불을 미리 피한 것으로 되지 않았사옵니까. 걱정하지 마옵소서."

"어떻게 하겠다는 말이오?"

"나는 이미 내 고조부 때부터 이 조정의 역적이 아니었사옵니까. 역적의 후손은 역적으로서 행동해야지요. 내가 별장으로 있는 것도 나으리와 뜻을 같이하고자 해서였지 타의는 없었사온즉 나으리의 분부에 따를밖엔 없지 않겠사옵니까?"

"우리의 원대한 일을 위해선 차차 생각해볼 작정을 하고 우선 위지危地를 피해야만 하지 않겠소."

"피하는 것이 능사라면 걱정이 없소이다. 갑산으로 돌아가면 그만이니까요. 그러나 거기까지 가버린다는 것은 회천*의 대업을 포기하는 것으로 되오니 당분간 이책이 있는 곳으로 갈까 하옵니다."

이책은 강원도 영월에 있다. 최천중이 건곤일척乾坤一擲의 대업을 위해 마련해둔 근거지인 것이다.

"그렇게 하는 것이 좋을 것 같소. 그런데 가족은 데리고 갈 참이오?"

"가능하다면 데리고 가고 싶소이다."

"그럼 후사는 우리에게 맡기고 김 별장은 파루가 되면 곧 성문을 나가시오. 아직은 통달이 사대문에 두루 돌아 있지 않을 것이니

---

* 回天: 하늘을 휘돌린다는 뜻. 형세나 국면을 크게 바꾸어 쇠퇴한 세력을 회복함.

별장의 신분으로 능히 통문할 수 있지 않겠소?"

"소청이 오늘 하오에 들어왔다면 아직 사대문엔 통달이 없을 것으로 아옵니다만, 이미 통달이 돼 있다고 해도 내가 성문을 빠져나가는 덴 지장이 없을 것이로소이다."

김권이 40세를 넘어 있었다고는 하나 아직 일당백할 수 있는 용력勇力과 기력技力은 있는 것이다. 최천중이 물었다.

"한데, 가족은?"

"이웃집으로 피신시켜놓았습니다. 새벽에 이리로 올 것입니다."

하는 김권의 얼굴엔 추호도 걱정하는 빛이라곤 없었다.

성문이 열릴 무렵 별장 김권은 최천중의 집을 떠났다. 하직의 인사를 받곤 최천중이 눈을 감고 앉았다가 전송하러 나간 사동이 들어와,

"별장은 무사히 성문 밖으로 나갔습니다."

하는 보고를 하자 눈을 뜨곤 지필묵을 가져오라고 일렀다. 그리고는 다음과 같이 일필휘지했다.

금의권지출관문金意權志出關門

풍운비회석선산風雲飛會石船山

계미유월회일 최중癸未六月晦日 崔中

금의권지金意權志란 곧 김권을 말한 것임에 틀림없다. 최천중은 김권을 석선산으로 떠나보내면서 무량한 감회가 있었던 것이다.

석선산!

20년 전 유만석이 청풍읍에서 만난 꿀장수 박돌쇠가 세상을 피해 숨어 살고 있는 곳이다. 유만석과의 인연으로 박돌쇠를 알게 되고 석선산을 알게 된 최천중은 무슨 까닭인지 박돌쇠와 석선산에 애착을 가졌는데, 그가 존경하여 아버지로서 스승으로서 모셨던 원여운 선생의 유언이 또한 의미심장했다.

여운은 구십 세의 춘추를 꽉 채운 생신의 이튿날 다시 일어나지 못할 병상에 누워, 외인을 피한 자리에서 최천중의 손을 잡았다.

"너의 잡스러움을 네 평생에 씻진 못할 것이다. 너의 야심을 너는 평생 동안 포기하지 못할 것이다. 그러나 나는 너의 잡스러움과 야심을 선사禪師의 오달悟達*보다도, 성현의 달관보다도 좋다고 느낀다. 일단 사死에 임하면 오달도 달관도 없다. 무슨 까닭으로 지레 오달하고 지레 달관하겠느냔 말이다. 너의 잡스러움, 너의 야심으로 인해 너는 앞으로도 한량없는 고통 속에서 살아야 할 것이다. 하지만 기期하는 바 있는 고통은 기할 바 없는 안락보다 나으니라. 그래서 나는 네가 하고자 하는 일을 말리지 않겠다. 다만 네가 기하는 일이 성사될 것이라고 장담하지 못하는 게 한스럽구나."

이렇게 말하고 가쁜 숨을 다스리곤 다시 말을 이었다.

"강풍노도를 건너려면 든든한 배가 제일이니라. 난세를 살려면 은신할 산이 있어야 하느니라. 은신은 곧 현신**하기 위함이니, 숨는 걸 주저하지 말라. 나는 어쩐지 강원도 석선산을 좋게 보았다.

---

* 완전히 깨달음.
** 現身: 다른 사람에게 자신을 보임.

넌 고향이 없는 놈 아니냐. 고향이 필요할 때가 있을 거다. 석선산을 너의 고향으로 하라!"

이것이 여운의 마지막 말이었다.

이에 앞서 여운은 자기가 죽거든 삼전도장을 닫으라는 말이 있었는데 최천중은 여운의 장례를 치르자 곧 석선산의 가역을 시작했다. 동시에 몇 세대쯤은 자급자족할 수 있도록 밭을 일궈놓기도 하고 만일에 대비해서 큰 창고를 지어 게으름 없이 그 창고에 양식과 일용품을 져 날라 가득히 채워놓기도 했다.

지금 그 석선산을 지키고 있는 것은 박철朴鐵이란 이름으로 바꾼 박돌쇠, 그리고 삼수갑산에서 김권, 윤량과 같이 온 이책이었다. 그 석선산으로 김권이 떠난 것이다. 석선산의 의미가 무거워지기 시작했다.

김권이 떠나고 난 뒤 연치성이 당도했다. 연치성은 김권에게 일어난 얘기를 듣자 걱정스럽게 물었다.

"혹시 선생님 신변엔 위험이 없겠습니까?"

"당분간 별일 없을 걸세. 그러나 우리도 거동을 해야겠다. 항상 낮잠만 자고 있을 순 없는 일 아닌가. 김권을 도피 죄인으로 썩힐 수만은 없는 것이 아닌가. 각 지방에 잠복해 있는 동지들에게 격을 돌려야 하겠다. 언제 무슨 일이 날지 모르니 당장이라도 거동할 수 있도록 준비를 하라고."

"알겠습니다."

하고 연치성이 미우眉宇에 결심을 보였다. 최천중이 삼전도장의 문을 닫을 때 결사의 맹우라고 할 수 있었던 사람의 수는 일천 명을 넘었다.

최천중과 연치성은 그들 맹우와 연락하는 방법을 강구했는데, 그 방법을 소상하게 적는 것은 생략하거니와 닷새 안에 전국 방방곡곡의 맹우들에게 연락할 수 있게 되어 있었다. 그들의 암호는 '천지현황天地玄黃'이었다. '천'자가 돌면 어떻게 하고 '지'자가 돌면 어떻게 하고 '현'자가 돌면 어떻게 하고 '황'자가 돌면 어떻게 한다고 미리 약조가 되어 있었다.

"이번의 격은 천天으로만 하시죠."

연치성이 말했다.

"그래, 천으로 하지."

"지地의 격을 돌릴 때를 대비해서 박종태를 불러올리는 게 어떠하올지…."

박종태는 그때 청양의 산속에서 동학도들과 섞여 있었다.

최천중은 어느 때부터인가 나라를 혁革하는 대사를 일으킬 때는 동학도와 합세하기로 마음을 작정하고, 그 연결 책임자로서 박종태를 동학도 사이에 파견해놓은 것이다.

그런데 최천중의 고민은 조정의 내부에 맹우를 잠입시키지 못한데 있었다. 그는 과거가 있을 때마다 수만 냥씩을 풀어 이미 수십 명의 등과자를 만들어놓았지만, 그 가운데 한 놈도 믿음직한 놈을 발견하지 못하고 있는 터였다. 최천중은 등과하기에 앞서 일절 이편의 뜻을 전달하지 않고, 등과하여 관직에 오른 연후 그들의 태도와 인품을 보아 통정할 작정으로 일을 진행해왔는데, 이놈이면 쓸 만하다고 해서 등과를 시켜놓고 보면 하나같이 벼슬에 급급한 아첨배가 되고 마는 것이었다.

부패할 대로 부패한 대관들은 더불어 얘기할 상대가 못 되었고, 연소기예年少氣銳라고 할 만한 소장小壯 관리들은 개화니 혁신이 니 하면서도 조정이란 바위에 엉겨붙은 패류貝類일 따름이었다.

그런 까닭으로 최천중은 조정을 내부에서 뒤엎는다는 건 불가능한 일이라고 판단하고, 백성이 봉기할 때 호응할 수 있을 정도의 발판만이라도 만들려고 애썼던 것이다.

최천중이 그 발판으로 삼으려는 대상은 어윤중, 김옥균, 김홍집, 김윤식 등이었는데, 어윤중과 김윤식은 너무나 신중하고 홍영식의 속은 뚜렷이 파악할 수가 없었으며, 김옥균은 너무나 재주에 날리는 경향이 있었다. 이런저런 생각을 하고 있는데 바깥사랑에서 곽선우가 보잔다는 아이의 전갈이 있었다.

"박종태를 부르게."

하는 말을 남겨놓고 최천중이 일어섰다.

시급한 의논이 있어서 최천중을 보자고 한 것인데 그 얼굴이 보통 같지 않아 곽선우가 물었다.

"무슨 일이 있었던 것 아니우?"

최천중이 뭐라고 할까 망설이다가 말했다.

"친구가 모함에 걸렸소."

"모함?"

"작년에 군란이 있잖았소. 그때의 난동자, 그때의 공신을 지금까지 들추고 있다오."

"그 얘긴 나도 들었소만…"

"한데, 내 친구는 침착한 사람이라 시종 정도를 지켰을 뿐이오. 난동엔 가담하지도 않았고 난동자를 죽이지도 않았구."

"벼슬은?"

"훈련도감의 별장이었소."

"모함을 받을 만하구먼."

하고 곽선우는 이회정李會正을 비롯한 몇몇 사람의 이름을 들먹이고,

"그들도 전부 사죄死罪가 되었소."

하고 한숨을 쉬었다.

"도대체 세상이 이 꼴로 돼 갖고 앞으로 어떻게 될 것 같소?"

최천중이 물었다.

"아비에게 붙었다고 대역죄로 몰아 사람을 죽이고 있으면서 보정保定에 있는 아비에게 문안사問安使는 뭣 때문에 보내는지, 그렇고 그런 꼴 아니우."

"그렇게 가만히 보고만 있을 수 있을까?"

이건 묻는 말이 아니고 중얼거린 말이었다.

"어떻게 할 거요, 그럼. 그보다도 바쁜 일이 있소."

곽선우는 조용팔과의 사이에 있었던 얘기를 하고 돈이 필요하다고 했다. 그리고,

"조용팔 따위를 낚는 덴 이천 냥쯤이면 될 것 같소."

하는 말을 보탰다.

"돈 걱정은 마시오. 드리리다."

하고 내당으로 들어가더니, 최천중이 이천 냥의 어음과 삼천 냥의 어음 두 장을 곽선우 앞에 내놓았다.

"이렇게 많은 돈을…."

곽선우가 사양했다.

"달리도 돈이 쓰이는 데가 있습니다. 받아두슈."

"이것 안됐소이다. 며느리를 사라고 하는 것 같아서…."

곽선우의 그 말에 최천중이 아연 긴장했다. 자연 표정이 굳어졌다.

"우리 사이에 숨길 게 뭐 있습니까? 나는 한눈에 왕문이 최공의 아들이란 걸 알았소."

하고 곽선우는 활달한 웃음을 띠었다.

"숨기려는 건 아니었소만 그런 사실을 밝히려는 심사도 없소이다. 곽공만 알고 계시오."

하고 이어,

"황당한 얘기로 들어도 좋소만."

이렇게 전제하고 최천중은 왕문에게 건 스스로의 포부를 토로했다.

곽선우는 그 얘기를 심각하게 들었다. 그리고 한다는 말이,

"사실을 말하면 나는 그 조카딸 때문에 평생을 건 놈이오. 그 조카딸에 합당한 낭군만 짝지어지면 내 몸, 내 마음을 내 마음대로 쓸 작정이오. 그런데 왕문에게서 나는 내 소원을 보았소. 그게 내 조카딸을 위한 노릇도 되는 거니까요."

"고맙소이다."

최천중의 말은 은근했다.

"그러나 최공."

하고 곽선우는 다음과 같은 말을 했다.

"천시, 지리, 인화를 들먹여 어쭙잖은 얘기는 안 하겠소만 최공이

구하려고 하는 백성이 모두 썩어 있소. 썩어도 보통으로 썩어 있는 게 아니오. 속속들이 썩어 있소. 공자의 말에 분토糞土로 선담을 바르지 못한다는 말이 있지 않소. 썩은 백성을 다스려 어떤 나라를 만들겠단 말이오. 나는 최공의 뜻을 성불성成不成에 구애하지 않고 따를 작정이오만, 분토나 다름없는 백성을 이끌어본들 무슨 신명이 나겠소이까?"

"나도 그런 생각을 안 해본 건 아니오. 그러나 그렇게라도 해야 이 세상에 생을 받은 보람이란 게 있지 않겠소. 게다가 썩지 않은 백성이란 것도 있지 않겠소이까?"

"개중엔 있겠죠. 있겠죠만 풀밭에서 수은을 찾는 격일 것이옵니다."

"곽공은 세상을 너무나 비관하고 있는 것 같소이다."

"그럴는지도 모르지요. 그러나 한번 생각해보시오. 각지에서 일어나는 민란은 일어날 수밖에 없으니까 일어난 것이외다. 작금 수삼 년만 해도 조선 팔도에서 일어난 민란이 수십 회, 거기에 가담한 수는 수만 명, 그런데 한 줌도 안 되는 군졸이나 포졸들에 의해 일어나는 족족 진압되고 말지 않았소이까. 장안은 물론, 전국 각지 관아가 있는 곳마다 효수된 목이 걸려 있지 않은 날이 있기라도 했소이까? 왜 그러냐, 백성들이 썩어 있기 때문이오이다. 어찌해서 그 수만 명이 일시에 한꺼번에 일어나지 못하나이까. 왜 산발적으로밖에 일어나지 못하오이까. 그 원인은 통모通謀가 불가능하기 때문이오이다. 통모를 했다간 사전에 발각되기 때문이오이다. 민란을 일으킨 난동자들이 붙들리기 전에 그 내부에 배반자를 가졌기 때문에 허무하게 무너지는 것이오이다. 또한 민란자들은 포부와 지조로써 일어서는 것도 아니오이다. 죽기 아니면 살기다, 살기 아니면 죽기 다 하는 자포자기가 그들을 일으켜 세우는 것이오이다. 썩은 백성 이 난동하고, 썩은 백성이 배신하고, 썩은 백성이 구경하고… 이런 상황이 아니오이까."

곽선우의 말이 최천중의 가슴을 찔렀다. 일일이 옳은 지적이었기 때문이다. 그저 귀 기울이고 있을밖에 없었다. 곽선우는 말에 비분 을 섞었다.

"이조李朝라는 것, 이건 마땅히 저주를 받아야 해요. 백성을 썩 게 만든 게 바로 이조이니까요. 역적으로 몰리면 삼족까지 멸함을 당하지 않습니까. 요컨대 사대부가 용납될 땅이 아니란 말씀이오이 다. 사대부란 정도正道를 행하고자 하는 사람을 이름이며, 파사현 정破邪顯正, 억강부약抑强扶弱하는 사람을 이름이 아니오이까. 우 리나라엔 고래로 사대부일 수 있는 그릇이 많았소이다. 그러나 자 기 하나의 생명쯤이면 내던질 수 있는 군자도 자기 때문에 삼족이 멸하고 자기의 어머니와 아내와 누이동생이 노비로서 수모를 당해 야 하는 꼴까진 차마 견딜 수가 없는 것이오이다. 이렇게 해서 이 나라엔 사대부가 부지할 수 없는 것이오이다…"

역적으로 몰리면 삼족이 멸함을 당하고 여자는 노비로서 고역을 치러야 한다는 사실을 곽선우로부터 듣지 않아도 최천중 자신이 너무나 잘 알고 있는 사실이었다. 잘 알고 있을 뿐 아니라 그의 주 변엔 그러한 희생자가 많기도 했다. 옳은 일을 행하기 위해서 자기 하나의 목숨을 내던진다는 것도 쉬운 일이 아니다. 거기에다가 삼족까지 그런 꼴을 당하게 될 때 사대부의 뜻이 위축되는 것은 당연한 일이다.

그런데다 자기에겐 전혀 책임이 없는 사건으로 인해 그런 꼴을 당하는 예도 비일비재했다. 누구의 제자라고 해서, 누구의 친구라고 해서, 하룻밤을 재워주고 한 그릇의 밥을 주었다고 해서 역모의 일당으로 붙들리는 경우가 허다한 것이다. 바로 그날 아침 김권이 피신한 것도 그 때문이고, 김권과의 교분으로 해서 최천중 자신에게 언제 무슨 화가 닥칠지 모를 형편이 아닌가.

곽선우는,

"사대부가 부지를 못 하는데 백성이 썩지 않을 수 있겠소이까? 게다가 가렴주구가 범보다 무서운데 그걸 견디며 살려니 그 오장육부가 썩지 않고 배겨내겠소이까?"

하고 흥분했다.

"그러니까 하자는 것 아닙니까. 이 저주스런 이조를 뒤집어엎자는 것 아닙니까. 썩은 대로 백년을 살아 무엇하겠느냐, 이 말이외다. 썩기 전에 발버둥이라도 쳐보자 이겁니다. 비록 실패하더라도, 우리의 선례로 해서 후진에게 징검다리 노릇이라도 되지 않겠소이까."

최천중도 어느덧 흥분하고 있었다.

그러자 곽선우가 흥분된 마음을 풀고 유화한 얼굴이 되더니 부드럽게 말했다.

"여하간 나는 최공의 뜻을 따르겠소. 죽기 아니면 살기라고 덤비는 각박한 심정으로서가 아닌, 수만금의 재산을 가지고 있는 최공이 오직 대의와 명분으로 정도를 걷겠다는 데 나는 탄복했소이다.

호의호식하며 살 수 있는 처지인데도 가시덤불의 길을 자청해서 걷겠다는 그 기개가 좋소이다. 뿐만 아니라 최공의 식객으로 댁에서 머무는 동안 댁에 드나드는 적잖은 청년들을 보았사온데 노유귀천의 별別이 없이 모두 활달하고 기골이 있었사외다."

"곽공이 나와 뜻을 같이해준다고 하면 이는 만인력萬人力이로소이다. 거리낌 없이 나의 부족을 일깨워주시오. 곽공의 지모와 안력은 실로 탄복할 만하외다."

하고 최천중은 삼전도장 이래 애써온 역경을 곽선우에게 비로소 얘기했다.

"이 야박한 세상에 최공과 같은 인물이 있다는 건 놀랄 만한 일이외다. 어쩌면 이 나라에도 희망이 있을지 모르겠소이다."

하고 곽선우는 충심으로 기뻐하는 얼굴이었다.

두 사람이 겸상으로 아침밥을 먹고 나서, 곽선우는 왕문과 망화와의 혼사를 위해 집을 나섰다. 그를 전송하고 난 뒤 최천중은 서광범徐光範에게 쪽지를 보냈다. 아들 원석과 형석의 도미渡美에 관한 의논을 하기 위해 그를 만나고자 한다는 사연이었다.

그러고 나서 원석과 형석을 불렀다. 그 자리엔 아내 박숙녀도 동좌시켰다. 같은 집에 있으면서도 이처럼 같이 동좌하긴 오랜만의 일이었다.

"지금부터 내 신변이 바빠질 것 같아 이 기회에 너희들과 얘기해보려고 불렀다."

하고 서두하고 최천중이 물었다.

"영어 공부는 늘었나?"

110

"열심히 공부하고 있습니다."

원석이 대답했다.

"넌?"

하고 턱으로 형석을 가리켰다.

"하던 공부를 열심히 하고 영어는 미국 가서 배울 요량입니다."

형석은 거리낌 없이 이렇게 대답했다.

하던 공부란 두말할 것 없이 한문 공부를 말했다. 먼저 최천중과 형석 사이에 말이 오갔다.

"지금 무슨 공부를 하고 있느냐?"

"예기禮記와 춘추좌씨전春秋左氏傳을 읽고 있습니다."

어린 나이에 과연 그 어려운 경서를 해독이나 할까 하는 마음으로 물었다.

"뜻을 알겠더냐?"

"대강은 알겠습니다."

"그래? 떠나기 전에 내가 강을 한번 받아야 하겠구나."

"예."

"그런데 미국 갈 준비가 바쁠 텐데 영어 공부를 미루고 한문 공부만 하는 까닭이 뭐냐?"

"형님과 같이 갈 것이니 우선은 형님의 신세를 질까 합니다. 미국에 가서 전념하면 영어야 쉽게 배울 수 있지 않겠습니까? 그래서 영어 공부를 미루고 있는 겁니다. 하던 공부를 왜 하느냐 하면 미국 사람에게 얘기할 재료가 있어야 할 것이 아닌가 해섭니다. 우리가 무지몽매한 나라에서 온 것이 아니고, 말만 다를 뿐 문명된 나라에서 왔다는 걸 알리기 위해선 하던 학문을 열심히 익혀야겠다고 생각한 것입니다."

형석의 그 말은 최천중을 놀라게 했다. 이 어린놈이 그런 지각을 가졌구나 싶으니 대견스러웠다. 그러나 그런 내색은 않고,

"예기나 좌씨전은 우리말로 새기는 것도 어려운데 하물며 서툰 외국어로 설명하려다간 되레 우리 문명을 깔보이게 될 염려가 있으니 각별히 조심하여라."

"예. 그래서 지금 열심히 공부하고 있습니다. 아무튼 저편의 문명을 받으려면 우리의 문명도 주어 그들에 보탬이 되도록 해야 할 것 아닙니까."

"뜻은 장하다만 자칫 잘못하면 안 된다는 얘기니라."

"예."

"그런데 넌 미국 가서 무슨 공부를 할 작정이냐?"

"듣건대 미국은 민주주의의 나라라고 했습니다. 백성이 나라의 주인이며, 백성이 뽑은 사람을 나라의 수장으로 하는데, 그런데도, 아니 그러니까 나라가 썩 잘되어나간다고 합니다. 저는 그 이치를 배워 올까 합니다."

그건 최천중의 이상과 맞지 않은 말이라서 다시 물었다.

"넌 왕이 없는 나라가 좋다고 생각하느냐?"

"암우暗愚한 국왕을 모셔 백성의 뜻을 펴지 못하는 나라보단 훌륭한 사람을 번갈아 뽑아서 수장으로 모시고 백성의 뜻을 펴는 나라가 좋지 않겠습니까?"

형석의 답은 또렷또렷했다. 그러나 최천중은,

"건성으로 듣고 함부로 그런 소릴 하는 걸 경박하다고 하느니라."

하고 꾸짖었다.

"넌 뭣을 배울 거냐?"

최천중이 원석에게 질문을 돌렸다.

"미국에선 기계라고 하는 것이 매우 발달했다고 들었습니다. 저는 미국에 가서 화차火車나 기선汽船을 만드는 기술을 배워 올까 합니다."

"그런 건 네가 배우지 않아도 배워 올 사람이 있지 않겠느냐?"

"제가 꼭 그걸 배우고 싶습니다."

"그 이유가 뭐냐?"

"남보다 앞서는 사람이 되고자 하는 겁니다."

"기껏 기계를 만드는 기술로써 남보다 앞서보았자 무슨 생색이 있겠나?"

이놈은 제 아우에 비하면 불출이로구나 하는 생각을 가졌으면서도 내색을 하지 않고 부드럽게 말했다.

"앞으로의 세상은 기계를 만드는 자가 큰소리 칠 세상이라고 생각합니다. 우리가 서양이나 일본 사람에게 꿈쩍 못 하는 까닭도, 그들에겐 좋은 기계가 있고 우리에겐 없다는 바로 그 점이 아니겠습니까?"

원석도 나름대로 주장을 했다.

"네 말에도 일리는 있다."

하고 인정해주지 않을 수 없었다.

최천중은 말을 끊고 한동안 형제의 얼굴을 번갈아 보고 있다가 입을 열었다.

"너희들은 곧 나라를 떠나 먼 곳으로 간다. 다른 사람은 보지 못하는 것을 볼 수 있다는 건 기쁜 일이겠지만, 고국을 멀리 떠나 있다는 건 슬픈 일인 것이다. 기쁘건 슬프건 너희들이 행운을 얻었다는 것만은 틀림이 없다. 그러니 너희들은 너희들의 기분만을 생각해선 안 된다. 장차 나라를 위하고 백성을 위하는 사람이 되기 위해 미국에 왔다는 생각을 한시 반시도 잊어선 안 된다. 너희들만 잘 살리기 위해 수만 냥을 들여 미국으로 보내는 게 아니다. 오로지 나라를 위해서다. 백성을 위해서다. 알겠냐?"

"예."

"예."

"너희들이 떠나고 나면 나는 내 생명을 걸고 이 나라를 위해서 분골쇄신할 작정이다. 그러니 너희들은 잊어선 안 된다. 지금도 아비가 나라를 위해 애쓰고 있다는 사실을 잊어선 안 된다. 형석인 아까 나라의 수장을 백성이 뽑는 게 좋다고 말했지만, 그건 당치도 않은 소리다. 우리나라에서 그런 소릴 했다간 역적으로 몰리기 때문만이 아니라 전연 이치에 맞지 않는 소리다. 백성들이 어떻게 수장을 뽑을 것이냐? 우매한 백성들이 뭣을 안다고 수장을 뽑을 수 있겠느냐? 그러니 우리나라에선 왕이 될 만한 인간이 내로라하고 나서야 하는 것이며, 그런 인물이라고 인정하면 그 인물을 왕으로 모셔야 한다. 황공하게도 그 인물이 바로 내 가까이에 있다. 그것이 누구냐 하는 건 장차 밝혀지겠거니와, 너희들은 그 새 임금을 위해 지극한 충신이 되어야 한다. 나는 훌륭한 충신을 만들기 위해 너희들을 미국에까지 보내고, 장차 원한다면 구라파 유학까지 시킬 작정이다. 만일 내가 모시려고 하는 그 임금에 대한 충성이 모자란다고 내가 인정할 땐 너희들은 내 아들이 아니다. 나는 다신 너희들을 보지 않을 것이다. 알겠지?"

"알겠습니다."

하고 형제는 머리를 조아렸다. 박숙녀의 눈에 이슬이 맺혔다.

최천중이 서광범의 소개로 원석과 형석 두 아들을 데리고 미국 공사 루시어스 푸트를 만난 것은 7월 초순 무더운 날의 오후였다.

어떤 대관의 집을 빌려 쓰고 있었는데, 최천중이 먼저 생각한 것은 똑같은 집이라도 사는 사람에 따라 집의 기분이 전연 달라진다는 사실이었다. 새삼스럽게 이런 생각을 해보는 것은 대청마루에 놓여 있는 가구와 조도 탓이었을 것이지만, 좁은 방으로 칸 지어놓은 두세 개 방을 하나로 터놓은 조작의 변경으로 해서 전연 다른 생활의 분위기를 나타내고 있기 때문이기도 했다. 집을 이렇게도 만들 수 있는 것이로구나 하며 관찰하는 마음이 되기도 했다.

그다음에 최천중에게 인상적이었던 것은 푸트의 우람한 체격이었다. 서양인을 한두 번 먼빛으로 본 적이 있었을 뿐, 가까이에서 본 것은 이번이 처음이었는데 눈도 크고, 코도 크고, 뼈대가 굵은 서양인은 우선 그 체모부터 황인종을 압도하는 느낌이었다. 최천중은 푸트의 관상을 보아두려고 했지만 그의 관상적 준척準尺*으로

---

* 척도.

115

선 감당할 수가 없었다.

푸트는 등에 털이 부슬부슬 나 있는 손을 뻗어 최천중과 악수를 했는데, 그 큼직한 손에 잡히고 보니 자기의 손은 어른 손에 붙잡힌 어린애의 손과 다를 바 없어 부끄러웠다.

푸트의 첫말을, 가무잡잡하게 생긴, 한국인으론 보이지 않는 통변이 다음과 같이 전했다. 서툰 한국말이었다.

"안녕하십니까. 나는 미국공사 루시어스 푸트라고 합니다."

이를 받아 최천중이,

"나는 최천중이라고 하오. 원로에 오시느라고 수고하셨소."

하고 받았다. 통변이 뭐라고 하자 푸트는 고개를 끄덕끄덕했다.

이어 원석과 형석의 소개가 있었다. 원석은 영어로 제법 뭐라고 지껄였다. 푸트의 눈이 둥그렇게 되더니 말했다.

"당신 영어 참 잘합니다. 어디서 배웠소?"

물론 통변의 통역이다.

원석이 또 영어로 대답했다.

"원더풀, 원더풀."

하며 푸트는 기쁜 얼굴이었다. 형석은 한국말로 했다.

"나는 최형석이라고 하오."

푸트의 말을 받아 통변이 말했다.

"당신은 영어를 배우지 않았습니까?"

"그렇소."

"미국에 가려면 영어를 배워야 하오. 왜 배우지 않았어요? 당신 형님은 이렇게 영어를 잘하는데."

통변의 말이 있자, 형석은 언젠가 최천중에게 한 말을 비슷하게 되풀이했다.

푸트는 또 눈이 둥그렇게 되더니 팔을 뻗어 큰 손으로 형석의 뺨을 만졌다. 푸트의 눈엔 형석이 열 살 미만으로 보였던 모양으로, 그가 한 말을 통변은 다음과 같이 전했다.

"당신과 같은 어린아이, 우리 환영합니다. 당신 참 영리하오. 훌륭한 학자 될 것이오."

이러고 있는 동안에 차와 과자가 날라져 왔다.

푸트는 큰 동작으로 차를 권하고 과자를 권했다. 그건 의례적인 태도가 아니라 충심으로 환대한다는 것으로 보였다. 최천중이 느긋한 기분으로 물었다.

"공사께선 우리나라를 처음 본 인상이 어떠했습니까?"

통변이 최천중의 질문을 전하자 푸트는 부드러운 미소를 띠고 잠깐 생각하더니,

"간단하게 말하기가 어렵습니다."

하고 얼굴을 장난스럽게 구기곤 손가락으로 하늘을 가리키며,

"하늘, 참 아름답습니다."

그리고 다시 손가락을 아래로 하며

"길, 참으로 더럽습니다."

하고 말했다.

아닌 게 아니라 한성의 길은 더러웠다. 쇠똥과 말똥을 곁들여 시궁창의 물이 질퍽하게 길에 번져 있었고, 가뭄 땐 먼지투성이, 비가 오면 발이 빠질 지경으로 뻘밭이 되는 것이다. 최천중이 계속 물었다.

"귀국의 길은 어떻소?"

"우리 길 넓어요. 그리고 돌을 깔았어요."

하고 벌떡 일어서서 탁자의 서랍을 뒤지더니 몇 장의 사진을 가지고 와서,

"이건 뉴욕, 이건 시카고."

하고 보여주었다.

품위 있는 집들이었고, 넓고 잘 포장된 길이었다. 최천중이 부끄러워 얼굴을 붉혔다. 어쨌든 길은 너무나 넓었다. 그 점을 최천중이 물었다. 푸트의 설명은 이러했다.

"백 년 전 우리 선조, 이 길 이렇게 넓게 만들었습니다. 그때 우리 선조 이렇게 말했습니다. 이백 년 후 이 도시, 사람 많이 살게 될 것이니까 길 넓어야 한다. 이백 년 후의 자손들, '할아버지, 이렇게 넓고 좋은 길 만들어주셔서 감사합니다'라고 할 수 있도록 하는 길 만들어야 한다. 그래서 이렇게 넓은 길 만든 것입니다. 백 년 후 되면 이 길 결코 너무 넓은 길 안 될 것입니다."

최천중은 푸트의 이 말에 충격을 받았다. 아아, 우리 선조는 백 년 전 무엇을 했었던가. 지금 우리는 백 년 후의 후손을 위해 뭣을 하고 있는가. 자기도 모르게 한숨이 절로 나왔다.

"당신들의 선조 참으로 훌륭합니다."

"물론 훌륭합니다. 워싱턴, 제퍼슨, 프랭클린, 모두 모두 훌륭합니다. 우리, 세계에 우리 선조 자랑합니다. 참말로 참말로 자랑합니다. 자랑할 선조 그뿐 아닙니다. 수백 명 됩니다. 그러한 우리 선조 없었으면 오늘 미국은 없었습니다. 그래 우리는 선조를 자랑하고 선

조로부터 많은 것 배웁니다. 두고 보십시오. 우리 미국, 세계에서 제일가는 나라 될 것입니다."

이 말을 할 때의 푸트의 그 자랑스런 얼굴, 기쁨에 넘친 동작, 최천중은 부러워 견딜 수가 없었다.

"귀하의 말씀을 들으니 당장 귀국으로 뛰어가보고 싶군요. 아이들을 보낼 것이 아니라 내가 가고 싶소. 그리고 이백 년 후의 후손을 위한 당신들의 선조를 배우고 싶소이다."

"아이를 보내놓고도 당신 갈 수 있으니 성급하게 할 것 없습니다." 하는 푸트의 말에 모두들 웃었다.

"귀하의 자랑을 들으니 부러워서 한시바삐 가보고 싶소."

"나는 자랑을 한 것이 아니라, 사실을 말한 것입니다. 오해 없으시도록 바랍니다. 당신이 미국 가길 원한다면 내가 주선해드릴 테니 마음 너무 바삐 가지지 마십시오."

"우리 구체적인 얘기를 하십시다."

하고 통변이 푸트의 말을 통역했다. 이어 푸트의 질문이 있었다. 먼저 원석에게 한 질문은,

"당신은 미국 가서 무슨 공부하시렵니까?"

"기계 만드는 기술 배우겠습니다."

"원더풀, 원더풀."

형석에 대한 질문이 있었을 때 형석은 자기 아버지에게 한 그대로를 말했다. 통변이 전하는 말을 주의 깊게 듣고 있더니, 푸트는 또, '원더풀'을 연발하면서 귀엽다는 듯 형석의 머리를 쓰다듬고는,

"두 아이 모두 크게 성공하겠습니다. 당신은 좋은 아들을 가져

행복하오."

하고 최천중에게 눈짓을 했다.

"감사합니다."

최천중이 머리를 숙여 절했다.

"어느 곳, 어느 학교에 보낼 작정입니까?"

하고 푸트가 물었다. 최천중이 답했다.

"우리가 미국의 사정을 어떻게 알겠습니까? 공사님의 교시대로 따르겠습니다."

"그렇다면 내가 연구해서 가장 적절한 학교를 선택하겠습니다."

"학비는 어떻게 했으면 좋겠습니까?"

하고 이번엔 최천중이 물었다.

"이 나라의 장래를 위해서 두 학생을 위해 장학금을 낼 수 있는 곳을 찾아보겠습니다. 교회라든가, 자선단체라든가, 그런 곳이 미국 엔 많습니다."

"그건 안 될 말입니다."

"미국에 가면 자기가 일하면서 공부할 수도 있습니다."

"그것도 안 됩니다."

하곤 최천중이 제안했다.

"이 아이들이 미국 유학을 가면 아마 우리나라에선 처음의 유학 생이 될 것입니다. 처음 유학생이 남의 동정을 받아 공부한다거나 노동을 하면 나라의 체면이 서질 않습니다. 그리고 나에게 재산이 없는 바가 아닙니다. 이렇게 하는 것이 어떻겠습니까? 공사께서 이 곳에 쓰실 돈 가운데 얼만가를 내가 지불하고, 그 돈을 내 아들들이 미국에서 받도록 하면….”

“그것 좋은 방법입니다. 당신의 생각을 잘 알았으니 내가 적극 선처하겠습니다. 그 문제는 차후에 의논해도 될 것입니다. 한데 언제쯤 떠날 수 있겠습니까?”

“빠를수록 좋습니다.”

“그럼 이달 말에 청국에서 돌아오는 기선이 있습니다. 그 배를 타고 가도록 주선하겠습니다.”

“감사, 감사합니다.”

“나도 감사합니다. 이 나라에 와서 당신 같은 사람 만난 것 대단히 기쁘고 훌륭한 아들들을 알게 된 것도 기쁩니다. 앞으로 좋은 친구 되었으면 영광이겠습니다.”

최천중은 원석과 형석을 데리고 미국공사관을 하직했다. 루시어스 푸트 공사는 문간까지 그들을 전송했다.

최천중은 두 형제를 미국으로 보낼 작정을 한 것이 썩 잘된 일이란 생각을 했다.

“이백 년 후의 후손을 생각하고 길을 닦았다니 기 막히는 얘기가 아닌가.”

하고 중얼거리며 최천중이 두 아들을 돌아보았다. 그 감동 때문인지 칠월의 더위가 조금도 고통스럽지 않았다.

루시어스 푸트를 만난 것은 최천중에게 있어서 커다란 전기가 되었다. 이백 년 후의 자손을 위해 길을 만들었다는 건 정치 만반에 걸쳐 그러했다는 얘기가 아닌가 하는 생각으로 발전했을 때, 그는 미국을 건설한 부조父祖들의 행적을 읽고 싶은 갈망을 느꼈다. 그

만큼 그는 나라의 왕권을 잡겠다는 재래식의 사상에서 진일보하게 되었다. 자기도 이백 년 후의 자손을 위해 일하는 정치가가 되고 싶었던 것이다. 그렇다고 해서 왕문을 왕위에 오르게 하겠다는 집념을 포기한 것은 아니다.

최천중은 어느 날 조동호를 찾아가 푸트와 만난 얘기를 하고 그의 감동을 솔직하게 털어놓았다. 조동호는 최천중에게 어느 정도 공감을 표하면서도,

"미국공사를 만나 그처럼 감동하는 걸 보니 영국공사를 만났더라면 뼈가 녹아내려 낙지 꼴이 될 뻔했겠소."

하고 빈정댔다.

"영국공사가 어떤지 몰라도 푸트 공사는 자상하고 견식이 있는 사람이오. 미국 정사를 맡은 사람들이 모두 그 정도라면 미국이란 나라는 기가 막힌 나라일 거요."

하고 이왕 남의 나라의 힘을 빌리지 않곤 나라의 기사회생이 어렵다면 푸트 공사를 통해 미국의 힘을 업어보는 것도 나쁘지 않다는 의견을 말했다.

"그것도 하나의 방법이오. 영국과 미국의 힘을 빌릴 수만 있다면 그 이상 바랄 것이 있겠소?"

하면서도 조동호는 그건 어려울 것이란 단안을 내렸다. 미국과 영국의 극동에 대한 정책은 친일 노선을 기조로 하여 청국에 대해선 얻을 만한 것은 다 얻어내되, 조선에 대해선 청국과 일본에 맡겨두고 다른 구미 제국에 뒤떨어지지 않을 정도의 단계를 유지하겠다는 것이 영국과 미국의 도라는 것이 조동호의 해석이었다.

"작년 여름까지만 해도 영국을 멋지게 이용할 수가 있었는데 유감 천만한 일이었소."

하고 조동호는 한숨을 섞었다.

"그, 신중하자, 신중히 하자는 신중론이 들어서 절호의 기회를 놓쳐버린 게 아닌가."

최천중이 짜증스럽게 말하자 조동호는,

"그 신중론 때문에 최공이나 내 모가지가 지금 이 자리에 붙어 있는 것이 아닐지 모르잖소."

하며 웃었다.

"하여간 청·일의 침노가 우심해진 이때, 미국의 협조를 얻을 수 있다면 큰 힘이 될 텐데."

최천중은 어떻게 해서라도 푸트와의 사이를 돈독하게 해야겠다고 생각하고,

"조공, 나에게 영어를 가르쳐줄 수 없겠소?"

하는 농담답지 않은 말을 했다.

"영어는 또 왜?"

"아무래도 나는 미국공사와 통정을 해보고 싶어. 그러자면 통변을 두고야 어떻게 할 수가 있겠는가?"

"최공의 재능 같으면 남보다는 숙달이 빠르겠지만 나라의 대사, 천하의 대사를 영어로 말할 수 있게 되려면 수삼 년은 걸려야 할 텐데…. 나이라는 게 있지 않은지요."

나이라는 말이 최천중의 가슴을 쳤다.

'내가 벌써 50세가 되었구나.'

일모도원日暮途遠*의 비감이 가슴에 서렸다.

최천중의 심중은 아랑곳없이 조동호가 "그런데" 하고 말을 꺼냈다.

"금릉위 박영효가 스스로 광주유수로 좌천해 가서 거기서 약 6백 명가량의 장정에게 병사 훈련을 과하고 있다는군요."

"금시초문인데?"

하고 최천중이 놀랐다.

"지난달 시작했다고 하니 아직 듣지 못했을 것이오. 하여간 개화파가 뭔가를 시작할 모양이오."

"민씨 일당이 그걸 가만 보고 있을까?"

"한 바람 불겠죠."

"김옥균이 일본으로 자금을 구하러 간 일은 실패했다고 들었는데…."

"그게 또 묘하게 된 것이라오."

하고 조동호는 이런 말을 했다.

김옥균이 일본에 있을 때 일본의 외무경外務卿 이노우에[井上]에게 3백만 원의 차관을 신청했다. 이노우에는 국왕의 위임장만 있으면 응하겠다고 했다. 김옥균은 아사장성我事將成**이란 기분으로 왕의 위임장을 갖고 일본으로 건너갔다.

그러자 민비를 비롯한 수구파들은 그 돈이 김옥균의 손에 들어가면 개화파가 득세하여 언제 민씨의 척족정권戚族政權이 붕괴될

---

* '날은 저물었는데 갈 길은 멀다'는 뜻으로, 이미 늙어 앞으로 목적한 것을 쉽게 달성하기 어렵다는 말.
** '나의 일이 장차 이루어진다.'

지 모른다는 염려 아래 일본공사 다케조에[竹添]를 꾀었다. 김옥균이란 인물은 신용할 수 없다는 것, 그가 지참하고 간 국왕의 위임장은 위조이니, 일본 정부가 그 꾀에 넘어가지 않도록 밀서를 보내라는 간청이었다. 다케조에는 평소에 개화파에 불만과 의혹을 가지고 있었다. 게다가 일본에 차관을 신청하려는 그들이 일본 정부를 대표하고 있는 일본공사인 자기에겐 한마디 사전의 의논도 없었다는 것이 그의 자존심을 상하게 한 터라, 다케조에는 유유낙낙 그들의 청대로 본국 정부에 밀서를 보냈다.

김옥균은 일본 정부와 재계 금융계의 태도가 표변해 있는 것을 발견하고 실망했다. 그는 외무경 이노우에를 만나지도 못했다. 이노우에의 부하들은,

"3백만 원이란 대금은 일본국 세입액의 1할에 상당하는 것이오. 목하 일본의 재정 사정으로선 도저히 응할 수가 없소."

하는 말만 되풀이했다.

뒤에야 안 일이지만 일본 정부가 다케조에 공사의 밀서만을 믿고 김옥균의 제안을 거부한 것은 아니었다. 조사한 결과, 조선의 재정이 극도로 곤란하여 3백만 원을 장차 상환할 능력이 없다고 판단한 것과, 일본 자체가 당면한 군비 확장 문제에 쫓겨 그만한 돈을 빌려줄 만한 여력이 없었기 때문이었다. 그래도 김옥균의 친구들은 3백만 원이 안 되면 2백만, 1백만 원이라도 알선해주려고 애썼던 모양이지만 그것도 허사로 돌아갔다….

"그렇다면 박영효가 군대를 훈련시켜봐도 소용이 없는 일 아닌가?"

"지금의 정세로선 그래. 그러나 언제 또 무슨 바람이 불지 알 수

있는가?"

"아무튼 김옥균은 똑똑한 사람이니까."

"그렇지, 그의 일본에 있어서의 발판이 튼튼한 데다, 웬만한 일로 뜻을 굽힐 인물도 아니니 뭔가 획책을 할 것은 사실이지."

"그러나저러나 우리도 가만히 있어선 안 될 것 아닌가?"

"그렇지, 그래. 우리도 뭔가 꿈틀거려봐야지. 그러려면 선결문제가 돈이야, 돈."

조동호는 장탄식을 했다.

아닌 게 아니라 돈이 문제였다. 외국과의 관계를 고려하지 않더라도 조정을 뒤엎기 위해선 대규모의 민란을 업고 일어선다고 해도 핵심이 되는 군사 만 명은 있어야 할 것이었다. 그 만 명의 군사를 무장시켜 조련하고 먹여 살리려면 한 사람당 1년에 50섬이 든다고 해도 백만 섬이 소요되는 것이다.

최천중은 자기가 마련할 수 있는 섬수를 계산해보나마나였다. 삼개 최팔룡의 전폭적인 지원을 받고, 전국 팔도 동지들 가운데 유복한 자들의 재산을 갹출시킨다고 해도 1년에 10만 섬을 부담할 수 있을까 말까, 도시 문제가 안 된다.

그러나 무슨 방도가 있지 않을까 하는 것은 최천중의 집념이 가꾸어놓은 바람이었고 기대였다.

"조공의 그 천진에 있는 영인英人 친구를 통하면 무기, 기타 필요한 것을 얻을 수 있지 않을까?"

최천중이 이렇게 말하자 조동호의 입언저리에 쓸쓸한 웃음이 스쳤다.

"영국인은 모험을 잘하는 인종이긴 하지만 십중十中 십의 승산이나 자신이 없으면 움직이질 않아. 그 대신 자신이 있기만 하면 그처럼 철저하게 일을 추진시키는 인종도 없지. 작년의 군란 때만 같아도 영인을 움직일 수 있는 가망이 있었지. 있었지만…."

"지나간 일을 들먹여 뭣 하겠소. 뭔가 활로를 틔워야지."

"그러니 이젠 우리가 일을 시작해놓고 그 실적에 따라 그들의 도움을 청할 수밖에 없소. 막상 거사는 했는데 도움이 없대도, 될지 모르지만 한번 해보는 수밖에. 한데, 최공은 어떻게 할 작정이오?"

"한날한시에 민란을 일으키는 거요. 그렇게 해서 도道 하나쯤을 장악하는 거요. 전국에서 민란이 일어나면 조정의 병력이 그만큼 분산될 것 아뇨. 그 틈에 장안을 잡아버리는 거지 별게 있겠소?"

이렇게 말하는 최천중의 염두엔 첫째 장삼성, 즉 하준호가 있었고, 이필제의 후예인 이홍구가 있었고, 그동안 사귀어놓은 산석, 화적들의 두목이 있었다.

그러한 상황을 조동호도 대강은 짐작하고 있던 터라 최천중의 말을 황당하게만은 여기지 않았지만, 전적으로 동조할 기분까진 나질 않았다.

"그러니 조공은 빨리 천진으로 가시오. 우리가 거사했다고 하면 어떻게든 무기라도 도와주는 역할을 다해줘야 하겠소."

"대강 시기를 언제쯤으로 잡고 있소?"

"지금부터 서둘러 1년, 늦어도 2년 내에 거사가 있을 것이오. 이미 전국의 맹우들에겐 거사할 준비를 해두라는 격檄을 돌렸소. 단 한 가지 미진한 일은 동학파와의 연대 관계를 확정짓지 못했다는 건데, 그것도 수일 내로 무슨 결단이 지어질 것이오."

최천중은 박종태를 기다리고 있는 터였다.

"일은 백발백중의 승산을 가질 만한 준비를 하고 시작해야 할 것이지만, 먼저 불길을 올려놓고 정세를 만들어놓고 준비를 보충하는 것도 하나의 방법이긴 하오. 이대로는 숨통이 막혀 살 수가 없을 것 같아. 지금 내 밑에서 공부하고 있는 놈들의 기분도 모두 그런 것 같아. 기를 펴고 얘기할 수가 있나, 잘 살아볼 수 있는 털끝만 한 희망이라도 있나…. 이렇게 사는 것보다야 한바탕 하고 죽는 편이 낫지…."

최천중과 조동호가 이런 말을 주고받고 있을 때 양주집으로 불리는 여란이 경영하는 요릿집의 안방에선 강원수와 민하 그리고 왕문이 어느 손님을 기다리고 있었다.

그들이 기다리고 있는 사람은 이름을 윤기호尹杞昊라고 하는 당년 19세의 청년이었다. 윤기호는 남병사南兵使 윤충렬尹忠烈의 아들로서 일찍이 일본으로 유학해 있다가 최근 돌아와 조정의 외무아문外務衙門의 관리로서 일하고 있었다.

윤의 이름을 들먹여 왕문 등에게 소개를 주선해준 사람은 김웅서였다. 김웅서는 왕문, 민하, 강원수 등의 청년에게 심취한 바 있어, 역시 애중하게 여기고 있던 윤기호와의 교의를 틔워줄 작정을 한 것이었다.

이윽고 김웅서가 윤기호를 데리고 나타났다. 왕문 등 세 사람은 김웅서의 인도로 방안으로 들어오는 윤기호의 준수한 얼굴과 단정

한 몸매에 탄복했다. 귀족적이란 말은 그 윤 청년을 위해 만들어진
것이 아닐까 하는 느낌마저 들었다. 윤기호 역시 왕문과 민하, 그리
고 나이가 약간 들어 뵈는 강원수에 대해 범상치 않은 인상을 받
았다. 그런 까닭으로 수인사가 끝나자 곧 화락한 기분으로 서로를
대할 수가 있었다.

먼저 김웅서의 말이 있었다.

"윤군으로 말하면 아직 스무 살도 안 된 청년이지만 천성 총명
할 뿐만 아니라 일본에서 일본어는 물론 영어까지 습득한 견문과
견식이 넓은 사람이고, 여기 이분들도 전도에 기할 바 있는 자질과
의지를 가진 비범한 청년들이며, 특히 강공은 왕군과 민군의 스승
으로, 능히 윤군의 스승도 될 수 있는 분이니 각별한 교환이 있길
바라네."

그러고 나서 그는 나이 많은 사람이 있으면 자리가 부자유할 것
이라며 붙들 사이도 주지 않고 나가버렸다.

거창하게 차린 요리상이 들어오고 여란이 정성을 들여 뽑은 미
녀 기생들도 들어와 배석했다. 순배가 시작되었다. 얘기는 주로 민
하와 윤기호 사이에 진행되었다.

"윤군이 일본으로 간 것은 언제쯤이오?"

"재작년, 그러니까 내 열일곱 살 때가 되겠네요."

"일본 얘기 좀 들읍시다."

"차차 하지요. 일본에서 있었던 일을 얘기하면, 얘기하는 나도
우울해질 것이고 듣는 형들도 우울할 것이외다."

"그건 왜 그런가요?"

"일본에선 정치나 경제나 군사가 일진월보日進月步하고 있소. 더욱이 처처에 개명된 학당이 열려 일본의 호학지풍好學之風은 실로 놀랄 만하외다. 이에 비하면 우리나라의 국정, 심히 통탄할밖에 없소이다."

"일본에선 주로 무슨 공부를 하셨소?"

"일어와 영어를 배우는 동시 만국의 역사를 연구하였소. 일본의 제도와 문물에 대해 관찰한 바도 있소."

"일본에 지금 조선 유학생이 몇이나 있소?"

"십 수 명은 될 것이오."

"그들은 모두 무슨 공부를 하고 있소?"

"아직은 어학을 배우고 있는 정도지요. 그런데 그들의 면학하는 태도는 매우 유감스러운 데가 많소이다."

"일본에서 인물이라고 할 만한 사람은?"

"그야말로 다사제제多士濟濟*하외다. 특히 후쿠자와 유키치[福澤諭吉] 같은 사람은 대인물이외다."

처음엔 눌변인가 했던 윤기호가 일본의 정치를 얘기하기 시작하자 아연 웅변이 되었다.

"지금 일본 정치의 중심인물은 이토 히로부미를 비롯하여 모두 삼십 대의 젊은 사람들이외다. 그보다 놀라운 것은, 이들은 약관 20세쯤에 입지立志하여 막강한 도쿠가와 막부를 때려눕히고 명치의 신천하를 만들어냈다는 사실이외다. 나라의 흥륭을 위해 생명

---

* 뛰어난 인물이 많음.

130

을 홍모**처럼 가볍게 여겨 죽을 고비를 몇 차례 넘겨 신천하를 이룩한 그들이고 보니, 비록 도인島人이라고 할망정 배울 점이 적지 않소이다."

그리고는 도쿠가와 막부를 타도하고 메이지의 신정부를 세우기까지의 역정을 요령 있고 간략하게 설명해 내려가는데, 그 구변의 연달함은 가히 반할 만했다.

"그들에겐 천황도 간섭하지 못하오. 이를테면 옹천자擁天子하여 천하에 호령하는 것이외다. 그런 만큼 그들의 정사는 빈틈이 없소이다. 군제軍制를 말하더라도 육군은 법국제法國制, 해군은 영국제英國制로 하여 그 장점을 따선 자가약농중自家藥籠中***으로 하고 있소이다. 뿐만 아니라 진취의 기상이 야野에도 횡일하여 자유 민권의 소리가 각처에서 비등하고 있소이다. 백성들이 정부에 못지않게, 아니 정부 이상으로 애국애족하려고 힘쓰고 있다는 말이외다. 또 그들의 동지적 결속이 강한 바 있소이다. 식산殖産의 의지도 활발하여 서양의 기술을 도입하여선 공장을 차리기도 하고 농사도 신법新法을 써서 한 두락에 십 석 이상을 내는 농부가 있다고도 들었소이다."

"그렇다면 우리가 그들처럼 나라를 꾸려나가려면 어떻게 해야 하겠소?"

"먼저 배워야죠. 뭘 알아야 어떻게 할 것인가 하는 목적과 방법

***

** 鴻毛: 기러기의 털이라는 뜻으로, 매우 가벼운 사물을 말함.
*** 자기 집 약통 안에 있음, 필요에 따라 꺼내 씀.

이 나타날 것 아니오이까. 유위有爲*의 인사는 배우고 가르치고 해서 우선 민도를 높여야 할 것이외다."

"그렇게 하려면 우선 조정의 방식부터 바꿔야 하지 않겠소?"

"그렇소이다."

"그런데 그게 가능하겠습니까?"

"어제도 나는 궐내에 들어가 대군주大君主와 곤전坤殿**을 뵙고 나왔습니다. 양위분께선 잘하시려고 애쓰고 계십니다. 그런데 워낙 고루한 영인배佞人輩***가 어전을 둘러싸고 있는 게 폐단이옵니다."

"윤공 같은 분이 측근에 계시니…"

"어림도 없는 말씀이외다. 나와 같은 천학비재가 무슨 일을 하겠소이까?"

"겸손의 말씀. 윤공은 지금 대관들 가운데서 누구의 견식이 나라를 바로잡는 데 가장 유익하다고 생각하시는지?"

"고균古筠 김옥균金玉均 선생의 견식이 일품이옵니다."

"언제 고균의 뜻이 통할 날이 있겠습니까?"

"있겠습죠. 반드시 있을 것이옵니다."

하고 윤기호는 일본 동경에서의 김옥균의 활약상을 비롯하여 그의 조부에 관해서 열변을 토하기 시작했다. 김옥균의 견식에 따르지 않곤 나라가 망한다는 강한 결론이기도 했다.

---

* 능력이 있어 쏠모가 있음.
** 중궁전, 곧 왕비.
*** 아첨꾼.

"일본, 일본이 문제이외다. 일본을 이겨 우리가 살아남기 위해선 당분간 일본을 배울 수밖에 없사외다."

윤기호의 열변은 김옥균의 호기豪氣가 어떠한가에 대한 설명으로 옮아갔다. 하룻밤에 거침없이 수만금을 탕진한다는 말이 있었을 때 강원수가 물었다.

"한데, 고균 선생은 어디서 그런 돈을 마련한 것입니까?"

"선생의 웅대한 포부에 동조하는 일본의 명사들이 돈을 마련해 주는 것입니다."

하고 이어 윤기호는 김옥균을 재정적으로 도와주는 사람들의 이름을 들먹였다.

"그 사람들이 아무리 돈이 많기로서니 그처럼 무한정하게 돈을 대준다는 것도 이상하지 않소?"

강원수가 재차 묻는 말이었다.

"무한정일 수야 있겠소만, 일본인들은 의기상투하기만 하면 물질 같은 건 아낌없이 주는, 그런 성벽이 있는 것으로 보았습니다."

"그것 희귀한 성벽이군."

"무사도란 게 워낙 몸에 밴 인간들이라서 그런가 봅니다."

"무사도란 것이 뭡니까?"

민하가 물었다.

"요컨대 살신성인하는 정신이라고나 할까요. 아무튼 남아 의기에 느끼면 명리名利를 초월해서 행동한다는 그런 것으로 보았습니다."

"가히 성현지도라고 할 수 있는 것이로군."

강원수가 넌지시 빈정댄 말이다.

"그러나 일본인 전부가 무사도를 가지고 있는 건 아닙니다. 사농공상의 분별이 확연하고 무사도는 오직 사계급士階級에서만 볼 수 있는 미풍입니다."

"아무튼 고균이 일본에서 그런 대접을 받고 있다고 들으니 반갑습니다."

강원수가 한 말이다.

"일본인들은 사람을 알아준다는 것이지요. 게다가 고균 선생은 워낙 특출하니 만나는 일본인치고 반하지 않는 사람이 없소이다."

윤기호는 의기양양 김옥균이 베푸는 술자리가 어떠한 곳인가를 얘기하기 시작했다. 기생들의 옷자락에 글 한 수 적어주면 기생들이 그렇게 좋아할 수 없다는 얘기며, 기생들의 화대도 일본 대관들이 주는 몇 배의 화대를 주니 그 호방함엔 감히 누구도 따라가지 못한다는 얘기들이다.

"그러나 돈을 물 쓰듯 한다는 것은…."

하고 민하가 말하려고 하자 강원수는 그 말을 막고,

"대인에게 돈이 무슨 가치가 있는가?"

하고 윤기호가 얘기를 계속하도록 했다.

윤기호는 더욱 신이 나는 모양으로,

"물욕을 초월한 고균의 성품을 그래서 모두 우러러보게 되는 겁니다."

하고 김옥균의 호유豪遊*는 그만큼 인간이 크다는 증거가 되는 것

---

* 호화롭게 놂.

134

이라고 덧붙이기도 했다.

윤기호는 그 밖에도 많은 얘기를 했다. 그러나 결론은 김옥균이 동양 삼국을 통해서도 제일류의 인물이니 그의 포부가 실현되는 날, 나라의 살길이 터질 것이라고 했다.

"그렇게 될 날이 있겠소?"

하고 강원수가 물었다.

"있구말구요. 일본인의 협력이 있으니 될 것입니다. 그리고 한 가지 명심해야 할 것은 고균이 나서면 일본인을 위압할 수 있을 것이니 일본의 협조를 얻어 나라의 길을 틔운다고 해도 후환을 두려워할 필요가 없습니다."

윤기호는 이렇게 자신만만했다.

거의 자정이 가까워서야 윤기호가 돌아갔다. 대령하고 있던 사인교를 타고 윤기호가 어둠 속으로 사라지는 모습을 보고야 자리로 돌아온 세 사람은 각양각색의 감상을 가졌다.

그들은 그날 밤 여란의 집에서 묵을 작정이었으므로 별채에 침구가 마련되어 있었는데, 자리를 침소로 옮기곤 강원수의 말이 있었다.

"아직도 연소한데 그만한 견문을 가졌으니 전도가 창창하군."

윤기호를 두고 한 말이었다.

"고균이 동경에서 노는 얘기를 들으니 우리도 한번쯤 그렇게 놀아보고 싶군요."

한 것은 민하.

"노는 거야 어려울 것 있겠소? 우리도 한번 해봅시다. 장안이 떠

들썩하게."

왕문이 그날 밤 처음으로 한 말이다.

"한번 해볼까? 내일부터."

강원수도 덩달아 말했다.

그러나 이런 말들은 뭔가 석연찮은 감정이 이글거리고 있기 때문에 한 말들이었지 진심으로 우러나온 말들은 아닐 것이었다. 그것은 따져보면 고균 김옥균에게 대한 환멸이었을지 모른다.

강원수의 말이 있었다.

"고균이 동경에서 호유를 하고 있다고 들으니 왠지 마음에 걸려."

민하도 비슷한 기분이었지만 말은,

"선생님, 뭣이 마음에 걸린다는 것이옵니까?"

"나랏일을 맡아 일본에 간 사람이 호유를 한다는 건…."

"사람을 알고, 만나고 하기 위해선 자연 그런 모임도 가질 수 있게 돼 있는 것 아니겠습니까? 더욱이 외국에서 사람을 사귀려면 주석도 흔하게 베풀어야 할 겁니다."

왕문이 말을 끼웠다.

"일본 대관들이 주는 화대의 몇 곱을 준다고 하니, 그게 될 말인가 하는 생각도 있구."

"쓸 바에야 호기 있게 써버리는 것도 사내다워 좋지 않습니까?"

하는 민하.

"나는 고균이 쓰는 그 돈이 어떤 돈이냐 하고 생각하는 거요. 고균은 지금 빚을 쓰고 있는 거요. 갚아주겠다고 증서를 쓰고 빌린 돈만이 빚이 아닌 거요. 만일 고균에게 돈을 준 사람들이 장차 이

나라에 온다면 고균도 그만한 돈은 마련해줘야 할 게 아닌가?"

"그건 그렇겠습니다."

민하가 말했다.

"일본의 무사도가 어떻고, 남아의 의기가 어떻고 해도 재물은 재물이 가진 본성대로 움직이는 거라. 내가 듣기론 일본인들은 영악하기가 이루 말할 수 없다고 하였소. 그렇게 영악한 일본인이 어떻게 까닭 없이 돈을 주겠소. 남자의 의기만으로 돈을 주겠소? 남자의 의기로써 낼 수 있는 돈엔 한계가 있는 거요. 게다가 자기들이 정치자금으로 준 돈을 요정에서 탕진하고 있는 것을 보면 끝엔 그 사람을 신용할 수 없는 기분이 될 것이오."

"선생님의 말씀이 옳습니다."

하고 왕문이 한숨을 쉬었다.

"나는 고균을 비난하고 있는 게 아니오. 걱정하고 있는 거요. 윤기호가 한 말이 죄다 진실이라면 고균이 동경에서 하는 일은 실패할 것이오. 그게 걱정이란 말요."

"걱정하실 것 없습니다. 우리가 언제 고균을 믿어 의지하려고 한 적이 있습니까?"

민하가 잘라 말했다.

"물론 우리가 고균을 크게 기대한 건 아니지만 희망이라도 가져본 건 사실이 아닌가? 한데 그 희망의 불빛마저 꺼져버린다면 적막하다는 얘길세."

불을 끄고 자리에 누워 강원수가 한 말이었다.

"대세에 따라 살아가는 거죠, 뭐. 기를 쓸 것 있습니까?"

그러나 이건 민하의 마음 전부를 말한 게 아니었다.

"모든 것을 보류하고 서양 지식이나 열심히 배우고 있습시다."

한 것은 왕문이었다. 왕문은 요즘 소민이 가지고 온 나파륜전奈破崙傳을 열심히 읽고 있는 중이었다. 나파륜이란, 즉 나폴레옹이다. 나폴레옹을 읽고 있는 때문인지 왕문은 조선을 코르시카로 치고 청국을 프랑스로 쳐선, 조선의 청년인 자기가 청국을 호령할 수 있게 되는 날을 공상하고 있었다. 물론 터무니없는 공상이란 걸 스스로 모르는 바는 아니었지만 나파륜을 읽으며 느낀 감동의 열기 때문에 좀처럼 그 공상의 매혹에서 벗어날 수가 없었다. 그러나 그 얘긴 아직 친구 민하에게도 하지 않고 있었다.

강원수와 민하 사이에 고균 김옥균을 두고 대화가 계속되고 있었다. 강원수는 자기 말 그대로 '김옥균당'이라곤 할 수 없었으나 얼마간의 희망은 걸고 있었다. 일본에 대한 반발이 있고, 청국에 대해선 뭔가 모르는 친근감을 가지고 있었으면서도 김옥균에 대한 희망을 가꾸고 있었다는 것은 일견 모순된 것처럼 느껴지지만, 그가 고균의 나이와 동년배인 데서 오는 일종의 공감 탓인지 모를 일이다. 그런 만큼 강원수는 김옥균의 동경에서의 생활이 선비답지 않다고 들었을 때 충격을 느낀 것이다.

"재사로서, 또는 풍류객의 인상보단 고사高士로서의 인상을 상대방에게 주어야 장차의 일을 도모하는 데 도움이 될 것 아닌가. 배반이 낭자한 주석에서 담론풍발談論風發*하는 것은 좌흥座興을

---

* 담화나 의논이 속출하여 활발하게 이루어짐.

도울망정 천하지대사를 도모하는 덴 보람이 없어. 몸을 청淸히 지키고 은근한 가운데 요담要談만을 하면 사람을 사귀는 숫자는 적어질지 모르지만, 사권 사람은 동지를 만들 수가 있어. 일본이나 조선이나 청국이나 인정엔 다를 것이 없을 거여. 주석을 좋아하고 기녀와 더불어 노는 것을 좋아하는 사람을, 그 인품의 호탕함은 칭찬할 수 있을망정 완전 신뢰는 할 수 없는 거라네. 내가 두려워하는 건 김옥균이 일본인에게 재사로만 보이고 고사절사高士節士로선 보이지 않을까 해서네. 그렇게 되면 일이 곤란하게 돼. 일단 김옥균이 실패하면 앞으로의 일은 더욱 곤란하게 돼. 김옥균에게 희망을 걸고 도와주었던 일본인도 그가 실패하면 제이第二의 김옥균이 나타나도 쉽사리 마음을 허許하지 않게 될 것이고, 국내의 인사 또한 그런 심정이 될 것이니 하는 말일세."

이에 대해 민하의 말도 간절했다. 윤기호의 말만 듣고 속단할 필요가 없다는 얘기였다.

"아무튼 난세를 어떻게 살아야 할 것인가 이것이 문제로구먼." 하고 강원수는 잠잠했다.

이때 민하의 생각은 엉뚱한 방향으로 흐르기 시작하고 있었다.

탄식을 섞은 몇 마디 말이 더 계속되더니 강원수는 어느덧 잠이 든 모양이었다. 그런데 민하는 잠을 이룰 수가 없었다. 그날 밤 자기 옆에 앉아 시중을 들어주던 아가씨의 모습이 자꾸만 망막에 떠오르는 것이다.

'이름을 이화라고 했지. 성은 송이구⋯.'

갈아놓은 백옥 같은 피부 빛깔이었다. 눈은 흑마노처럼 빛나고 있었다. 그리고 그녀의 그 손! 섬세하고 모양 좋은 손의 유연한 움직임!

윤기호를 비롯해 강원수, 왕문이 같이 어울려 있었던 자리여서 많은 말을 건네보진 못했다. 겨우 나이만을 물어볼 수 있었다.

'열여섯 살이라고 했지.'

그런데 열여섯의 나이로서 어쩌면 그렇게도 아름다울 수가 있을까. 문자 그대로 이화梨花를 닮은 정향情香이 서린 다소곳한 아름다움이 아니었던가.

민하는 공상을 좇기 시작했다.

물이 좋고, 그다지 넓지도 않은 물을 낀 동산 기슭에 세 칸 초옥을 짓고 이화와 더불어 살며 주경야독하는 생활을 할 수 있었으면 하고.

어지러운 나라를 미약한 힘밖에 없는 내가 어찌하리. 도탄에 빠져 있는 백성들의 고통을 생각하면 무엇 하리. 민하는 가능만 하다면 송이화를 데리고 아무도 모르는 곳, 어떤 쓸쓸한 두메라도 좋으니 그런 곳으로 도망치고 싶었다. 달이 뜨면 '여보 달이 떴소' 하고, 꽃이 피면 '여보 꽃이 피었소' 하고, 새가 울면 '여보 새가 우오' 하고….

한편으로는 윤기호의 그 당당한 풍채와, 세상은 마땅히 자기의 것이라는 듯 자신만만한 태도를 부럽게 여기고 있는 스스로를 발견하고 있으면서도, 그러면서도, 아니, 그럴수록 민하는 송이화를 데리고 멀리멀리 도망치고 싶었다.

이런 복잡한 마음이 감정을 들끓게 했는지 모른다. 자기도 모르게 한숨이 나왔다. 그 한숨 소리가 뜻밖에도 컸다.

"민형, 잠을 이루지 못하는구려."

왕문의 조용한 소리가 있었다.

"왕형두?"

민하의 말이었다.

"좀처럼 잠이 올 것 같지 않소."

왕문의 대답이었다.

"왜 잠을 이루지 못하오?"

"민형은 왜 잠을 이루지 못하오?"

민하는 왕문에게만은 언제나 솔직했다.

"오늘 밤, 내 옆에 앉아 있던 아가씨 보았지요?"

"보았소. 참으로 미인이던데요?"

"어쩐지 그 아가씨 생각이 나서…."

"알 만하구려."

"한데, 왕형은 왜 잠을 이루지 못하는 거요?"

"나도 비슷한 심정인가 보오."

"그럼 왕형도 이화에게?"

"이화?"

"그 아가씨의 이름이 이화입니다."

"그 아가씨를 두고 한 말은 아니오."

"그럼 누구?"

"오늘 낮 이 집으로 오는 길에 진현을 지날 무렵, 가마 한 채가 지나가지 않았습니까?"

민하는 선뜻 생각이 나질 않았다. 김웅서의 말을 열심히 들으며 걷고 있었기 때문인지 몰랐다.

왕문은 다음과 같이 이었다.

"내 눈이 그 가마 쪽으로 갔을 때, 가마의 옆 창이 살큼 열리더란 말이오. 아가씨가 타고 있었는데 그 눈이…."

민하는 왕문의 다음 말에 귀를 기울였다. 계속된 왕문의 얘기는 다음과 같았다.

"그 아가씨의 눈과 나의 눈이 순간 부딪쳤소. 그러나 다음 순간 그 창은, 손바닥만 한 그 창은 닫히고 말았소."

"얼굴이 예뻤어요?"

"예쁜지, 안 예쁜지 그런 걸 감득할 겨를이 없었소. 섬광지각閃光之刻이었으니까."

"그렇다면?"

"그 눈이 말입니다. 그 눈이 내겐 무슨 애원哀願을 하는 것 같은 빛이었소. 살려달라는 듯하는, 공포의 빛이 서린 눈이었소. 자기의 뜻과는 전혀 다른 곳으로 가게 된 여자의 애절한 호소 같은 것이 느껴지기도 했소…."

"왕형 마음의 탓이겠지."

"그럴는지 모르죠. 내 마음의 탓이겠지. 그러나 하필이면 내 눈 앞에서 그 창이 열린 까닭이 뭐겠소? 그리고 나와 눈을 맞추자 얼른 닫아버린 동작의 의미가 뭐겠소? 나는 그 후로 줄곧 그 아가씨만 생각하고 있는 거요."

"음, 그래서 아까의 자리에서 쭉 입을 다물고 계셨군."

"자리에 어울리려고 했지. 윤공의 말을 귀담아듣고 나도 뭔가 물어보려고 애를 쓰기도 했는데 되질 않았어요. 그길로 그 가마 뒤를 따라가보는 건데 잘못했구나 싶은 생각이 자꾸 들더란 말입니다."

"그러나 잊으시오. 지나가버린 일이 아닙니까?"

"그렇게 해야죠. 그렇게 해야 되겠는데 오늘 밤만은 도리가 없구려."

하면서 왕문은 내일에라도 진현 일대를 두루 살펴 가마를 맨 교군들의 정체를 알아볼 수 있지 않을까, 하는 희망을 가져보려고 했다.

"왕형이나 나나 요즘 기분이 좀 이상해진 것 같지 않소?"

하고 민하가 낮은 소리로 웃었다.

왕문과 민하는 바야흐로 스무 살, 한창 청춘이 발동할 계절을 만났던 것이다.

"이화라는 아가씨는 좋습디다. 민형은 좋은 꽃을 발견한 셈이로구만요."

왕문이 자기의 망상을 떨어버리려는 듯 화제를 바꿨다.

"내 마음으로 될 일이겠소."

"장안 제일의 미장부가 왜 그런 심약한 소릴 하오이까?"

"괜한 말씀을."

"아닙니다. 날이 새면 내 여란에게 말해두리다. 민형의 뜻이 이루어지도록."

"여란의 주선은 싫소이다. 송이화란 아가씨에게 마음에도 없는 행동을 시킬 순 없으니까요."

"그런 일은 없을 것이오. 아무튼 내게 맡겨두오. 내가 그렇게 서

투른 짓은 안 할 것이외다."

민하는 잠잠할 수밖에 없었다.

"그 대신."

하고 왕문의 말이 있었다.

"진현에서 보았다는 아가씨를 찾아내는 덴 민형의 도움이 있어야 하겠소."

"내가 언제 왕형의 청을 거절한 적이 있기나 했습니까?"

그러고도 두 사람은 오랫동안 속삭임을 계속했다. 그들의 마음 속엔 국사니 백성이니 하는 생각은 없어지고 아가씨의 모습이 잠시 자리를 잡았다.

청춘의 바람은 때론 폭풍으로 화할 수도 있는 것이다. 왕문과 민하는 거의 매일 여란의 집에서 유련留連*하는 꼴이 되었다.

스승 강원수의 충고도 그들의 생활태도를 바꿀 수가 없었다. 강원수는 소년 시절 병적으로 여색에 집착한 나머지 이책의 아내를 노린 바람에 김권으로부터 호되게 규탄을 받고 죽음 직전에 이르렀을 무렵, 박종태로부터 구제를 받아 홀연 그 색광의 늪에서 빠져나온 경력의 소유자이다. 그런 만큼 두 제자도 어느 시기, 어느 계기로 하여 시정되리라는 믿음이 있었기 때문에 지나치게 강경한 태도를 취하진 않았다.

민하는 송이화 이외엔 이 세상에 관심을 둘 바 없다는 상황에까

---

* 　계속해서 머묾.

지 이르러 있었다. 그런데 어떤 까닭인지 이화는 자기의 마음을 열지 않았다. 뿐만 아니라 주석酒席에서의 교제 이상의 접촉을 하지 않으려고 했다.

여란이 사이에 들어 갖가지로 주선의 수고를 했지만 송이화는 쓸쓸하게 웃어 보일 뿐 청을 듣지 않았다. 그러니까 민하는 매일처럼 술자리를 만들지 않을 수 없었던 것인데, 술자리에서도 말이 미묘한 대목에 접어들게 되면 이화는 입을 다물어버리는 것이다.

"고향이 어디죠?"

"충청도 단양이라고 들었습니다만."

"들었다고 하는 것은?"

"소녀의 기억은 한성에서 산 기억밖엔 없으니까요."

"부모님은 계시오?"

"계세요."

"어디에 계십니까?"

"…."

"같이 살고 있는 건 아니로군."

"…."

"이화, 내 마음을 모르겠어요?"

"자, 술이나 자셔요."

"남자의 마음을 이렇게 몰라준다고 해서야 어찌 여자의 마음이라고 할 수 있소?"

"소녀는 여자가 아니외다."

"여자가 아니면?"

145

"기생이에요."

"기생이라면 손님의 마음을 알아줘야지."

"그래서 이렇게 시중을 들고 있는 게 아니오이까."

"이화, 손이라도 한번 잡아보고 싶구려."

"…."

"기생이라면 손을 잡지 못하게 하는 건 너무한 처사가 아닐까?"

"기생으로서 손님의 청에 응하라는 것이오이까?"

이화의 이 말은 민하의 가슴을 뜨끔하게 했다. 마음이 급하지 않은 바는 아니지만 민하가 바라는 것은 이화의 진정眞情이지 기생으로서 마지못해하는 태도가 아닌 것이다.

"좋소. 이화가 마음을 열 때까지 기다리겠소이다."

"…."

"강은 건널 수가 있고 태산도 넘어설 수가 있는데 이화의 마음은 알 수가 없구려."

민하의 매일매일은 언제나 이러한 비탄 속에 끝나는 것이다.

물론 왕문의 위로가 있었다.

"민형, 이화가 민형의 마음을 모를 리 있겠소. 아마 깊은 사정이 이화의 마음을 열지 못하게 하는 것 같소."

"깊은 사정이 뭣인지나 알았으면 하오."

민하는 이렇게 탄식했다.

"수월하게 털어놓을 수 있는 사정이라면 깊은 사정이라고 할 수 있겠소?"

왕문은 이렇게 민하를 달래는 것이지만, 그도 역시 송이화의 태도가 불가사의하다고 생각하고 있었다.

'기생이 민하란 한 남자가 그처럼 정을 쏟고 있는데도 둔감하다는 것은 이상한 일이다.'

'기생의 수절이란 것도 없을 수야 없겠지만, 그렇다면 기약한 사람이 있어야 할 것인데 그게 누굴까? 과연 기약한 사람이 있기라도 한 것일까…?'

'기생으로 나온 여자가 남자와의 통정을 싫어한다면 혹시 병신이 아닐까…?'

'격식 있는 집안의 딸이 어쩌다가 저렇게 몰락한 것인지 모른다. 때문에 무슨 원한에 사로잡혀, 그 원한을 풀기까진…'

왕문은 민하와 몇 번이고 얘기해본 적이 있는 그런 말을 되뇌어볼 수밖에 없었지만, 그 이상은 생각이 미치지 않았다.

어느 날 밤의 일이다. 그 주석엔 남자라곤 왕문과 민하 두 사람이고, 기생은 왕문이 좋아하는 소월素月과 이화뿐이었다. 민하는 주기의 탓도 있어,

"소월이화素月梨花 야청향夜淸香이나, 왕민부지王閔不知 하처향何處向*이로다."

했더니 소월이 받아,

"소월이화불과기素月梨花不過妓인데 남아부지하처기男兒不知何處期이면 수야청향화삭막雖夜淸香化索莫이니, 박장허공탄실기拍掌

***

* '소월과 이화는 밤의 청향(淸香)이나, 왕(문)과 민(하)은 어느 곳을 향해야 할지 모르겠도다.'

147

虛空嘆失機하라."*

라고 했다.

　소월은 민하의 사정을 안타깝게 느끼고 있었고, 이화가 민하에게 마음을 허許하지 않았기 때문이란 이유로 왕문과 잠자리를 같이할 수 없는 처지에 조바심을 내어 이렇게 시형詩形을 빌려 말했던 것인데, 이화는 얼굴빛이 창백하게 변하면서,

　"쌍장성성雙掌成聲이고 계숙화개季熟花開이어늘 인생수유人生須臾라도 가지대기可知待機일 것인데, 하고초조何故焦燥인지 실망절절失望切切이옵니다."**

하고 얼굴을 가리며 흐느꼈다.

　그로써 이화의 마음이 전연 불모不毛가 아니란 걸 알았다. 민하는 비로소 생각을 가다듬고 계절이 익어 꽃이 피기를 기다릴 마음이 되었다.

　문제는 왕문에게 있었다. 언젠가 진현에서 마주친 아가씨의 그 호소하는 듯한, 애원하는 듯한 눈초리를 잊지 못하는 것이다.

　기생 소월과의 사이에 따스한 마음이 오가고 있는 상황이긴 하지만, 남자의 마음은 두 갈래로 가기가 힘든 모양이다. 술상을 앞에 하고 있으면서도 가끔 왕문이 멍청해지는 것은 그 아가씨를 상

---

*　'소월과 이화는 기생에 불과한데, 남아가 어느 곳을 기해야 할지 모른다면, 아무리 밤의 청향이라도 쓸쓸하고 막막해지니, 허공을 가른 손바닥이 실기(失機)함을 한탄하노라.'

**　손바닥이 마주쳐야 소리가 나고 계절이 익어야 꽃이 피는데, 인생이 아무리 짧아도 기다림을 알아야 하거늘, 무엇 때문에 초조해하는지 실망이 절절하옵니다.'

기하기 때문이었다.

'누구 집의 규수일까? 어디로 가는 도중이었을까? 무슨 연고로 가는 길이었을까?'

그 한없이 슬픈 눈빛은 결코 예사로운 것이 아니었다. 왕문은 그날 그때의 눈초리는 왕문 자기가 아니고는 그 아가씨의 곤경을 구해줄 사람이 없다는 섭리의 지시처럼 느껴지기도 했다. 그렇다면 무슨 단서라도 잡혀야 할 것이 아닌가. 단서가 있고야 말 것이란 믿음 같은 것이 생겨나기도 했다.

원석과 형석은 미국으로 떠났다.

인천항까지 그들을 전송하러 갔다가 돌아오는 길, 최천중은 소사素砂의 어느 주막에서 묵기로 했다. 옆에 연치성과 정회수가 있었다.

소사의 그 주막은 인천 서울 간의 길에서 두 마장쯤 들어간 곳에 있었는데, 어찌하여 그곳까지 최천중이 갔는가 하는 것이 이상한 대목이다.

최천중은 일행과 함께 삼복더위 속을 걷다가 길가 나무 그늘에서 잠시 쉬고 있었는데, 서쪽으로 동산을 등지고 있는 마을이 보였다. 동산은 숲이 우거지고, 그 우거진 숲 사이로 나지막하게 지은 집들이긴 했으나 기와지붕이 은현***하고 있었는데 그 기와의 빛깔이 윤이 나는 것이 묘하게 최천중의 눈을 끌었다.

*** 隱現/隱顯: 보일락 말락 함.

"회수야, 저 기와 빛깔이 이상하지 않느냐?"

하고 최천중이 물었다.

"무엇이 이상하다는 겁니까? 전…."

정회수는 머리를 갸우뚱하면서, 이해가 안 된다는 표정을 지었다.

"기와 빛깔에 윤이 나지 않느냐?"

최천중이 고쳐 말했다.

"한여름 햇볕에 쬐었으니 윤택이 날 만도 하지 않겠사옵니까?"

"아녀, 아녀, 조금 달라."

최천중의 말이 있자 연치성이 유심히 그 방향을 보고 있더니 말했다.

"다릅니다. 저 기와는 다릅니다."

"기름으로 닦아놓은 것 같지 않은가?"

"그렇습니다."

하고 연치성이 수긍했다.

"저런 기와라야 하는 거다. 저 기와를 어디에서 구웠을까?"

최천중이 혼잣말을 했다. 건재建材 가운데 어느 한 가지 중요하지 않은 게 있을까만, 특히 기와가 중요하다는 것이 최천중의 지론이었다.

파립破笠이면 몰락지상이고, 조립粗笠하면 궁색지상*이 되는 것이니 가옥에 있어서 갓과 같은 것이 지붕인데 어떻게 기와를 소홀히 다룰 수 있는가.

---

* 찢어진 갓은 몰락의 상이고, 조잡한 갓은 궁색의 상.

해서 최천중은 가역을 할 때마다 기와에 관해선 각별히 마음을 썼다. 그러한 최천중이었는데도 그 기와는 특별하게 보였다.

"제가 한달음에 달려가서 어디서 구한 기와인지 알아오겠습니다."

정회수가 일어서려는 것을 최천중이 만류하고,

"아니다. 저 기와가 특별한 것이라면 쉽게 가르쳐주지 않을 것이다. 자기들만 쓰려고 구운 것인지도 모르지. 숲이 우거진 마을이니 시원하기도 하렷다. 오늘 밤은 저 동네에서 묵어가기로 하자. 주막이 있을 것이 아니냐. 없으면 달리 신세를 질 작정을 하고…"

하여 그 마을에 들게 된 것인데 마침 깨끗한 주막을 만난 것이다.

샘에서 떠 올린 차가운 물에 얼굴과 발을 씻고 동서로 문이 트인 봉놋방에 앉아 시원한 막걸리로 목을 축이곤 최천중이 주인을 불렀다.

"저 안마을에 기와집들이 많은데 그 집 성씨가 누구인가?"

"밀양 박씨들이 사는 집이오이다."

"꽤 잘사는 집으로 보이는데."

"잘산다뿐이겠시유? 대관댁 외가이신데유."

"대관댁이라니?"

"유덕로 대감의 외가인뎁쇼."

유덕로 대감의 외가라는 말에 최천중의 귀가 번쩍했다. 그러나 무관심한 척 꾸미고,

"오늘 우리 일행이 묵고 갈 터이니 호박과 가지나물을 풍성히 무쳐 반찬으로 해주오."

라고 이르고 주인을 물러가게 했다.

'음, 유덕로의 외가가 이곳에 있었구나. 그럼 혹시…'

혹시라고 한 것은 유덕로의 수양딸 망화가 이곳에 와 있는 것이 아닐까 하는 짐작을 한 때문이었다.

곽선우가 돈을 마련하여 조용팔이란 사나이를 매수하려고 할 즈음에 유덕로는 망화를 어디론가 보내버렸다. 내시에게 시집보내는 딸의 행차를 대감댁에서 출향시킬 순 없는 형편이기도 했지만, 곽선우의 끈덕진 협박을 배겨낼 수 없었던 것이다.

곽선우는 망화의 행방을 찾아 지금 혈안이 되어 있는 터였다. 최천중 자신도 초조했다. 곽선우의 권에 못 이겨서였지만 대강 내락을 하고 망화의 사주를 보았더니 귀貴면 극귀極貴에 이르고 천賤은 극천極賤에 이른다고 나왔다. 아비가 형사刑死하고 장차 커선 관비가 될 운명이었으니 천이 극천에 이를 수도 있다는 사주는 맞았다. 그런데 어떻게 기機를 달리하면 귀貴에 오를 수가 있게 돼 있었다. 극상의 귀란 곧 왕비가 된다는 뜻이 아닌가. 유덕로도 망화, 즉 제희의 사주를 보았으리라. 그래서 그는 망화를 수양딸로 해서 금지옥엽으로 키웠을 것이리라. 하나 왕비로서 간택될 시기를 놓치고 만 이제, 권세 있는 환관에게나 주어 탐관이었던 그의 과거 죄상을 엄폐하는 수단으로 할 작정을 한 것이리라.

최천중이 이런 생각을 하고 있었던 터라, 망화의 행방이 묘연해졌다는 소식을 들었을 때 '아뿔싸' 하고 실의의 탄식을 토했다. 그 후,

'놓친 고기는 큰 법이니…'

하고 마음을 달래려고 했으나 그게 쉬운 일이 아니었다. 밤이 깊을 때면 곽선우의 발소리를 기다리는 심정이 되기도 했던 것이다. 그

러고 보니 기왓장 문제는 염두에서 사라져버렸다.

망화가 저 집에 와 있는지 없는지를 확인해보았으면 하는 마음이 간절하게 솟았다.

'어떻게 알아볼까?'

정회수를 시키면 두 길 담을 깃처럼 뛰어넘을 수 있는 기술의 소유자이니 무난히 집 안에까지 들어갈 수는 있겠지만 방과 방을 뒤져 자는 사람을 확인해볼 수는 없는 일이었다.

주막집 주인 여자를 이용할까 하는 생각도 있었지만, 망화를 맡겼다고 하면 사전에 이만저만한 주의가 있지 않았을 것이니 그것 또한 쉬운 일이 아닐 것이었다.

'아무튼 신중히 생각해볼 일이여.'

하고 최천중이 목침을 베고 누웠다.

"기왓장을 어디서 구했는지 물어보고 오겠습니다."

정회수의 말이 있자, 최천중이 깜짝 놀라며 손을 저었다.

"기왓장에 관해선 아무 소리도 말라. 고단할 테니 나무 그늘이나 찾아 낮잠을 자둬라. 어쩌면 야행夜行을 할지 모르겠다!"

그러곤 연치성을 불러 낮은 목소리로 자기의 짐작을 알렸다.

박씨 댁의 내막을 알기 위해 여러 가지로 궁리를 해봤다. 심지어는 주막집 아낙네를 매수하여 그 집의 종들과 접촉해볼까 하는 생각까지 했으나 탐탁지 않다고 느낀 최천중은 정공법을 쓰기로 했다.

주막집의 바깥주인과 아낙네를 저녁 식사가 끝난 후에 불러,

"나는 사람의 상을 잘 보는 사람인데, 박 선달 댁 내외분에게 가서 상을 보아볼 생각이 없느냐고 말해보게."

하고 돈 스무 냥을 주었다.

돈 스무 냥이면 주막집 부부가 입이 닳도록 칭찬을 섞어 최천중을 선전해주리라고 짐작했던 것이다.

아니나 다를까, 그 이튿날 아침 박씨 댁에서 하인이 주막으로 왔다.

"주인어른께서 한양으로부터 오신 관상사님을 뵙자고 합니다."

최천중은 연치성과 정회수를 데리고 그 집으로 갔다. 그 두 사람은 사랑마루에 자리를 잡고 앉아 그 집의 동정을 살필 작정이었다.

그 집의 당주는 육십을 지난 사람이었는데 머리칼은 반백을 넘어 있었다. 온후한 인품이었지만 마음의 한구석에 만만찮은 지혜를 간직하고 있다고 느껴지는 범상치 않은 눈빛을 하고 있었다.

박 선달은,

"관상사로서 소문이 높으시다고 들었소만, 관상을 볼 요량으로 귀공을 모신 것이 아니고, 한양에서 오셨다기에 시세時勢에 관한 얘기나 들을까 하여 청한 것이로소이다."

하고 정중하게 최천중을 맞이했다.

그 태도가 우선 최천중의 마음에 들었다. 그래서 최천중이,

"한양이라고 해도 여기서 지척인데 새삼스럽게 내가 알려드릴 시세란 것이 있겠습니까?"

하고 겸손하게 말했다.

"지척이 천리, 만리일 수가 있는 것 아니겠습니까. 가끔 들려오는 말이 있기도 합니다만 종잡을 수 없는 도청도설塗聽塗說*이어서

---

* 길에서 듣고 길에서 말함. 즉 뜬소문.

답답하기만 합니다."

"그건 한양에서 살고 있는 나도 똑같은 형편입니다."

"그러나 전야田野에 있는 나보다는 많은 소견과 소문이 있지 않겠소."

하고 박이 물었다.

"한양엔 지금 청병淸兵이 배회하고, 정사를 원세개라고 하는 청장淸將이 좌지우지하고 있다는데 그게 참말입니까?"

"청장의 의도가 조정을 지배하고 있는 건 사실인가 봅니다."

"한편 일본인도 만만찮게 서둘고 있다는 얘긴데…."

"그것도 소문대로입니다."

"미국, 법국, 영국, 아라사도 들어와 있다고 하지요?"

"그러나 그들은 통상에 관심이 있을 뿐 이 나라의 정사에 대해선 그다지 참견하는 바가 없는 것 같소이다."

그러자 박 선달의 눈이 순간 반짝했다.

"통상은 상거래가 아니겠소. 상거래라고 하면 그들이 유리하게 하려고 안 하겠소. 그 때문에 군함까지 인천항에 갖다놓지 않았소. 그러면 참견이 되는 건데 어째서 정사엔 참견하지 않는다고 하오?"

"청국과 일본에 비교하면 참견하는 바가 적다는 뜻이오."

박 선달의 날카로운 질문이어서 최천중은 예사로운 답을 할 수가 없었다.

"친청파, 친일파 사이에 암투가 있다고 들었는데, 그 인맥이 대강 어떻게 되어 있는 거요?"

하는 질문에 이르러선,

"나는 포의무관布衣無官으로 청산위우靑山爲友하고 사는 사람일 뿐, 그런 내막까진 아는 바가 없소."

하고 피했다.

"초면지교初面之交에서 그런 말을 함부로 하실 수야 없겠죠."

박은 이렇게 풀이하고,

"나 역시 그러한 국사에 용훼容喙할 처지는 아니오만, 사색당쟁四色黨爭이 각각 외세를 업고 덤비게 되면 장차 어떻게 될까 하는 게 걱정이라서 물었을 따름이오."

하고 먼 눈빛을 했다.

"진실로 나라의 행방이 걱정입니다."

하고 최천중은 자기의 성의 있는 태도를 나타내기 위해 다음과 같이 말했다.

"모든 중심이 조정인데 조정 내부가 문란해 있으니, 설혹 제갈량의 심려와 조조의 지모를 합친 인재가 나선다고 해도 수습 못 할 지경이 아닌가 하오."

그랬더니 박의 입에서 뜻밖의 말이 나왔다.

"땅이 있고 백성이 있으면 어느 때엔가는 운기運氣를 만날 수 있는 법이니 인간의 단려短慮*로써 사직의 앞날을 경경히 겨냥할 수 있겠소만 문제는 그동안의 일이오. 나는 백성들을 믿소. 지금은 버러지처럼 살고 있지만 각기 밸이란 것을 지니고 있소. 그 밸이 어느 날엔가 하나의 힘으로 뭉쳐 나라의 운세를 만들 것이오. 그러니 나

---

* 짧은 생각.

라의 걱정은 할 필요가 없소. 다만, 명색이 양반이라고 버티고 있는 자들의 정상이 가련할 뿐이오. 나는 양반의 명맥이 내일모레 끊어질 것으로 알고 있소. 마땅히 끊어져야 하는 것이기도 하구요. 나는 초야에 묻혀 나날을 지내면서 내 모가지를 백성들 앞에 내놓을 날만 기다리고 있소."

"그게 무슨 말이옵니까?"

최천중이 너무나 엄청난 기분이라서 이렇게 물었다.

"어려운 얘기가 아니오. 머잖아 민란이 난다는 얘기일 뿐이오. 지금은 산발적으로 이곳저곳에서 발생하고 있지만 내년 후내년쯤엔 조선 팔도에 민란이 한꺼번에 번질 것이오. 두고 보시오. 내 말이 적중할 테니. 그래도 민란이 일어나지 않으면 백성들은 버려지요, 버려지. 밟혀 죽어도 싸지. 그깟 뱃심이 없는 놈들이면 밟혀 죽어도 싸지, 싸."

박 선달의 말은 자기 말마따나 초면의 인사에겐 할 수 없는 내용의 것이라서 그가 유덕로와 내외종간의 사이이기도 하다는 사정과 곁들여,

'이 사람, 내 속을 떠보려고 이러는 게 아닌가?'

하는 의혹이 최천중의 가슴에 일었다. 당연히 반문하지 않을 수 없었다.

"그렇게 민란이 필지必至**하다는 사실을 알고 있는 걸 보니 민란에 가담하겠다는 말인가요?"

** 앞으로 반드시 그에 이르게 됨.

"천만에요."

하고 박 선달은 잘라 말했다.

"무슨 낯짝을 들고 가담합니까? 순순히 죽어줘야죠. 죽어주는
게 그들을 위하는 길이고 나라를 위하는 길이오."

최천중은 박의 말을 가늠할 수가 없어 찬찬히 그 관상을 보기
시작했다.

교언영색이 있을 사람은 아니었다. 분별과 사려를 잃을 사람도
아니었다. 미간에서 곧게 내려선 비량鼻梁*과 불협불광不狹不廣
한 턱으로 해서 직정경행直情徑行**의 성품이 나타나 있었다.

그러니 상으로 봐선 의심할 바가 없었다. 그래도 의혹이 남는 것
은 무슨 까닭으로 초면의 인사에게 과격한 언설을 토하느냐, 하는
사실이었다.

최천중이 물었다.

"민란이 일어나는 것이 옳다면 민란을 당해 죽을 것이 아니라
민란의 성공을 위해 힘을 보태줘야 하는 게 옳은 일이 아니겠소?"

"나는 민란이 필지라고 했지, 옳다고 말하진 않았소."

"그러나 아까 백성이 민란을 일으키지 못하면 버러지나 다름없
다고 하시지 않았소?"

"그건 백성들 입장에서 그렇다는 얘기일 뿐이오. 나는 양반이니
까 천민들 사이에 끼일 수야 없지 않소. 그들이 민란을 일으킨다면

---

*   콧마루.
**   감정을 숨기지 않고 자기의 생각대로 행동하며, 상대방의 생각은 아랑곳하지 않음.

158

그건 당연한 일이니 그들의 손에 죽어준다는 거요. 그 이상의 짓을 내가 어떻게 하겠소. 민란이 겁이 나서 양반이 지레 천민이 될수야 없지 않소. 이제 와서 나만은 죽지 않겠다고 그들에게 가세할수도 없지 않소."

최천중은 잠자코 있을 수밖에 없었는데 박이 말했다.

"양반은 한 사람 빠지지 않고 다 죽어야 하오. 그 버릇을 고치지 못하고 친청이니 친일이니 해선 씨알머리 없는 상소 따위나 올리고, 서원의 이익을 위해 유림이라 해서 일어나기나 하고, 남의 가색稼穡***에 업혀 사는 것도 뭣한데 그들의 등을 쳐 먹으려는 썩은 인간들을 살려 뭣 하겠소. 우선 나부터 말요. 한 놈 남김없이 양반이 없어지는 날, 백성들이 이 나라를 차지하고 친청을 하건 친일을 하건 그때 뭔가 길이 트일 것이오."

박의 말은 이처럼 가열되어가는데 최천중은 차츰 이런 생각을 하기에 이르렀다.

'박은 나름대로 나라를 걱정하고 있는데 모든 징후가 망국의 방향으로 치닫고 있다고 느끼곤 절망한 나머지 반어反語를 하고 있는 것이리라.'

이런 생각을 하며 우연히 최천중의 시선이 문지방 위로 돌았을 때 자그마한 액자 하나를 보았다. 그 액자엔,

'실사구시實事求是'

라고 씌어 있고 '용鏞'이란 낙관이 있었다. '용'이면 다산 정약용丁若

*** 곡식 농사.

159

鏞 선생을 말한다. 그 액자를 보니 수수께끼가 일시에 풀린 느낌이었다.

"박공께선 다산 선생의 제자이시군요."

하는 물음이 저절로 나왔다.

"내 소싯적에 선생님의 훈도를 받았소. 존함을 들먹이기도 외람한 못난 제자였을 뿐이오."

"알아 모시겠습니다."

하고 최천중이 머리를 숙였다.

"뭣을 알아 모시겠단 말씀이오?"

박은 자조하는 듯 웃음을 띠며 덧붙였다.

"지혜가 모자라서 이 나라가 망하는 건 아니오이다."

"지혜가 모자라서 나라가 망하는 건 아니오이다."

박은 다시 한 번 되풀이하고 다산의 사상을 대강 설명하고 나선,

"그 어른의 식견대로 나라가 다스려져나가면 나라의 앞날은 화창할 것이오. 그러나 그 어른의 심오하고도 자상한 식견이 벌레 먹은 고문서古文書가 되어 먼지를 뒤집어쓴 채 버려져 있으니 될 말이오?"

하고 장탄식을 했다.

이때였다.

열어젖힌 방문 앞에 지게를 진 세 소년이 나란히 서더니 그 가운데 열 살 남짓한 소년이 지게를 진 채 허리를 굽혀 절을 하며 말했다.

"할아버지, 밭에 나가겠습니다."

다음 두 소년도 따라 절하며,

"할아버지, 밭에 갔다 오겠습니다."

라고 했다.

"오냐, 갔다 오너라."

하고 박이 말했을 때, 최천중은 그 가운데 일곱 살쯤으로 보이는 소년의 얼굴에서 희귀한 상을 발견했다.

"영감님, 저 소년들의 관상을 보아드렸으면 하는데요."

"관상을 보아 무얼 하겠소?"

박은 전혀 관심이 없는 태도였다.

"그러나 모처럼 내가 여기에 왔으니."

하고 최천중이 고쳐 말했을 때는 소년들은 시야에서 없어져버렸다.

"세 손자님 가운데 중간의 손자님은 특히 희귀한 상을 가졌던 데…."

최천중이 아쉬운 투로 말했다.

"관상사 앞에서 이런 말을 한다는 건 외람하오만, 관상을 본다는 건 쓸데없는 짓이라고 나는 생각하오. 귀상을 가졌으면 무얼 하고 천상을 가졌대서 어떻게 하겠소. 왕후장상에 달리 씨가 있는 것도 아니고, 하물며 오늘에 이르러선 왕후장상이 무슨 소용이 있으리까. 나는 손자들이 오직 고종명할 것을 바랄 뿐이오. 땅을 파고 일하면 호구지책은 될 것이요, 주경야독으로 자기 앞을 가릴 줄만 알면 되는 것인즉, 나는 내 손자들에게 그 이상을 바라진 않소. 그래, 저렇게 지게 지고 일하는 것을 가르치고 있소이다."

"그러나 나라의 동량棟梁이 될 만한 그릇이란 사실을 미리 알면 그렇게 가꾸고 키워야 할 것이 아니겠소. 나는 관상은 허망한 장난이 아니고 인재를 발견하는 방편인 줄로 알고 그렇게 행세해왔소이다."

최천중이 분연히 말했으나 박은 여전히 부드러운 웃음을 띠고 말했다.

"인재는 스스로 체현되는 것이니 외인의 힘을 필요로 하지 않는 법이오. 한고조 유방은 유방 자신이 만든 것이지 다른 사람이 발견한 것이 아니오."

"영감님, 그건 대단한 잘못이오. 한고조 유방은 관상사가 발견한 사람이오. 천자지상天子之相이 있다는 자신을 안겨주었기에 유방은 소탐대실하는 행동을 삼갔으며, 항우와 싸워 백전 구십구패했어도 신념을 잃지 않았기 때문에 최후의 승리를 얻을 수 있었던 것 아니겠소. 유방을 만든 것은 유방이겠지만, 결정적인 힘을 준 것은 관상사였다는 사실을 명심해야 할 거요."

"실로 대단한 말을 귀공으로부터 듣게 되었구려."
하는 박의 말엔 약간의 비웃음이 섞여 있었다. 그런 상대를 두고 최천중은 기를 쓰고 관상을 권할 마음이 없었다.

"아무튼 댁의 중간 손자는 범상한 배려가 있어야 할 것 같소이다."
하고 최천중은 다음과 같이 화제를 바꿨다.

"들으니 댁과 유덕로 대감과는 인척관계가 된다고 하던데…."

"그렇소. 그런데 그게 무슨 상관이란 말이오?"
박의 얼굴에 불쾌한 빛이 서렸다.

최천중은 내친걸음이라,

"영감님의 고결한 심성을 알았으니 하는 말이오만, 유덕로 대감의 행실을 어떻게 좌시만 하고 계시는지 그게 궁금할 따름입니다."

하고 직언했다.

"좌시 안 하면 어떻게 하겠소? 마음이 다르고 길이 다르면 부자지간이라도 도리가 없는 일 아니겠소."

박의 말은 침울했다.

"길이 다르면 하는 수 없겠지만 나쁜 짓을 스스로 방조하는 건 옳지 못한 일이 아니겠소이까."

최천중의 이 말에 박의 눈이 번쩍였다.

"내가 그럼 무슨 방조를 했단 말요?"

"뿌리 없는 헛소문이길 바랍니다만."

하고 최천중은 유덕로가 수양딸을 강姜 내시의 며느리로 보낼 양으로 그 규수의 고모부가 만류함에도 불구하고 그 규수를 어느 곳에 숨겨버렸는데, 그 숨기는 일에 박 선달이 가담하고 있다는 풍문이 퍼져 있다고 말했다.

박의 얼굴에서 일시 핏기가 가시는 것 같더니,

"남의 가정사를 두고 왈가왈부한다는 건 도리에 어긋나는 일 아닐까요? 그러나 수양딸을 강 내시의 며느리로 보낸단 말은 금시초문인데…."

하고 어름어름했다.

최천중이 보다 구체적으로 설명했다.

"그럼 제희가 유 대감의 수양딸이었단 말요?"

박 자신도 그 사실을 알고 있지 못했던 것 같았다. 최천중이 다시 설명을 보탰다.

그제야 비로소 사태의 전모를 알았던 모양으로 박은,

"잠시 이대로 기다리고 계시오."

하는 말을 남겨놓고 내당으로 들어갔다. 한참 동안이 걸렸다.

이윽고 사랑에 나타난 박은,

"세상에 이런 일이 있을 수 있을까!"

하는 분개한 표정이더니,

"그런데 댁은 무슨 연고로 그런 사실을 알았소?"

하고 물었다.

최천중은 곽선우와의 친교 관계를 말하고 그 우의友誼로 해서 제희, 즉 망화의 신상에 관심을 가지고 있는 터라고 했다.

박은 한참 동안을 눈을 감고 앉아 심사숙고하더니 드디어 입을 열었다.

"악을 행하건 선을 행하건 유 대감이 마음먹은 바를 내가 이래라저래라 할 처지는 못 되오만 내 힘자라는 데까지 노력해보겠다고 귀공의 친구 곽공에게 이르시오. 나는 아무런 영문도 모르고 한두어 달 동안 시골에 있게 해달라는 부탁이 있어서 제희를 내 집에 두고 있을 뿐이오."

최천중은 기분이 좋았다. 그것은 일종의 황홀감이라고 해도 지나친 표현이 아니었다. 최천중이 아니라도 그럴 것이 아닌가. 그저 막연했던 예감이 귀신같이 적중하고 보면 누구나 으쓱하는 기분으로 되게 마련이다. 꿈에도 생각해보지 못했던 중대한 결과가 뜻하지도 않았던 우연에 의해 나타났을 때, 사람은 자기의 행운을 의식하고 그 의식이 또한 자기 자신에 대한 자신自信으로 화한다. 그 과정이 또한 그럴 수 없이 기쁨을 주는 것이다.

'소사에서 이런 행운을 주울 줄이야 어떻게 상상이라도 할 수 있었겠는가. 소사에서 하룻밤을 묵자고 한 그 생각이 어떻게 뇌리를 스칠 수 있었는가 말이다. 이것이 바로 영감이란 것이 아닌가!'

최천중은 망화의 행방을 알았다는 그 사실을 기뻐한 것이 아니라, 그것을 알게 된 경위 자체가 기뻤다. 사람이란 기쁠 때엔 얼마든지 겸손할 수가 있다. 최천중은 무릎을 꿇고 자세를 고쳐 앉았다. 그러고는 박을 향해 큰절을 했다.

"영감님의 그 고결하신 심덕, 진실로 알아 모셨습니다. 그러한 어른을 두고 풍문만으로 잠시라도 오해를 했다는 것이 백번 죄송하오이다. 소인의 자[尺]로써 군자의 도량을 잰다는 것이 외람하다는 것을 비로소 느낀 듯하옵니다."

박은 최천중의 너무나 정중한 태도와 말에 당혹했다. 그래서 안절부절못하며,

"편하게 앉으시기 바라오. 부덕한 나를 그렇게 과신하셔선 안 되오이다."

하고 손을 뻗어 최천중의 무릎을 풀도록 권했다. 그러고는 다시 제희의 문제를 들먹이려는 것을 최천중이,

"그 문제에 관해선 더 이상 설명을 들을 필요가 없사옵니다. 지금의 나에겐 영감님과 같은 고덕한 분을 알았다는 것만으로 감지덕지하오이다. 이것을 인연으로 하여 앞으로 계속 하교를 바랄까 하오이다."

하고 최상의 예의를 다했다.

"촌부에게 무슨 견식이 있으리까. 다만 푸념을 했을 뿐이외다."

박도 어디까지나 겸손했다.

"나의 집은 한성 남대문 안 양생방에 있소이다. 혹시 장안에 출입하시는 겨를이 있으시면 꼭 제 집으로 뫼시고 싶사외다."

"나는 장안에 일절 출입하지 않소이다. 그러나 최공과는 두고두고 지기가 되고 싶구려."

"그건 바로 제가 원하는 바이옵니다."

이렇게 해서 다시 시국담으로 들어갔다. 최천중은 자기의 주변에 유위한 인재가 많다는 사실을 알리고, 시기와 조건의 성숙을 기다려 회천回天*의 대업을 감행할 의욕이 있다는 뜻을 살큼 비치기도 했다. 얘기 가운데 환재 박규수 선생의 이름이 나오자 이번엔 박이 자세를 고쳐 앉았다.

"환재 선생의 지우知遇**를 얻으셨다니 이것 놀랐소이다. 사람을 몰라본 과오를 용서하시오."

"저의 행세가 관상사이오니 괄시를 받을 만도 하지 않습니까?"

하고 최천중이 웃었다.

"이미 말한 바대로 나는 관상을 본다는 데 대해선 대수롭게 생각하지 않소이다. 그러나 관상사도 세상을 도회韜晦하는 방도일 수 있을 것인즉, 관상사라고 해서 괄시하는 따위의 협량은 아닙니다…."

---

* 나라의 형세나 국면을 크게 바꿈.
** 인격이나 학식을 알아보고서 잘 대우함.

기회를 보아 최천중이 연치성과 정회수를 불렀다.

"자네들 이리 와서 영감님께 인사를 드려라."

연치성이나 정회수는 누가 보아도 범상하지 않은 인품의 소유자이다. 박이 비록 관상 보는 것을 싫어한다지만 나름대로 사람을 볼 줄은 안다. 연치성과 정회수가 최천중의 제자라고 자기들 자신을 각각 소개하자 박은 다시 놀라는 표정이 되었다. 그런 제자를 가진 최천중은 절대로 예사 인물이 아닐 것이었기 때문이었다. 박은,

"내 이름은 박도일이오. 귀공들 같은 젊은 청년들을 만나보니 용기가 솟는 것을 느끼오. 한데 어떤 행차시온지, 이렇게 사제가 함께 거동하신 것은…?"

하고 묻는 얼굴이 되었다.

최천중이 웃음을 띠고 말했다.

"실은 제 자식놈 둘을 어제 배를 태워 미국으로 떠나보냈습니다. 그놈들 가는 것을 볼 겸 인천항엘 갔던 길이옵니다."

"아드님들을 미국으로?"

박의 말엔 놀람이 있었다.

"예, 그러하오이다. 뭐니 뭐니 해도 선진된 나라의 문물을 익혀야만 하겠다고 생각했기에 미국공사에게 청을 넣어 그렇게 한 것이옵니다."

"흐음."

박의 표정엔 생각하는 빛이 돌았다.

최천중이 다음과 같이 계속했다.

"서양의 문물을 배워야 한다는 것은 다산 선생의 가르침이 아니

오이까?"

"그렇소, 그것이 다산의 선견지명이오. 그러나 다산 선생께선 선견지명만 가지셨지 행하시질 못했는데, 귀공께선 선견先見의 행行을 하셨소그려."

"선견의 행인지 망발인지 알 수 없사오나 뭔가 몸부림을 치지 않곤 견딜 수 없는 심정으로 한 소위입니다."

박도일은 특히 연치성에게 관심이 있는 모양으로 여러 가지를 물었으나 연치성은,

"모든 것을 선생님 시키는 대로 따르게 돼 있으므로 나로선 별반 말씀드릴 게 없습니다."

하는 한결같은 대답이었다.

박도일은 또한 최천중이 미국의 공사를 만났다는 얘기를 듣고 만만찮은 호기심을 발동했다. 최천중은 루시어스 푸트 공사의 우람한 체격과 위엄 있는 용모를 설명하고 나서,

"미국은 오직 호혜의 원칙에서 국교國交에 관심을 둘 뿐이지, 오늘의 형편으로선 우리를 노략할 의사가 전혀 없는 것으로 판단할 수 있었습니다."

하는 말을 보탰다.

"하기야 우리에게 접근하는 나라 모두를 겁내고만 있다간 고슴도치의 신세가 될 뿐이니, 상대방의 의중에 참된 우의가 있는지 없는지를 미리 알아봐야 할 것이오."

하고 박도일은 이어 다음과 같은 의견을 말했다.

"경계해야 할 것은 청·노·일인데 작금 친일파의 거동이 좀 지나

치다는 풍문이 있소. 청국은 수대에 걸친 인연이 있으니 그렇게 막 가는 짓은 없을 것이고, 노국은 아직 발판이 없으니 그다지 두려워 할 게 없고, 다만 일본이 걱정이오. 친일파가 개화를 서두른 나머지 큰 실수나 하지 않았으면 하는데 과연 어떨는지."

최천중은 이야기를 하고 있는 도중 박도일에게서 박규수로부터 느낀 것과 같은 인상을 받았다. 그것은 또한 다산과 연암으로 통하는 기백일 것이었다.

그런 뜻을 말하자 박도일은,

"나도 환재는 잘 알고 있소. 그 어른이 재상이 되어 경륜을 크게 펼 수 있었더라면 국정이 이처럼 어지럽게 되지는 않았을 것인데, 요컨대 국운의 탓이겠지요."

하고 한숨을 내쉬었다.

"간신, 영신이 들끓고 있는 조정에서 환재가 재상이 되었던들 무슨 보람이 있었겠사옵니까?"

최천중의 말도 숙연했다.

"하기야 그렇죠. 게다가 환재는 수신修身에 있어서 너무나 옹졸한 데가 있어 크게 기를 펼 수도 없었을 것이오만."

"난세를 살자니까 자연 그런 심사가 되지 않았겠습니까. 환재의 수신은 옹졸이 아니라 신중입니다."

"나는 그 지나친 신중을 옹졸이라고 하는 것이외다. 나라의 추기樞機*에 있는 사람이 어떻게 보신에만 급급할 수 있단 말이오. 우

---

* 중추가 되는 자리.

리처럼 초야에 있는 사람관 다르지 않겠소. 아니 달라야 하지 않겠소?"

"환재는 주위의 사정을 살펴 도로徒勞를 피한 것뿐이오이다."

"최공과 나는 환재에 대해서 똑같은 말을 좌단左端과 우단右端에서 말하고 있는 것 같소이다."

하고 박도일이 보일 듯 말 듯 웃음을 머금었다.

최천중이

"좌坐하여 망국의 유맹流氓이 되는 것보다 입立하여 신흥新興의 선도자先導者가 될 의사는 없사오이까?"

하고 정색을 했다.

박도일의 얼굴에 긴장감이 서렸다. 잠시 묵묵하더니 입을 열었다.

"오죽하면 손자 놈들에게 지게를 지우겠소. 아까도 말했지만 이 나라의 명운은 백성들에게 맡길 수밖에 없소. 잡초나 다름없는 그들의 생명력에 맡길 수밖에 없소. 우리들은 물러서주는 게 상책이오. 그것밖에 달리 방책이 있겠소이까? 그러나 어디서인가, 누구인가 신흥의 바람을 일으키면 나도 타산他山의 돌은 되리다. 빈자貧者의 일등一燈은 켜리다."

박도일의 말엔 만근의 무게가 있었다. 최천중은 숙연한 마음으로 들었다.

"영감님의 말씀 알아 모셨습니다."

"선생님이 임종에 계셨을 때…"

하고 박도일이 회상하는 눈빛이 되었다. 그가 말하는 선생님이란 물론 다산을 가리킨다.

"내 손을 잡고 하신 말씀이 있었소이다. '자네는 이 나라가 흥하는 것을 혹시 볼 수 있을는지 모른다. 그러나 그렇게 될 때까진 만만찮은 혼란과 소란이 있을 것이다. 그런데 어느 때이든 대의의 편에 서야 하고, 정도를 따라야 한다. 그런 가운데서도 가장 중요한 것은 언제나 백성들의 이익이 되는 태도와 행동을 취하라'고 하는 말씀이었소. 그러하오니 최공이 뜻하는 일이 선생님의 가르침에 어긋나지 않는 것이라면 수화水火를 불사不辭할 기력은 이미 없어졌으나 응분의 힘은 다하리다. 오늘 나는 좋은 사람을 만났구려."

수시로 서로 소식을 전하기로 약속하고 최천중은 그 집에서 맥식소찬으로나마 정성이 어린 주식晝食*의 향응을 받고 한성을 향해 떠났다.

망화의 일을 다시 언급하지 않은 것은 경골硬骨**의 박도일이 저간의 사정을 허술하게 처리하지 않을 것이라고 믿었기 때문이다.

이와 같은 짐작은 옳았다.

최천중이 소사에서 돌아온 지 닷새 만에 박도일로부터 한 장의 서신이 왔다.

'…제희에 관한 일로 유 대감에게 강한 충언忠言을 했는데도 그는 듣지 않고 이미 강 내시와 언약이 되었다고 하여, 오는 가을에 거식擧式을 하겠다고 하니 외인인 나로선 어떻게 할 수가 없어 제희를 한양 유 대감 댁으로 내일 돌려보내기로 하였소. 수행은 교

---

* 점심.
** 강직하여 굽히지 아니하는 기질.

171

군 네 사람과 시비 둘이오니 양지하시기 바라오. 길러준 부모도 부모이니 마땅히 효성을 다해야 할 것이나, 길렀다고 해서 이부진理不盡*한 처사를 한다면 이는 이미 어버이로서의 도리에 어긋난 것인즉, 일전 귀공이 말한 제희의 고숙姑叔 곽모郭某라는 사람이 언행일치로 제희를 위해 성의로써 보호할 수 있다면 그분에게 이 사실을 알려 선후책을 강구하도록 하시오.'

하고 제희, 즉 망화가 소사를 발정하는 일시와 노순路順을 적은 것이었다.

최천중은 즉각 곽선우에게 이 사실을 알려 선후책을 강구하는 데 필요한 돈을 제공하고 만반 유루가 없도록 당부했다. 뿐만 아니라 연치성과 의논하여 강직순을 비롯한 장정 7, 8명이 곽선우의 뜻대로 움직일 수 있도록 수배까지 해주었다.

이때 발 벗고 나선 것이 구철룡이었다. 구철룡과 구조경은 동성동본이었고, 계촌計寸**은 할 수 없을망정 동족임에 틀림없으니 구망화를 구한다는 것은 일족으로서도 당연한 의무라고 생각했던 것이다.

만반의 태세를 갖춘 이들은 양화진楊花津 나루터를 이용하기로 했다. 그날 해가 질 무렵 나룻배의 사공들을 매수해서 나룻배 한 척만 강 남쪽으로 두고 모든 나룻배를 북안北岸으로 갖다놓았다. 망화를 태운 가마가 나룻배에 오르자 장정들이 달려들어 교군들

---

* 부당함.
** 촌수를 따짐.

172

과 시비들을 강남에 붙들어두고 가마만 강을 건너가게 했다. 북안에 대기하고 있던 한 패의 장정들이 망화를 가마째 납치하여 어둠속으로 사라지고 말았다. 교군들을 붙들고 있던 장정들은 모두 헤엄쳐 강을 건너 이들 역시 온데간데없어졌다. 이렇게 해서 망화는 구철룡의 집으로 가게 되었다.

곽선우는 유덕로에게,

'망화는 핏줄을 찾아갔으니 다신 찾지 말아라. 만일 망화를 찾는다고 법석을 떨면 당신의 비행이 만천하에 드러나 용신***할 여지가 없어질 것이지만, 잠자코 있기만 하면 망화를 길러준 은혜를 몇 갑절로 보답할 것이니 그렇게 알기 바란다.'

는 쪽지를 보냈다.

그런데 성급하게 얘기를 서둘면 왕문이 진고개에서 목격한 가마 속의 아가씨는 다름 아닌 구망화였던 것이다. 그러나 그런 사실을 왕문이 알 까닭이 없었다.

유덕로가 환장할 사람처럼 되었다는 소식이 들려왔다.

이윽고 곽선우의 은근한 협박에 굴복했다는 소식도 들렸다. 망화가 납치되었다는 소식을 강 내시가 알고 파혼을 선언하게 된 것도 곽선우의 공작이었다.

"이제 제희가 돌아와도 엎질러진 물이다."

유덕로가 이렇게 단념한 무렵을 타서, 곽선우는 최천중에게 망화와 왕문의 결혼을 서둘자고 했다. 최천중이 그 제안을 거절할 까닭

*** 容身: 세상에서 겨우 몸을 붙이고 살아감.

이 없었다.

최천중은 강남의 마을로 왕씨 부인을 찾아가 자초지종을 설명하고 왕문의 결혼 문제를 의논했다. 왕씨 부인은,

"비록 아비가 없는 아들이긴 하나 확실한 가문에서 며느리를 맞이했으면 좋겠어요."

하고 약간의 불만을 표했다. 왕씨 부인은 그때까지도 왕문을 최천중의 아들로서 인정하지 않았다. 아니, 그 사실을 마음속으론 인정하여 최천중의 권고에 따라 양육과 교육을 시키고 있었을망정, 표면적으로는 어디까지나 왕덕수의 아들로서 고집하고, 아들 왕문에겐 최천중이 왕덕수와 사생을 같이하기로 맹약한 막역지우莫逆之友라고 했다.

"…그러니 그분을 모시길 네 아버지처럼 하라."

고 했고 왕문도 그렇게 여겨 최천중의 각별한 비호를 의심하지 않고 받아들였다.

최천중은 구망화의 사주를 들먹이기까지 해서 왕씨 부인이 규수의 선을 보도록 설득했다.

"부인께서 한번 보시고 마음에 들지 않으면 두 번 권하지 않겠소이다."

하는 말에 이끌려 왕씨 부인은 묵정동에 있는 구철룡의 집으로 망화를 보러 갔다. 망화를 본 순간 왕씨 부인은 흡족해했다. 출생이 어떠했건 자라난 경로가 어떠했건 아랑곳없었다. 망화를 며느리로 삼기로 작정하고 그 뜻을 최천중에게 알렸다.

그러나 지금에 와선 곽선우의 지시대로 할 수밖에 없다고 체념

174

하고 있는 터였지만 망화의 마음은 움직이지 않았고, 한편 왕문의
마음도 그러했다. 망화나 왕문은 각각 진현에서 만난 서로의 환상
을 지우지 못하고 있었기 때문이다.

그렇게 되니 최천중도 곽선우도 강권을 못 하고 있을 수밖에 없
었다. 이때 그들과 똑같이 가슴을 태운 것은 구철룡이었다. 구철룡
이 어느 날 왕문을 찾아가서 말했다.

"내가 은밀히 그 처녀를 보여줄 터이니 만일 눈에 차지 않으면
그땐 단호히 거절하면 될 게 아닌가."

그리고 한편, 구철룡은 자기의 어머니를 시켜 망화에게도 귀띔을
했다.

"총각을 한번 데리고 올 터이니 먼빛으로나마 한번 보기라도 해
라. 보기 싫다면 두말하지 않겠다."

이렇게 해서 두 남녀의 해후가 이뤄진 것인데, 왕문과 망화는 한
번 시선을 교차시키자 서로 상대방을 인식했다.

'어찌 이럴 수가….'

입 밖에 내진 않았으나 망화는 가슴속에서 이렇게 소리를 질렀
고,

'신령님의 점지라고 할밖에 없군.'

하고 왕문도 속으로 중얼거렸다.

그들의 연분을 알고 누구보다도 기뻐한 것은 최천중이었다. 하늘
의 배제配劑라고 믿었던 것이다.

"이제야 모든 것을 말하리다."

어느 깊은 밤, 사람들을 주위에서 멀리하라고 이르고 곽선우는 이렇게 말을 시작했다.

"나는 철심당의 부두령副頭領이오."

최천중은 그 말의 뜻을 몰라 잠자코 곽선우를 바라보았다.

"철심이란 쇠철자의 철鐵이고 마음심자의 심心이오. 왜 철심이냐 하는가는 긴 얘기가 되오이다. 한마디로 말해 철심당은 세속의 일을 돌보지 않고 오직 누대로 맺힌 원한을 갚자고 모인 사람들의 모임이외다. 그러나 우리 철심당이 행동을 못 하고 있었던 것은, 세속적으로 해결해야 할 일이 남아 있었기 때문이오. 예컨대 망화의 일 같은 것 말이외다. 아무것도 모르고 운명에 번롱飜弄당하고 있는 친척이나 인척의 푸네기*들을 순리대로 살게 해놓고 거사할 작정이었던 것이외다. 이제 우리 철심당은 망화의 갈 길을 잡아줌으로써 후고**의 염려를 말쑥이 덜어버린 셈이외다. 그러니 아무 거리낌 없이 종소욕從所欲으로 행동할 수 있게 되었소이다."

"누대에 걸친 원한이라니, 그게 무엇입니까?"

"최공도 아시다시피 천주님을 믿는다는 죄로 얼마나 많은 사람들이 가혹한 죽임을 당했습니까? 천주님께서는, 원수는 내가 갚을 터이니 너희들은 천주님의 말씀에 순종하라고 가르치셨지만 우리들은 그처럼 너그럽게 기다릴 수가 없다고 해서 보복을 결심한 나머지 기교棄敎한 사람들입니다. 물론 우리 동지 가운덴 입신入信하

---

*   가까운 제살붙이를 낮잡아 이르는 말.
** 後顧: 뒷날에 대한 근심.

176

기 전에 육친의 처참한 처지를 겪고 보복의 일념으로 가담한 사람
도 있습니다만 대부분은 기교한 사람들입니다.

그러나 우리의 기교는 관권官權에 굴복한 기교가 아니라 우리
스스로 천주님의 곁을 떠난 것이오이다. 언젠가 우리의 보복을 끝
내고 나면 모든 것을 참회하고 천주님의 품 안으로 돌아갈 사람도
개중엔 있겠습니다만, 나는 지옥의 겁화를 감수할 각오로 다신 귀
신歸信하진 않을 것이오이다. 장부가 철심을 지니고 보복에 성공하
면 그것만으로도 생의 보람이 있는 것이니까요."

"철심당의 당원이 얼마나 되옵니까?"

"핵심 당원이 오늘로서 이천칠백 명이며 어떤 일이 있어도 배신하
지 않고 외곽에서 우리를 도울 당원이 일만 명은 넘게 있소이다."

"어떤 방법으로 보복할 생각이오?"

"그 일에 관해서 오늘 밤 말하고자 하는 것이외다. 내가 우리의
두령을 비롯하여 몇몇 동지들과 의논한 결과, 다음과 같이 의견을
뭉쳤소이다. 우리가 산발적으로 원수를 가려내어 보복하는 것보다
최공이 뜻하는 일이 있는 것 같으니 그 일에 우리의 힘을 합세함으
로써 소기의 목적으로 달성하자는 것이외다."

"그렇게 과분한 말씀을 들으니 반갑고 송구합니다."

"나는 최공과 사귀면서 최공의 인품을 자연 알게 되었고, 외람한
짓이었지만 여러모로 최공의 심지를 떠보기도 하여 이 사람이면
공생공사共生共死할 수 있다는 자신을 가진 것이오이다. 내 이 신
념을 우리 두령님과 동지들이 흔쾌히 가납하셔서 철심당의 대결심
大決心으로 뭉친 것이오이다."

"곽공의 말씀을 들으니 백만의 원병을 얻은 느낌입니다. 그러나 내가 할 일은 아직도 그 소향所向할 바와 소행所行할 바가 정해지지도 않았는데, 듣자니 곽공의 동지들의 의도는 급急을 요하는 것이 아니옵니까?"

최천중이 이렇게 말하자, 곽선우는 허리띠를 풀어 허리띠 안에 접어 넣어 있는 문서의 일단을 펴 보이며 말했다.

"이것은 우리 철심당이 처치해야 할 명단이로소이다. 위론 대원군을 필두로 하여 천주교도 학살에 가담한 대관대작은 물론 각지의 수령, 방백, 포교, 포졸에 이르기까지 삼천일흔아홉 명의 명단이 이것이로소이다. 우리는 이를 잡듯 놈들을 죽여 없앨 작정이었습니다만, 그 일을 일단 보류한 것은 최공의 거사 때를 맞추어 감행하되 만일 최공이 그자는 살려야겠다고 하실 땐 명단에서 제외하는 사례도 있어야겠다고 배려한 때문입니다. 그런 뜻도 있고 해서 최공의 거사까진 행동을 하지 않을 것이오니 그다지 급하게 서둘 것은 없습니다."

"만일 내가 거사하지 않는다면?"

하고 최천중이 곽선우의 눈치를 살폈다.

"나도 나름대로 대세와 사람을 볼 줄 압니다. 최공의 행하려고 하는 바는 성패에 불구하고 행해지고 말 것을 나는 잘 알고 있습니다. 그것은 줄잡아 십 년 이내에 있고 말 것입니다. 그렇다고 해서 우리가 대대적인 행동을 보류하겠다는 것뿐이지 부분적인 보복마저 안 하겠다는 건 아닙니다. 최공에게니까 솔직히 실토하오만 그젯밤 계동 박진호 참판을 죽인 것도 철심당의 소위입니다. 작년

이래 적잖은 대관들이 혹은 죽기도 하고 가산을 태우기도 했는데, 그걸 모두 화적들의 소위로 보고 있지만 대부분이 우리 철심당의 소위라는 것도 알아둬야 할 것이외다."

최천중은 아연 긴장감을 더했다. 철심당이 도와주는 것은 고맙지만 그 사후처리가 곤란하지 않을까 하는 우려가 있었다.

그런 마음의 움직임을 꿰뚫어본 듯,

"행동을 같이하되 우리 동지의 일은 우리 철심당이 책임질 터이니 그 점에 관해선 휴념하셔도 될 것이외다."

하고 곽선우가 말했다.

"아닙니다."

최천중이 단호하게 말을 이었다.

"일단 동사*하는 이상 모든 책임은 내가 져야죠."

"그건 안 될 말이외다. 교난 희생자의 원한을 갚으려는 행동에 최공이 뭣 때문에 책임을 집니까?"

"그럼 나도 철심당에 들면 될 것이 아니오이까."

"철심당엔 아무나 드는 것은 아니오이다."

"내게도 자격이 있소이다."

"그건 왜…?"

"내 아내도 교난에 희생된 아버지를 가졌소. 아내의 아버지면 내 아버지도 되는 것이오이다. 그러니까 나도 철심당원이 될 수 있지 않겠소."

---

* 同事: 같이 일함.

"그렇다면 최공의 부인께서는 철심당의 당원일 것이옵니다. 핵심 당원은 아닐지라도 외곽 당원임엔 틀림이 없을 것이외다."

"그럴 리가."

"아무리 정절한 부인이라도 철심당원이란 사실만은 비밀로 하게 돼 있으니 밝히시진 않았을 것이오만 댁의 부인은 철심당원입니다."

그런 말을 듣고도 불쾌하지 않은 것이 이상했다. 보다도 최천중 은 아내인 박숙녀가 남편 몰래 무슨 일인가 하고 있다는 사실을 은근히 눈치채고 있었다. 그러나 잠자코 있었던 것은, 박숙녀가 악 을 행할 여자가 아니며 남편 몰래 하는 일이 있다면 도리와 의리를 좇아 꼭 해야만 할 일을 하고 있을 뿐이라고 믿었던 때문이다. 그리 고 남편 몰래 뭔가 하고 있다면 그건 교난과 관계있는 일일 것이란 짐작도 했었다. 그러나저러나 부부가 된 지 20년이 지난 오늘에 이 르기까지 철심당원이란 사실을 남편에게조차 밝히지 않았다면 그 굳은 심지로 해서 가상히 여겨야 할 일이 아닌가.

"내 아내가 철심당원이라면 내가 철심당원이 못 될 바가 없지 않 소."

최천중은 이왕 철심당원의 도움을 얻을 양이면 그 속에 뛰어들 어 지배권支配權에 참여하는 것이 유리하다는 판단으로 이렇게 우 겼다.

"농담이시겠지만 그건 안 되오이다. 철심당원은 규약이 엄하옵고 두령이라고 해도 그 규약엔 어긋남이 있을 수 없사외다. 철심당은 나에게 맡기고 최공은 최공에게 직속한 동지들만 챙기시면 될 일 이 아니오이까. 감사하게도 나는 최공의 지우를 얻어 내 질녀의 갈

길을 보전했을 뿐 아니라, 우리 동지들에게 체면을 차릴 수가 있었 사외다. 그런 뜻만이 아니오라 최공과 일심동체라고 생각하고 있은 즉 철심당과의 제휴를 승낙만 해주사이다."

"여부가 있으리까. 승낙을 하는 것이 아니라 쌍수를 들고 환영하 옵니다."

"좋습니다. 그럼 모레 우리 두령님과 몇몇 동지들을 만나주실 수 있겠습니까?"

"만나겠습니다."

"우리 두령님은 칠순의 노경에 있습니다만 아직도 정정하십니다. 최공이 만나시겠다고 하면 기뻐하실 것이외다."

"어디서 만나기로 할까요?"

하고 최천중이 물었다.

"도봉산 상봉에서 만나는 게 어떨까 하온데…"

하는 곽선우의 말에 최천중은 주저 없이 동의했다.

곽선우는 기쁨을 금하지 못하고 두령에 관한 설명을 시작했다.

"두령님의 이름은 김영수, 호는 일우一愚라고 하옵니다. 변통이 없는 정주程朱*의 학도였는데 아들 삼형제가 천주학을 한대서 연루되어 참사당하는 상황을 겪으시고 홀연 천주학에 입신하셨다가 내세의 복을 바라는 것보다 차세此世의 악인을 응징하여 천하에 도리와 정리가 있다는 것을 세인에게 가르치는 것이 급선무라고 생각하시고 기신棄信, 철심당을 만드셨습니다.

---

* 정호(程顥), 정이(程頤) 형제와 주희(朱熹)를 일컬음. 성리학의 태두.

우리 철심당원은 그 어른을 일우 도교導教라고 부릅니다. 천주학엔 주교主教가 있사온데 기신한 자들이 주교란 이름을 참칭할 수가 없어 도교라는 이름으로 부르는 것이오이다. 일우 도교님께선 천주님의 뜻을 받들기 위해서도 벌을 감내할 작정으로 덤비는 악한이 있어야 한다고 생각하시고 철심당을 처음엔 악한당惡漢黨이라고 하실 작정이셨다고 하옵니다. 도봉산상에서의 만남을 기대하겠소이다…"

그날 밤 침소로 돌아와 최천중이 부인 박숙녀에게 말했다.

"임자가 무던한 여인이란 것은 익히 알고 있었지만 지독하도록 무던한 사람이란 건 오늘 밤에야 비로소 알았소."

"무슨 말씀을 그렇게 하시온지?"

박숙녀는 웃음을 머금었다.

열여섯 소녀의 몸으로 최천중의 아내가 되어 20년, 30대의 여체엔 아직도 불타오르는 정염이 있었다. 아이를 둘이나 낳은 여인이라곤 볼 수 없는 젊음마저 있었다. 나이를 먹어도 젊음을 잃지 않는 점에 있어선 황봉련도 마찬가지였다. 그런 때문에,

— 나는 행복한 놈이다.

하고 최천중은 가끔 혼잣말을 할 때가 있었다.

"부인, 이리로 오시구려."

최천중은 얇은 옷을 입고 있어 알몸이나 다름없는 박숙녀를 다소곳이 안고 물었다.

"임자, 철심당원이라며?"

박숙녀의 몸이 일순 꿈틀했다.

"책하고 있는 게 아니오. 하두 갸륵해서 묻는 것이오."

안았던 손을 풀어 숙녀의 등을 가볍게 두드리며 최천중이 속삭이듯 말했다.

"죄송하와요."

숙녀의 말이 떨렸다.

"죄송하긴, 어버이의 원령을 위로하려는 효성이 죄송할 것이 있소? 되레 칭찬을 받아야지."

"한데, 그 사실을 어떻게 아셨죠?"

숙녀가 물었다.

"내가 요즘 사귀고 있는 친구 가운데 곽선우란 분이 있소. 그분도 철심당원이었소."

"어머나…."

하다가 숙녀의 말이 꺼지더니 다시 물었다.

"그분이 자기를 철심당원이라고 했어요?"

의아하다는 말투였다.

"왜 그런 말을 하면 안 되오?"

"철심당원은 철심당원 아닌 사람에게 그런 말을 못 하게 되어 있습니다. 그것이 약조입니다."

"철심당에 가담하라고 권할 때도 그런 말을 못 하나?"

"당신에게 철심당에 들라고 권했어요?"

최천중이 대강의 설명을 하고, 모레엔 철심당의 일우 도교를 만나게 돼 있다는 얘기까지 했다.

그러자 숙녀는 최천중의 가슴팍에 얼굴을 묻고 흐느끼기 시작했다.

"내가 일우 도교를 만나게 된 것이 싫어서 그러오?"

"아니에요. 너무나 너무나 기뻐서 그래요. 오늘 밤이 제게 있어선 평생에 제일 기쁜 밤인 것 같아요. 이젠 모든 시름을 다 잊겠어요."

"언젠 시름이 있었소?"

"당신 몰래 철심당원의 약조를 지키려니 여간 힘들지 않았어요. 우선 숨기고 있는 사실이 있다는 것만으로도 무거운 마음의 부담이 되었거든요. 아아, 이젠 발을 뻗고 잠잘 수 있겠어요. 두려움 없이 이렇게 안길 수도 있구요."

최천중이 숙녀를 안은 팔에 힘을 주었다. 그리고 속삭였다.

"나는 참으로 기분이 좋소. 아내를 도로 찾은 기분이오."

그러한 속삭임이 정다운 동작으로 번질 것은 자명한 이치이다. 최천중은 백만의 원군을 얻은 충실감과 아내를 새롭게 발견했다는 흡족감으로 하여 박숙녀를 황홀한 경지로 이끌어갔다.

원래 최천중은 산에 오르길 좋아했다. 한 발 한 발 높은 곳으로 가는 과정이 충실감을 주었고, 다리로 해서 허리로 전해지는 약간의 고통이 순간순간 쾌감으로 변하는 오묘한 느낌이 이를 데 없이 좋았다. 또한 산정山頂에 섰을 때의 그 상쾌함은 '내 여기 섰노라' 하는 자부감으로 해서 거의 황홀지경이 되는 것이다.

그 출생으로 해서 표랑의 신세가 되었다지만 산천을 발섭*하길

---

* 跋涉: 여러 곳을 두루 돌아다님.

즐기는 성품이 아니고선 어떻게 명산대천을 편력할 수 있었겠는가.

최천중에겐 여행에 관한 일종의 철학이 있었다.

그날 도봉산에 오를 적엔 구철룡 하나만을 배행케 했는데, 십여 세나 젊은 구철룡을 최천중이 잠깐잠깐 멈춰 서서 기다려주어야만 했다.

산 중복쯤에서 최천중이 물었다.

"철룡아, 산을 오르기가 고된가?"

"고되지 않습니다."

"그런데 왜 자꾸만 처지는가."

"워낙 가파르니 도리가 없습니다."

"내가 보기엔 힘든 것 같구나."

"어디 한두 번 선생님을 모시고 산에 올라왔습니까? 오늘은 선생님의 걸음이 여느 때보다 빠르셔서 제가 처지는 겁니다."

"고된 것은 아니지?"

"예."

"그럼 내가 천천히 걷지."

하고 최천중은 구철룡을 앞세웠다. 그리고 물었다.

"야보野步엔 지인생知人生이고 등고登高엔 구인생究人生인데, 그 뜻을 알겠느냐?"

"알 듯도 하고 모를 듯도 합니다."

"들길을 걸으면 인생이 뭔가 하는 것을 알 것 같은 기분이 되고, 높은 산을 오르고 있으면 인생의 뜻을 살피는 것 같은 기분이 된다는 얘기다."

185

"알겠습니다."

"또 이렇게도 말할 수 있지. 도선渡船에선 판인생判人生이고 마상馬上에선 감인생感人生한다는."

"왜 그렇게 되는 겁니까?"

"배는 판자 밑에 지옥이 있지 않은가. 인생이란 그런 거여. 지옥과 아슬아슬하게 접해 있는 게 인생의 실상이란 것을 배를 타보면 판별할 수 있다는 얘기고, 마상에서 감인생한다는 것은 다리를 움직여 걷는 수고가 없으니까 인생 이모저모를 너그러운 마음으로 느낄 수가 있다는 얘기다."

"지인생이건 구인생이건, 판인생이건 감인생이건, 인생은 외길 단한 가지 아니겠습니까?"

"철룡이 말할 줄 아는군. 그렇지, 위에서 보나 옆에서 보나 앞에서 보나 뒤에서 보나 인생은 한가지다. 부천지夫天地는 역려逆旅이고 일월日月조차도 나그네일 때 인생은 수유須臾일 뿐이다.* 그러나 그 수유를 어떻게 지내는가에 보람이 있고 없고가 있는 것 아니겠는가?"

"전 그런 데 대해선 걱정이 없습니다."

구철룡의 말이 이처럼 엉뚱하기에 최천중이 어이가 없어 물었다.

"왜 걱정이 없단 말인가?"

"선생님께서 시키는 대로만 하면 살아 있는 보람이 있으니까요."

구김살이라곤 조금도 없는 구철룡의 말이었다. 최천중이 호탕하

---

* '무릇 천지는 여관이고 일월조차도 나그네일 때 인생은 잠깐일 뿐이다.'

게 웃었다. 그 웃음소리가 산울림이 되어 골짜기에 메아리쳤다.

"이 바위에서 조금 쉬어 갈까?"

하고 그늘이 져 있는 이끼 낀 바위를 최천중이 가리켰다.

"불감청이언정 고소원입니다."

하고 구철룡이 먼저 바위 위로 올라갔다.

"철룡이도 꽤 문자를 아는군."

"서당 개 삼 년에 풍월을 한다는데 제가 선생님을 모신 지가 벌써 이십 년이나 되지 않습니까."

"그렇군."

최천중이 바위에 앉아 땀을 닦았다. 구철룡이 조금 비낀 자리에 앉았다.

"벌써 이십 년이나 되었군."

최천중의 가슴에 회고의 정이 괴었다.

"나를 만나 좋은 일도 없었구."

철룡을 돌아보고 최천중이 말하자,

"만나뵈온 것만으로도 제겐 다시없는 행복인데, 이십 년을 곁에 두어주시니 감지덕지하옵니다. 제가 선생님을 만나지 못했더면 지금 뭣이 되어 있을꼬 하니…."

철룡이 감개 서린 얼굴이 되었다.

"종로통에 대가大賈**를 이뤘을지 모를 일 아닌가?"

"대가를 이뤘으면 그게 뭐겠습니까? 살기에 쫓기는 신세가 고작

** 큰 장사.

일 것인데요. 선생님을 모시고 있는 이대로가 전 한량없이 좋습니다. 많은 인재들 속에서 살고 있으니 배우는 것도 많구요. 저보다도 어머니가 더 좋아하십니다."

"괜히 쑥스러운 얘기가 되어버렸군."

눈 아래 전개된 양주의 산과 들이 한강을 끼고 성록盛綠의 경관을 펼치고 있는 것이 소년과 같은 감정으로 최천중의 가슴을 흐뭇하게 했다.

"그런데 선생님."

"응?"

"왕문 도련님과 망화 아가씨의 혼사는 언제쯤 치를 작정입니까?"

"늦은 가을에나 할까?"

왕문과 망화와의 혼사는 이미 결정된 거나 마찬가지였지만 거식擧式을 연기하고 있었다. 그 이유가 철룡에겐 궁금한 모양이었다.

"뭣 때문에 그처럼 늦추는 겁니까?"

"민하가 있지 않나. 같은 나이 또래인데 함께 짝을 지어줘야지."

"민하 도련님은…."

하다가 구철룡이 말꼬리를 잘라버렸다.

"민하가 어쨌다는 거냐?"

"말씀드리기가 좀…."

"나와 너 사이에 고자질이 다 뭐냐. 나와 너 사이뿐만 아니라 우리 권속 사이엔 그런 게 있을 수가 없다. 무슨 사정이건 빨리 알아야 하느니라. 한두 개의 돌이면 괼 수 있는 걸 시기를 놓치는 바람에 담장 전부를 무너뜨려야 하는 경우가 있느니라."

구철룡은 그래도 망설이다가 결심한 듯,

"민하 도련님은 양주집 색시에게 반해 왕문 도련님과 어울려 매일 거기에 가 계신다는 말이 있습니다."

"양주집 색시라니 누굴까?"

"송이화라는 색시랍니다."

'송이화'라고 듣자 최천중은 상기되는 일이 있었다. 언젠가 그 집에 갔을 때 마루에서 스친 어느 아가씨가 특히 인상에 남아 여란에게 그 아가씨를 데리고 오라고 했더니 여란이,

"그 아가씨와 소월만은 부르지 마소서."

라고 의미심장한 말을 했었다. 그때 들은 이름이 송이화였던 것이다.

확실히 송이화라는 아이는 사나이의 눈을 끌 만했다. 그러나 최천중은 여란의 말도 있고 해서 그 이상 관심을 두지 않았던 것인데, 사내대장부가 일개 기녀에게 반해 술집에 유련留連하여 학업을 게을리한다면 이는 보통의 일이 아닌 것이다.

게다가 송이화가 민하에게 반했다고 하면 또 모르되 민하가 송이화에게 반했다는 소리는 상스러울 뿐 아니라 최천중은 듣기가 거북했다. 무슨 수를 써야 하겠구나, 내가 요즘 그들을 너무 등한히 했다는 뉘우침마저 솟았다.

민하는 단순한 재능만으로선 왕문보다 월등했다. 그러면서도 그 재능은 결코 경박하질 않았다. 그런 때문에 왕문의 학우로서 최천중이 지성으로 그를 돌봐주고 있는 터였다. 그런 만큼 왕문에 대한 사랑에 못지않은 애착을 민하에게 느끼고 있기도 했다. 마음속 깊이 파고 내려가면 다소의 차별감이 나타날지 모르나 마음의 표

면으로선 왕문과 민하 사이에 조금의 차등도 두지 않았다. 그런 까닭에 왕문의 결혼식을 늦추기까지 하고 있는 것이다.

'민하의 색시감도 빨리 구해야겠다.'

최천중은 돌아가는 길로 여란의 집을 찾아가서 그간의 경위를 알아볼 작정을 세웠다.

이런 생각 저런 생각으로 넋을 잃고 있는데,

"선생님, 저걸 보세요."

하고 구철룡이 나직이 속삭였다.

최천중은 구철룡이 가리키는 방향으로 눈을 돌렸다. 숲 사이로 이곳저곳 사람들이 누벼 가고 있었다.

"선생님, 어떤 사람들일까요? 길을 두고 숲을 헤쳐 가는 까닭이 뭐겠습니까?"

최천중이 입을 다물고 있으라고 손짓을 했다. 숲을 헤쳐 가는데도 소리가 없었다. 그러고도 빨랐다. 평지를 걷고 있는 거나 다름없이, 아니 그보다 빠르게 지나가고 있는 것이다.

"음, 저 사람들이 철심당원들이로구나."

하는 짐작이 갔다.

"자, 우리도 가볼까?"

최천중이 일어섰다.

최천중과 구철룡이 산길을 오르기 시작했는데 구철룡이 이번엔 개울 저편을 가리켰다.

거기도 몇 사람의 그림자가 숲속을 누벼 가고 있었다. 만사에 주의력이 발달되어 있는 구철룡의 안력이기에 포착할 수 있었지, 범상한 사람의 눈으로는 포착할 수 없을 만큼 은밀하고 민첩한 동작들이었다.

'철심당이란 이름을 붙일 정도이니 오죽이나 수련이 잘되어 있을라구.'

싶었지만 혹시 그게 철심당이 아닐지 모른다는 생각으로 바뀌었다.

곽선우의 말에 의하면 최천중이 만날 사람은 철심당의 두령인 일우 도교와 몇몇 동지뿐이라고 했으니 그렇게 많은 사람이 숲을 쓸고 올라갈 리가 없기 때문이다.

'혹시나 포졸들이 철심당의 정체를 알고 그들이 모이는 장소를 덮칠 요량인지도 모른다.'

그러고 보니 그들의 동작, 즉 길로 가지 않고 숲속으로 가는 이유가 납득될 것만 같았다.

'그러나 철심당은 철저한 비밀 속에 뭉쳐 있다고 하던데…'

하여간 최천중은 걸음을 빨리할 필요를 느꼈다. 지금 올라가고 있는 패거리가 포졸이라면 한시바삐 철심당에게 알려야 하는 것이다.

산정山頂에 곽선우가 기다리고 있었다. 구철룡과도 구면인 사이라 곽선우는,

"구 생원이 같이 오셨군."

하고 반겼다.

최천중은 우선,

"오는 길에 보니 숲속으로 많은 사람이 올라오는 모양이던데 혹시 위험한 사람들은 아닐는지."

하고 물었다.

곽선우는,

"미리 양해를 구해둘 것을 잘못했소이다."

하고 말을 보탰다.

"그들은 모두 우리 철심당원들입니다. 오늘 최공과 결연한다는 소식을 듣고 먼빛으로나마 최공을 뵙고 싶다는 소망을 말하는 사람이 더러 있어서 그렇게 하라고 허락했소이다."

최천중의 표정이 약간 흐려진 것은 그렇게 많은 사람에게 자기의 얼굴을 보여서 과연 유리할까, 불리할까, 하는 의혹이 일었기 때문이다. 곽선우는 이런 마음의 움직임까지 통찰한 모양으로,

"우리 철심당원이 최공의 얼굴을 알았다고 해서 곤란한 일은 전혀 없을 것이외다. 만에 하나의 경우라도 유리한 일이 있을 뿐입니다. 철심당은 최공에게 보태줄 것은 있어도 바라는 것은 없소이다. 그리고 오늘 최공을 만날 사람은 도교님과 또 한 사람, 그리고 나, 세 사람뿐입니다. 나머지 사람들은 가까이 접근도 하지 않을 것이외다."

"곽공의 배려가 오죽했겠소이까."

그러고는 말없이 한동안 조망을 즐겼다. 땀이 식었을 무렵,

"그럼 가보실까요?"

하고 곽선우가 선두에 섰다.

곽선우의 인도에 따라 한 마장쯤 갔을 때 사면이 나무에 둘러싸인 반반한 바위가 나타났는데, 그 바위의 그늘에서 백염白髥의 노옹이 지팡이를 짚고 나타났다. 지팡이 끝에 날카로운 쇠붙이가 삼방三方으로 붙어 있는 것이 먼저 눈에 띄었다.

노옹과 최천중이 거의 동시에 바위 위에 좌정했다. 그 노옹을 끼고 오른편에 곽선우가 앉고 왼편에 구철룡 나이 또래의 청년이 앉았다. 구철룡은 언제나 하는 버릇으로 최천중의 뒤에 조금 사이를 두고 앉았다.

먼저 노옹의 인사가 있었다.

"내가 김영수요. 모두들 일우라고 부르오. 최공의 선성*은 곽공을 통해 익히 들어 모셨소."

"최천중이옵니다. 배알하게 되어 기쁩니다. 말씀을 낮추시옵소서."

이 말엔 대꾸도 않고 최천중을 가만히 바라보고 있더니 일우의 말이 있었다.

"우리 철심당이 최공이 하는 일에 대해 물심양면으로 돕기로 했다는 것은 곽공을 통해 이미 듣고 있을 것이오만 사실 우리의 할 일은 간단하오. 그러나 최공의 뜻하는 바는 원대하니 과연 얼마만 한 도움이 될지 심히 두렵소. 단 한 가지 이 자리에서 맹담**을 들어두고 싶은 건 어떤 세상, 어떤 시대, 어떤 나라가 될지언정 천주님을 모시는 사람들을 박해하거나 박해하는 것을 좌시하지 않겠다는 것이오. 우리는 비록 기신棄信한 무리들이지만 그 말 한마디를 귀공으로부터 듣고 싶소이다. 그래야만 내가 대중들에게 영을 내릴 수가 있겠소."

---

* 先聲: 전부터 알려져 있는 명성.
** 盟談: 맹서의 말.

"기왕에도 그러했고 오늘에도 그러하거니와, 앞으로도 나와 나를 따르는 자는 천주님을 모시는 사람들을 박해하지 않을 것은 물론이요, 박해하는 상황을 좌시하지 않을 것이오이다. 맹서하겠습니다."

최천중이 엄숙하게 선언하자 일우가 일어서서 양팔을 들었다.

오른손에 쇠붙이가 붙은 지팡이가 그냥 들려 있었다.

"천주님."

하고 일우는 나직이 불렀다.

만산의 매미 소리도 일시에 멎었다.

깊은 정적이 그 산정을 에워쌌다.

최천중이 주위를 둘러보았으나 고요를 안은 숲들만 무성하고 한없이 멀리 산파山波가 굽이쳐 하늘과 잇닿은 경색만 펼쳐졌을 뿐 바위 위의 다섯 사람을 두곤 사람의 그림자라곤 없었다. 아까 숲을 헤치고 올라온 사람들은 근처의 숲속에 몸을 숨기고 숨을 죽이고 있을 것이 분명했다. 나뭇가지 사이로 흘러가는 흰 구름의 조각이 보였다. 숙연한 기가 누리를 덮었다.

"천주님."

일우는 다시 한 번 이렇게 되풀이하고 다음과 같이 기도를 엮었다.

"오늘도 우리는 이 산상에 모였습니다. 일찍이 성자께옵서 수훈垂訓하신 그 산상과 천주님이 창조하신 피조물이란 사실에 있어선 조금도 다름없는 이 산상에 모였습니다. 그러나 우리를 용서하지 마소서. 우리는 악마로서 악마의 노릇을 하기 위해 이 자리에 모였나이다. 우리는 육신의 고통을 참지 못해 천주님의 거룩한 가르침을 저버리고 천주님의 영광을 흐리게 하려고 이 자리에 모였습니다. 복수는 내게 있다, 내가 갚으리라 한 천주님의 영을 어기고, 우리가 우리 손에 복수의 도끼를 들기 위해 이 자리에 모였나이다. 우리를 위해 보다 가혹한 지옥을 준비하소서. 우리는 우리의 육친 부모와 형제가 이 세상에서 받은 그 모진 고통을 저승에서 받을 각오를 한 악마들이옵니다. 우리는 우리의 부모와 형제자매를 혹독하게 고문하고 투옥하고 참살한 놈들을 절대로, 단연코 용서할 수가 없습니다. 놈들을 그대로 두곤 우리는 지옥에도 갈 수가 없습니다. 우선 눈을 감을 수가 없습니다. 그러하오니 우리를 용서하지 마소서. 저주하소서. 무한 지옥을 준비하소서. 단지 원하옵기는 우리의 보복이 끝날 때까지 우리에게 생명을 주소서. 놈들은 천주님의 아들딸만 괴롭히고 죽이는 게 아니옵니다. 이 땅의 백성들을 그들 마음대로 괴롭히고 죽이고 있는 것이옵니다. 귀가 있어도 듣지 못하게 하고, 눈이 있어도 보지 못하게 하고, 입이 있어도 말하지 못하게 하고, 오직 사리와 사욕을 채우기 위해 권세를 탐하는 간악하고 잔인한 놈들을 어떻게 천주님의 처단만을 믿고 견디며 살 수 있겠나이까. 천주님의 명령과 섭리는 지엄하와 놈들이 영겁의 겁화에 시달리는 벌을 받을 것으로 믿사오나, 우리는 우리의 손으로 놈들을 멸하고 놈들이 놈들의 한 짓에 대한 보복을 받는 것을 우리의 눈으로 확인해야 하겠나이다. 우리는 천주님을 위해서 악마가 되겠다는 외람한 말은 하지 않겠나이다. 우리 겨레가 품은 원한의 만분의 일이라도 풀기 위해서 악마가 되려는 것이로소이다…"

일우 도교의 기도는 계속되었다.

"…천주님, 우리를 불쌍하게 여기시되 용서는 마옵소서. 이 겨레가 품고 있는 원한의 깊이를 조람*하소서. 생신의 몸으로 보복해야만 직성이 풀리는 어리석은 무리들의 옹졸한 생각을 비웃어주소서. 그런데 오늘 이 자리에 거룩한 의인을 모셨습니다. 이 사람은 간악하고 잔인한 놈들을 쳐부수고 이 산하에 새 나라를 이룩하려고 마음먹은 의인이옵니다. 우리는 비록 악마이지만 이분은 악마가 아닙니다. 우리 악마들은 오늘부터 복수의 도끼를 잠시 멈추고 이 의인의 거사를 기다리겠사옵니다. 이 의인의 거사가 성취되는 날 우리의 소원도 성취되는 것이라고 믿기 때문입니다. 천주님이시여, 이분에게 은총을 내리시옵소서. 이분은 입신入信하지 않았고, 앞으로도 입신하지 않을 것입니다만 그 의義에 있어선 천주님의 아들이옵니다. 이분이 뜻하는 바 모든 일이 성취되도록 각별한 은총이 계시길 비오며, 우리가 왜 기신棄信하고 악한이 되었는가의 그 사정을 긍휼히 여기소서. 무한지옥의 책벌 이외를 바라지 않으면서도 우리들은 천주님의 아들딸이옵니다. 아멘."

사위四圍의 숲속에서 눌려 있던 바람이 일시에 고개를 든 것 같은 음향으로 '아멘'의 창화가 있었다.

일우 도교는 다시 한 번 양팔을 번쩍 들어 보이고 자리에 앉았다. 최천중은 주박呪縛된 사람처럼 요동할 수 없었다.

"최공."

하고 부르는 일우의 소리에 와락 정신을 차렸다.

---

* 照覽: 똑똑히 살펴봄.

"예."

"천주님의 계명에는 맹서하지 말라는 대목이 있소이다. 그러나 우리 철심당은 맹서할 수가 있소."

"…."

"오늘부터 우리 철심당은 최공의 일성一聲을 기다리겠소."

"오직 감격할 뿐입니다."

"그러나 조급하게 기다리진 않겠소. 불퇴의 용기, 치밀한 계획이 있으면 불패不敗할 수가 있는 법이오. 우리 철심당 이천삼백 명은 일사불란할 것이오."

"감사하옵니다."

"모든 연락은 곽선우를 통해서 하시오."

"예."

"곽선우가 유고할 땐…."

하고 일우는 왼편에 앉은 사람을 가리키며,

"이 사람은 최공과 같은 성인 최씨이며 이름은 판주라 하오. 최판주가 연락을 할 것이오."

최천중은 최판주가 내미는 손을 덥석 잡았다.

"경주 최가이옵니까?"

"그렇소이다."

최판주의 말은 힘에 차 있었다.

"그럼 최공이 창끝을 만져주시오."

하고 일우는 들고 있던 지팡이의 끝을 내밀었다. 최천중이 쇠붙이에 손을 대었다. 일우의 말이 있었다.

"천주의 조람 아래 청산의 기약이 이루어졌소이다."

"계미년 칠월 회일 진시."

곽선우가 나직이 덧붙였다.

일수화개 만수춘

一樹花開萬樹春

한더위가 지나고 아침저녁으로 양풍이 일기 시작했다.

"박종태는 왜 돌아오지 않느냐?"

너그럽기 한량이 없는 최천중이 목침으로 대청마루를 두드리며 호통을 쳤다. 그만큼 초조했던 것이다.

박종태가 돌아오지 않으면 도무지 계획을 세울 수가 없었다.

충청도 청양에 있다고 듣고 찾으러 보낸 사람이 허행虛行*을 했다. 누구도 그의 행방을 아는 사람이 없었다. 그 뒤 각 방면으로 사람을 풀어 수소문을 했지만, 여전히 그 행방이 묘연했다.

"떠날 때 일 년을 기한하지 않았습니까. 그러니 일 년 동안 기다려볼 수밖에 없지 않습니까?"

연치성이 이렇게 말하는 것이었으나, 최천중의 역정은 풀리지 않았다.

---

* 헛걸음.

"일 년 기한을 했더라도, 수시로 있는 곳은 알려야 할 것이 아닌 가."

"박공이 집중하고 몰두하는 성품이라서 그런가 봅니다. 노여움을 거두시고 다른 준비나 서둘도록 하시지요. 돈 문제, 양곡 문제, 그 밖에 할 일이 많지 않습니까."

연치성이 말하지 않아도 최천중이 그런 것을 모르는 바가 아니다. 그러나 총참모장이라고 할 수 있는 박종태의 말을 듣지 않고 어디서부터 손을 대야 할지 엄두부터 낼 기분이 나질 않는 최천중이었다.

최천중은 동학당의 움직임을 중시하고, 여차할 땐 그 세력을 이용하기 위해 벌써 수많은 사람들을 거기 투입하고 있었는데, 박종태로 하여금 그들을 통솔케 하도록 파견한 것이다.

'다른 사람을 보낼 걸 그랬구나.'

하는 후회가 차츰 강해지는 것은, 박종태가 이탈할 것이란 염려는 꿈에도 해본 적이 없지만, 원래 동학이 깊은 교리를 가지고 있으니, 그 교리에 빠져들어 본말을 전도하게 될 우려는 다분히 해볼 만했기 때문이다. 박종태는 성격이 워낙 성실하여, 한번 옳다고 생각한 것이면 그것에 집중하고 몰두하는 버릇이 있었다.

최천중이 날이 감에 따라 조바심이 심해지는 것은 행방이 묘연하다는 그 사실에도 있었지만, 혹시 동학에 정혼精魂을 뺏기지 않을까 하는 걱정 때문이기도 했다.

"안 되겠다. 강직순과 구철룡이 박종태를 찾아 나서라."

어느 날, 최천중은 드디어 이렇게 결단을 내렸다. 강직순은 차치

하고도 구철룡은 회현동 황봉련과 양생방의 자택, 그리고 여란의 집을 연결하여 일을 돌보는, 시쳇말로 하면 최천중의 비서실장이나 다름없는, 언제나 측근에 없어서는 안 될 인물인 것이다. 그 인물을 출향케 하는 것만을 보아도 최천중의 마음이 얼마나 초조한가의 정도를 알 수 있었다.

동학당은 이른바 비밀결사이다. 같은 당원 아니고서는 어떤 일에도 함구한다. 그러니 동학당 하나를 찾아내는 것도 힘든 판인데, 행방을 의식적으로 감춰버린 박종태를 찾아낸다는 것은 지난한 일일 것이다. 그러나 최천중은 '구철룡 같으면 찾아내겠지' 하는 믿음을 가지고 있었다.

구철룡과 강직순은 비장한 각오를 하고 박종태를 찾아 나섰다.

그런데 박종태는 어디서 무엇을 하고 있는 것일까. 당분간 한성을 떠난 이후의 박종태의 행적을 살펴보기로 한다.

열여섯 살의 소년 박종태는 경상도 하동인 향관鄕關을 떠날 때, 과거에 장원급제하여 높은 관직을 얻어 금의환향하겠다는 이른바 청운의 꿈을 꾸고 있었다.

그러나 그는 한성에 도착하자마자 그 꿈을 버리고 최천중의 일당이 되었다. 그렇다고 해서 그에게 후회는 없었다. 되레 다행이라고 생각했다. 관직은 영예가 아니고 치욕이란 것을 안 것은 삼전도장에서였고, 관직을 염원하느니 나라와 백성의 복리를 생각해야 한다는 것을 배운 것은 여운 선생을 통해서였다. 동시에 최천중으로부터, 관직 하나를 탐할 것이 아니라 나라 전체를 장악해야 한다는 야심을 배웠다.

하루하루를 편하게 살아가는 데 급급할 것이 아니라, 그것만으로 만족할 수 없는 인생의 보람 같은 것이 있어야 한다는 것은 그후 친하게 사귀게 된 친구들 속에서 익혔다. 재물보다도, 관직보다도 소중한 그 무엇인가가 있다는 것을 안 것은 박종태를 위해선 그럴 수 없는 다행이었다.

뿐만 아니라 박종태는, 어쭙잖은 음식점의 딸이긴 했으나 요조숙녀 이상으로 정숙한 아내를 맞이하여 삼남 이녀를 얻을 수 있었고, 창두, 강두, 황두 등 세 도둑놈을 데리고 와서 각각 정업正業에 종사케 하여, 지금은 유복하게 재산을 이뤄 박종태를 상전 이상으로 성심성의로 받들어주는 형편이니, 그의 인생은 세속적으로 보면 대단한 성공이랄 수 있었다.

그런 만큼, 그의 최천중에 대한 충성은 조금의 틈새도 없었다.

최천중의 야심이 자기의 야심이고, 최천중의 애환이 곧 자기의 애환이었다. 최천중이 일단 가정을 버리라고 명령하면, 박종태는 두말하지 않고 그 명령에 따를 사람이었다. 그래서 사랑하는 처자를 버려두고 동학당에 잠입하기 위해 결연 한성을 떠난 것이다.

그런데 언제부터인가 박종태는, 최천중의 포부와 야심이 최천중이 생각하는 방식을 따라선 실현 불가능하다는 것을 깨닫게 되었다. 그때부터 그는, 최천중에게 맹종하는 것은 되레 최천중의 야심의 실현을 불가능하게 하는 결과가 된다는 것을 믿고, 결정적인 사항은 언제나 직언으로써 교정하려고 했다. 하지만 대방침大方針에 대한 충언을 하지 않는 것은, 구체적으로 일이 시작되지 않았기 때문이었다.

이를테면, 최천중은 왕문을 왕위에 오르게 하는 것이 대목적이며 대방침이라고 했다. 그러고서 백성을 위하고 나라를 위한다는 것이다.

'부재위不在位이면 불능不能'이란 금언이 있다. 자리에 있지 않으면 아무리 좋은 뜻을 가지고 있어도 정사를 할 수 없으니, 백성을 위해서 왕위를 원한다는 것은 당연하다고 하겠지만, 박종태의 생각으론, 백성을 위할 수 있는 만반의 경륜을 만든 연후 그 경륜이 민심의 호응을 받아 왕으로 추대되는 그런 방식이라야 옳다는 것이다.

그러나 박종태는 아직 그런 말까진 하지 않고 마음으로 왕문을 장차의 왕으로 받들고 있는 터였지만, 생각의 괴리에서 오는 허전함은 어떻게 할 수가 없었다. 말하자면, 최천중에게 보다 더 충성하기 위한 고민이었다. 이런 고민을 되씹으며 박종태는 괴나리봇짐을 진 허술한 과객의 차림으로 원행의 길을 떠났다.

남쪽으로 감에 따라 수양버들의 파릇파릇한 빛깔이 조금씩 짙어가는 것도 천지 운행의 묘리일 것이란 감상에 젖기도 하면서 박종태의 생각은 엮어져나갔다.

'우리 선생님의 포부가 협俠만으로는 이루어질 수 없다⋯.'

최천중이 주로 마음을 쓴 것은 천하의 협객을 모으는 데 있었다. 맹상군과 신릉군의 고사에서 촉발을 받은 때문도 있고, 천성이 협기를 좋아하는 까닭도 있어, 최천중은 삼전도장에 천하의 협객을 거의 모아놓고 기개를 펴기도 했었다. 그 협객들이 지금 전국 방방곡곡에 산재되어 있다. 최천중이 한번 격을 돌리면 대부분이 움직이긴 하겠지만….

'협이 발동하여 보람을 내는 덴 한도가 있으니까….'

결코 대세를 지배할 수 있는 세력으론 안 되는 것이다.

'선생님의 포부는, 무武만으로는 이룩할 수가 없다….'

박종태는 연치성을 비롯하여 김권, 윤량, 이책 등 기라성 같은 무술자를 뇌리에 떠올려보았다. 그러나 시대가 초楚와 한漢이 싸운 때와는 다르다. 대완구大碗口가 포효하고 화승총이 불을 뿜는데, 양궁良弓과 이도利刀와 권술拳術이 무슨 소용이겠는가 말이다.

'선생님의 포부는 재財만으로도 안 된다….'

설혹 재물로써 민심을 살 수 있다고 해도, 재물엔 한도가 있는 것이 아닌가.

'의義면 어떨까?'

그러나 난세에 의가 맥을 춰본 적이 없다. 뿐만 아니라, 의는 지금 갈래갈래 찢어져 걸레 모양으로 되어 있다. 조정의 간신들이 내세우는 것은 충의, 초야의 유림들이 내세우는 것은 대의, 불법佛法이 내세우는 것은 자의慈義…. 이렇게 당연한 이론異論 속에서 천하를 관류하는 하나의 의를 어디서 찾을 것인가.

협, 무, 재, 의가 다 있다고 쳐도 사태는 난감하다. 속담에, 구슬이 서 말이라도 꿰어야 보배가 된다지 않은가.

'유일하게 바랄 수 있는 것이 운인데, 운을 어떻게 인력으로 할 수 있느냐 말이다….'

박종태는, 최천중의 야심을 스스로의 야심으로 하고 있고, 최천중의 애환을 스스로의 애환으로 하고 있는 만큼, 생각할수록 머리가 무거웠다.

그런데 '한 가닥의 광명이 동학에 있을지도 모른다'는 희망이 박종태에게 기력을 주었다.

기력이 더해짐에 따라 주위의 경치가 눈에 새롭게 비쳤다. 하늘은 청색, 산은 녹색으로 가는 곳마다 봄의 태동이 느껴졌고, 어느 곳에선가 새소리도 들렸다.

선뜻 박종태는, 20여 년 전 길을 걸어 한성으로 올라가던 때의 회상에 젖었다. 속절없이 가버린 세월 속에서, 그 청암골 박종태는 어디로 갔을까.

'지금 그 길을 거꾸로 걸어가고 있는 나 자신이 그때의 박종태일 수가 있을까?'

아무래도 그때의 박종태는 온데간데없고, 엉뚱한 박종태가 산길을 걸어가고 있다.

삭막한 기분이었다. 그러다가 '이 고개의 이름이 뭐더라?' 하고 생각할 즈음에,

"거기 섰거라."

하는 고함소리가 숲속에서 들려왔다.

'산적이로구나.'

이렇게 직감하고 박종태는 오른발을 길옆에 꺾어져 있는 나무 둥치에 걸고 섰다.

서른 안팎으로 보이는 더벅머리의 사나이가 서너 발쯤 앞에 나타나더니,

"가진 돈 다 내놓아라! 그렇지 않으면 좋지 못할 거다!"

하고 거칠게 뱉었다.

　박종태는 배후에도 인적기를 느꼈다. 돌아보니, 앞에 서 있는 놈과 같은 나이 또래의 사나이가 곤봉을 들고 서 있었다. 왼편에서도 한 놈이 곤봉을 들고 나타났다.

　'세 놈이로군.'

하고, 박종태는 빙그레 웃었다. 20년 전 황토재에서 창두들을 만난 일이 기억 속에 되살아났다.

　"빨리 돈을 내놔!"

　한 놈이 금방이라도 곤봉을 휘두를 듯 몸짓을 했다.

　"배가 고픈 놈들이로구나. 넉넉히 돈을 가졌더라면 많이 주고 싶다만…"

하고, 박종태는 허리에 차고 있던 전대에서 엽전 몇 닢을 꺼내 던졌다.

　그런데 세 놈은 길바닥에 던져진 돈을 본 체도 안 하고, 그 가운데 한 놈이 외쳤다.

　"그 전대를 몽땅 이리 내놔!"

　"이 돈은 내가 앞으로 일 년 동안 써야 할 돈이니, 너희들에게 줄 수가 없구나."

　박종태는 전대를 허리에 도로 차고 걷기 시작했다. 이때, 뒤에서 곤봉이 날아왔다. 종태는 날렵하게 그 곤봉을 왼손으로 받아 쥐고 끌어당겼다. 곤봉은 종태의 손에 남고, 휘두르던 놈이 앞으로 거꾸러졌다. 왼편 놈이 곤봉을 휘둘렀다. 그것을 종태가 잡아서 곤봉으로 갈겼다. 왼편 놈이 휘두르던 곤봉이 땅에 떨어졌다.

　"적건 많건 주는 대로 받아 갈 일이지, 이 꼴이 뭐냐!"

하고 종태가 호통을 쳤다.

길바닥에 쓰러져 있던 놈이 얼른 일어나더니 숲속으로 비켰다.

남은 두 놈도 주춤 뒤로 물러섰다.

"배가 고파서 하는 짓이라고 보고 심히 나무라지는 않겠다만, 사람을 상하려고 하는 건 못쓴다."

박종태는 길바닥에 딩굴고 있는 곤봉까지 집어 들고 고개를 오르기 시작했다. 세 도둑놈은 멍청히 그의 뒷모습을 바라보다가, 길바닥에 던져져 있는 엽전을 챙겨 들고 숲속으로 사라져버렸다.

박종태는 고갯길을 걸어 올라가며 생각에 잠겼다. 놈들의 얼굴은 하나같이 흙빛이었는데, 그건 굶은 데다 햇볕에 탔기 때문일 것이다. 이것저것 가리지 않고 창자를 채우다가 보니, 무슨 속병이 걸려 있는지도 모를 일이었다.

고갯마루에 앉아 이편저편의 들을 보며 종태는 중얼거렸다.

"이만한 들을 끼고 있으면 백성들을 굶게 하지 않아도 될 것이 아닌가."

가정苛政은 범보다도 무섭다는 옛 이야기가 생각나기도 했다. 지금의 벼슬아치들을 모조리 두들겨 잡아야만 백성들의 살길이 트일 것이 아닌가 하는 생각에 이르자, 아랫배에서부터 용맹심이 솟아오름을 느꼈다.

반대쪽에서 노인이 하나 올라오더니 건너편에 풀을 깔고 앉았다. 종태가 말을 건넸다.

"여기서 기다렸다가 길동무가 생기거든 내려가시오. 요 아래에 도둑놈들이 있소."

한성을 떠난 지 사흘째 되는 날 저녁나절, 박종태는 한밭(대전) 밖 어귀에 도착했다. 거기서 그는 주막집을 찾아야 했다.

한성을 떠날 때, 종태는 동학당의 첩자로부터 다음과 같은 귀띔을 받았다.

"내가 알릴 수 있는 건 꼭 한 가지밖에 없소. 한밭 어귀쯤에 주막이 서너 개 있는 모양인데, 기둥마다에 글을 써 붙여놓은 주막이 있답니다. 그 써 붙여놓은 글귀 가운데 '일수화개만수춘一樹花開萬樹春'*이란 게 있을 것이오. 그걸 확인하면 그 집으로 들어가서, 그 글귀가 붙은 기둥 바로 뒤의 방으로 들겠다고 말하고 그 기둥을 일곱 번 두드리시오. 그러면 반드시 무슨 소식이 있으리다."

한성엔 동학당의 첩자가 상당수 들어와 있는 모양이지만, 최천중 일당을 대표한 박종태와 접촉하는 사람은 우동수禹東洙란 사나이뿐이었다.

박종태는 동학에 관해 되도록이면 많이 알아두려고 서둘렀는데, 우동수는 이상의 얘기밖엔 하려고 하질 않았다.

"나와 당신 사이에 그럴 수가 있소?"

하고 박종태가 핀잔을 주었더니

"우리 동학은, 필요하지 않은 것은 알고 있지도 않고, 알려고도 하지 않소."

하고, 우동수는 짤막한 대답만 했던 것이다.

---

* '한 그루 나무의 꽃이 피니 만 그루가 봄이다.'

한밭은 사방에서 사람들이 모여들고 물산이 집산되는 곳이라 주막집이 꽤 많았고, 주막집답지 않게 기둥마다에 자련字聯을 붙여놓은 집도 많았다.

박종태는 하나하나 그런 집을 살펴나갔다. 셋째 번 집 맨 끝 기둥에 '일수화개만수춘'이란 글귀가 보였다. 그 이웃의 글귀는 '인생도처유청산人生到處有靑山', 그다음엔 '결연득서시오가結緣得栖是吾家', 그다음엔 '막담객사유비수莫談客舍有悲愁'…. 말하자면 운자韻字도 대련對聯도 무시한 지남지북指南指北, 멋대로 된 글귀들이었다.

박종태는 그 글귀들을 한 바퀴 돌아보고, '일수화개만수춘'이라고 써 붙여놓은 기둥 앞에 서서 주인을 불렀다. 그리고

"이 방에 들어야겠소."

하고, 그 기둥을 일곱 번 두드렸다.

주인은 무관심하다는 표정으로 그 방문을 열어주었다. 오랫동안 쓰지 않고 문을 닫아 놓았었는지, 마른 흙냄새가 물씬했다.

물씬한 흙냄새 때문에 고개를 돌렸다가 방안을 들여다보았다. 방바닥이 흙바닥 그대로였다. 종태는 얼굴을 찌푸렸다.

"곧 자리를 깔아드리겠소."

하고 주인은 헛간으로 가더니, 둘둘 말아놓은 삿자리를 꺼내 와 먼지를 털고 걸레질을 하고 방에다 깔았다.

종태는, 여인餘人**을 그 방에 들지 못하게 하는 방편으로 그런

** 다른 사람.

것같이 생각되었다.

자리를 깔아놓고 주인은,

"식사는 봉놋방으로 와서 하시오."

하고 놓고 훌쩍 나가버렸다. 종태는 봇짐을 내려놓고 갓을 벗고 행장을 풀었다.

소동小童이 대야에 물을 떠 와 마루 끝에 놓았다. 종태는 얼굴과 발을 씻고, 괴나리봇짐을 베개 삼아 길게 누웠다. 시장하긴 했으나 눕고 보니 일어나기가 싫었다.

"사서삼경을 다 읽어도 누울와臥 자가 제일이라더니…."

저절로 이런 혼잣말이 튀어나왔다.

사흘에 삼백 몇 십 리 길을 걸었으니 노독이 날 만도 했다.

'아아, 나도 늙었는가 보다.'

지금 서른여섯 살인 박종태는, 열여섯 살 때 싱그러운 걸음걸이로 한성을 향해 걸었던 때를 회상하며 새삼스럽게 금석지감今昔之感을 느꼈다.

깜박 잠이 들었다.

"손님, 손님."

하고 깨우는 소리에 눈을 떴다.

남실거리는 관솔불을 받고 주인의 얼굴이 종태를 내려다보고 있었다.

"언제쯤이오, 지금이?"

종태가 일어나 앉으며 물었다.

"밤중입니다. 하두 깊은 잠을 주무시기에 깨울 수가 없었소이다."

종태는 그 말투가 주막집 주인답지 않다고 느끼며 자기소개를
했다.

"인사가 늦었소. 나는 박종태라고 하오."

"저는 말씀드릴 이름도 없소이다. 한데, 진지를 드셔야지요."

"밤중에 폐가 되겠소."

"천만의 말씀을⋯. 그럼 밥상을 이리로 가지고 오겠소이다."

주인이 바깥으로 나가더니 곧 밥상을 갖고 들어왔다. 종태의 식
사가 끝나자 밥상을 물리고 지필묵을 가지고 들어와서,

"바로 이 방 앞의 기둥에 '일수화개만수춘'이라고 씌어 있사온데,
그 전구前句도 후구後句도 좋으니, 대구對句를 하나 써주었으면 합
니다."

하고 은근히 청했다.

"학천필단學淺筆短*이니 대구를 어떻게 지으며, 무슨 능력으로
휘호를 하겠소?"

"굳이 사양하시면 강요하진 않겠습니다만, 여길 지나신 흔적으
로⋯."

"이 방에 머무른 사람은 그렇게 하기로 되어 있소?"

"대강 그러하옵니다. 진서眞書를 모르는 분에겐 '한 수에 꽃이
피니, 만 수의 봄이로다' 하고 언문으로 풀이하여 언문의 대구를 짓
기도 하옵니다."

---

* 배움도 얕고 글쓰기도 짧음.

"까닭이 그렇게 되어 있다면 악필이라도 남겨야죠."

종태는 주인이 먹을 갈길 기다려 다음과 같이 썼다.

'일엽낙지천하추一葉落知天下秋.'

주인의 얼굴이 환히 밝아지는 것이 관솔의 등명으로써도 알 수가 있었다.

"나뭇잎 하나가 떨어지니 천하의 가을을 안다. '일수화개만수춘'의 기막힌 대구가 되었소이다."

하고, 주인은 필흔이 마르기를 기다려, 그 종이를 소중하게 말아 미리 준비해 온 죽통에 넣었다. 그러고는 정좌를 하더니 말했다.

"'일수화개만수춘'은 수운水雲선생의 우음偶吟*이옵니다. 이렇게 되는 것이옵지요."

　　　풍우상설과거후風雨霜雪過去後**

　　　일수화개만수춘一樹花開萬樹春

박종태는 조용히 그 시를 마음속에서 되풀이해 읊어보았다.

"좋은 시로군요."

"수운 선생의 도는 심오하고, 그 시문도 따라서 심오하고 유창하옵니다. 앞으로 좋은 공부를 하시게 될 것이올시다."

하고 주인의 지시가 시작되었다.

---

*　얼른 떠오르는 생각을 시가로 읊음.

**　'풍우상설(바람, 비, 서리, 눈) 지나고 나면'.

"내일 아침 일찍, 아니, 곧 새벽이 됩니다. 유성을 향해 내려가십시오. 유성에 가면 갈림길이 나설 것입니다. 그 갈림길을 오른편으로 잡아 사십 리쯤 가면 왼편에 큰 부락이 있고, 그 부락 앞으로 흐르는 시냇가에 물레방아가 있습니다. 그 물레방아의 주인을 찾으면 육십 세 노인이 나타날 것인즉, 다른 말씀은 일절 마시고 한성에서 왔는데 한밭 삼거리의 주막집에서 가라고 하더라고만 하십시오. 그러면 말씀이 있을 것이오이다."

말을 끝내고 주인은 일어섰다.

"잠깐 한숨 주무십시오. 때가 되면 깨워드리리다."

주인이 남긴 말이었다.

종태는 잠에 빠졌다.

다시 깨어났을 땐, 창이 부옇게 밝아 있었다. 요기를 할 것도 없이 싸주는 도시락을 들고 나서며 밥값을 치르려고 하니, 주인은

"같은 길을 걷는 사람에겐 밥값을 받지 않습니다. 아니, 받지 못하게 되어 있습니다."

하고 완강하게 거절했다.

새벽길은 피로를 풀어주는 작용을 한다. 종태는 어젯밤에 있었던 일을 꿈처럼 느끼는 마음으로 되면서, 뇌리에 새겨진 수운 선생의 시를 되풀이하여 중얼거렸다.

"풍우상설과거후 일수화개만수춘."

그러고는 자기가 지은 '일엽낙지천하추'도 버릴 것이 아니라는 감정에 흐뭇해했다.

유성 갈림길에 이르자 태양이 떴다. 온누리가 찬란한 광채로 빛나기 시작하는 것이, 산 설고 물 선 곳이기 때문에 더욱 강렬한 감동이었다.

주막집 주인이 시키는 대로 오른편 길로 접어들었다.

'과연, 이 길이 광명의 길일까?'

종태는 어느덧 동학에 입문하여가는 심사로 변해가고 있었다.

한성을 떠나올 때 최천중의 말은,

"학이불음學而不淫하라."

고 했다. 동학을 배우긴 하되, 사로잡히진 말라는 뜻이다. 또한,

"수이불닉修而不溺하라."

고도 했다. 동학의 도를 닦되, 흠뻑 빠져버리진 말라는 뜻이다.

최천중은 덧붙여 말하길,

"방편方便을 위주로 하면 소행처所行處를 망실亡失*하는 경우가 있으니 각별히 조심하라. 우리의 뜻은 학學에도 있지 않고 도道에도 있지 않고, 오직 흥興, 즉 나라를 이룩하는 데 있느니라."

박종태는 최천중의 말뜻을 최천중 이상으로 알고 있는 터였다. 이를테면, 최천중이 하고자 하는 말은 동학으로 서까래를 만들고, 서학으로 기와를 만들고, 유도, 불도 할 것 없이 좋은 점을 따서 벽을 바르고 담장을 쌓기는 할망정, 어느 학이나 도에 치중하여 본말을 잃는 일은 없도록 하라는 가르침이었던 것이다.

집을 짓는 데 필요한 만큼 나무를 사용하고 기와를 사용하면 되

---

* 가야 할 곳을 잊어버림.

듯이, 나라를 이룩하는 데 필요한 정도로만 동학이건 서학이건, 유불선 삼도이건 이용하라는 뜻이다.

종태는 웃음을 머금고 아침 햇빛 속을 걷다가, 어느 동네 앞 우물을 보자, 우물 가까운 언덕에 앉아 도시락을 풀었다.

아침 식사를 하는 시간인 탓인지, 우물가에 사람이 하나도 없는 것이 박종태의 마음을 편하게 했다.

손바닥으로 냉수를 떠서 마신 뒤 밥을 먹기 시작하는데, 시장한 까닭도 있었지만 밥맛이 기막히게 좋았다. 식

일단사一單食 일표음一瓢飮이면 낙재기중樂在其中인데, 악착같이 서둘러 축재하기 위해 이웃을 굶게 한다는 것은 무슨 심성인지 알 수 없다는 느낌과 함께, 이 동네에도 필시 아침 끼니를 잇지 못하는 사람이 더러 있을 것이란 마음으로 백 호 남짓한 동네의 이곳저곳에 눈을 돌렸다. 쓰러질 듯 초라한 초가집 사이로 덩실한 기와집이 몇 채인가 보였다. 어쩌면 이 동네는 그 기와집을 지닌 부자를 중심으로 소작인들과 하인들이 일촌一村을 이루고 있는지 몰랐다.

이런 생각 저런 생각을 하며 밥을 씹고 있는데, 돌연 시야에 물동이를 인 젊은 여자가 나타났다. 우물 바로 뒤가 고빗길이 되어 있어, 나타나기 전엔 알아차릴 수가 없었던 것이다.

우물과 박종태가 앉아 있는 곳이 네댓 걸음 떨어져 있었지만, 박종태는 적이 당황했다. 그렇다고 해서 먹고 있던 도시락을 덮고 훌쩍 일어설 수도 없었다. 그냥 앉아 고개만 돌리고 식사를 할 수밖에 없었다.

무슨 소리가 나기에 고개를 돌렸더니, 젊은 여자가 물이 담긴 바

가지를 내밀고 얼굴은 저편으로 돌리고 있었다. 종태는 얼른 그 호의를 깨닫고 바가지를 받아들었다. 바가지를 받아든 채 한 입쯤 남은 밥을 떠 넣고 물을 마셨다. 그리고 바가지를 돌려주었다.

젊은 여자는 여전히 외면한 채 두 손으로 그 바가지를 받았다. 그때 처음으로 박종태는 그 여자를 똑똑히 보았다. 초라한 입성이고 다듬지 않은 얼굴이었으나, 이목구비의 윤곽이 단아하게 잡힌 것이 미녀의 소지*를 말해주었다. 흙과 먼지에 뭉개여 그 아름다움이 빛을 발하고 있지 못할 뿐이었다. 흙속에 뒹굴어진 구슬이 본연의 빛을 낼 수 없듯이….

박종태는 그 천성의 아름다움을 문대버린 가난에 상도想到**했다. 그녀의 몸 전체에서 풍겨 나오는 가난의 처참함이 가슴을 설레게 했다.

여자는 물동이를 이고 고빗길을 돌며 한 번 박종태 쪽을 돌아보았다. 그런데 그 눈이 태양을 받고 발한 빛이 종태에겐 충격이었다.

'아아, 저 여자는 아침 끼니를 굶은 여자로구나. 아니면, 어쩌다 한 줌의 양식을 아침에야 얻어, 지금부터 밥을 지으려는가 보다.'

남이 식사하는 시간에 물을 길러 온다는 사실이 종태의 짐작을 증명하는 것이 아닐까.

이런 생각으로 넋을 잃고 있다가 종태는 길을 걷기 시작했다. 길은 동구 앞 들길로 해서 저편 산으로 뻗어가고 있었다. 들길을 걸

---

* 素地: 본래의 바탕.
** 생각이 어떤 곳에 미침.

으면서도 연방 동네 쪽으로 눈을 주는데, 그때 골목 어귀를 들어서다가 그 여자는 한 번 더 고개를 종태 쪽으로 돌렸다.

마음이 무겁게 가라앉았지만 종태로선 어떻게 할 수가 없었다.

달려가서 얼마간의 돈을 쥐어준다는 것도 있을 수 없는 일이었다. 종태는 무거운 가슴을 안고 슬슬 산길을 걷기 시작했다. 어떻게 할 도리가 없는데 발길은 느리게만 되었다. 그는 느릿느릿 걸었다.

고갯마루에서 한숨 돌리고 내리막길을 산 중복쯤 내려갔을 때였다. 박종태는 웬지 뒷덜미가 끌어당겨지는 기분이어서 무심코 뒤를 돌아봤다.

공교롭게도 거기에선 고갯마루가 환히 보였는데, 그 시야 속으로 젊은 여자가 들어섰다. 박종태는 '아차!' 하고 소리를 낼 뻔했다. 지금 넘어오는 여자는 조금 전 우물에서 물을 떠준 그 아낙네가 틀림없다는 것과, 그 아낙네가 자기를 따라오고 있다는 사실을 단번에 직감한 것이다.

그러나 어떻게 해서 그런 직감이 생겼는지 박종태 자신도 알 까닭이 없었다. 겨우 윤곽이 보일 정도로 먼 거리에 있는 여자를 우물에서 만난 여자라고 짐작한 것 자체도 이상할 정도였으니 말이다. 박종태는 불안한 예감을 가졌다. 뭔가 자기의 운명에 변동이 생길 것이란 예감이었다.

그는, 우물가에서 물을 떠주는 바가지를 받아들었을 때에 자기의 눈이 이상한 빛을 발한 것이 아닐까, 여자를 유혹할 마음이 눈빛에 나타나 있었던 것이 아닐까 하고 반성해보았다. 하나, 그럴 리는 만무했다.

박종태는, 드물게 볼 수 있는 미색이 가난에 찌들어 볼품없는 몰골로 되어 있는 상대를 보고 그저 움찔했을 뿐이었다. 동시에 워낙 천하게, 가난하게 자라놓으니 보통의 눈으로썬 그녀의 아름다움을 간파할 수 없을 것이란 생각을 하곤, 한편 안타까운 심정이 되긴 했었지만, 그것이 또한 안심이 되는 묘한 기분이기도 했었다.

박종태는 걸음을 멈추지도 빨리하지도 않은 여전한 걸음걸이로 들길로 들어섰다. 들 한가운데쯤에서 다시 한 번 돌아보았다. 여자의 모습은 없었다. 그러다가 시냇물을 앞에 하고 징검다리를 건너려는 참에 뒤돌아보았더니, 그때 여자는 들길로 들어서고 있었다. 징검다리를 건넌 언덕에 한 그루 수양버들이 있었다. 이제 막 새잎이 돋아나 담채淡彩의 그림처럼 보이는 것이 눈에 시원하기도 해서 그 기분을 미끼로 수양버들 옆 바위 위에 앉았다. 여자를 기다려볼 참이었다. 여자를 기다려 자기의 짐작이 옳은지 어쩐지 가늠해보고 싶은 마음이기도 했다.

여자는 징검다리 근처까지 와서 건너편에 박종태가 앉아 있는 것을 보자 주춤 그 자리에 서버렸다. 여자는 분명히 우물에서 만난 여자였다. 자기를 보곤 서버린 사실로 미루어 박종태는 자기의 직감이 옳았다고 느꼈다. 그렇다고 해서 어떻게 할 수도 없는 일이었다. 박종태는 일어서서 다시 걷기 시작했다.

그러고는 뒤를 돌아보지 않고 어느 마을 앞길을 지나 새로 시작된 산길로 접어들었다.

천천히 그 산길을 오르는데, 앞쪽 숲속에 얼굴을 저편으로 하고

그 여자가 앉아 있는 것이 아닌가. 박종태는 일순 어마지두*했지만, 곧

　'아아, 지름길이 있었구나.'

하는 데 생각이 미쳤다.

　그러곤 여자의 옆을 지나며 그쪽으론 보지 않고,

　"부인께선 무슨 사정이 있는 것 같은데, 내가 들어드릴 터이니 날 따라 골짜기로 내려오시오."

하곤, 길 아닌 곳 숲을 헤쳐 개울 소리가 들려오는 골짜기를 향해 내려갔다.

　여자의 얼굴에서 검은 물이 흐르고 있었다. 바삐 먼길을 걸은 때문에 땀이 솟았는데, 그 땀이 얼굴의 때를 씻고 있었던 것이다. 아늑한 곳에 자리를 잡고 앉아 박종태가 말했다.

　"얘기를 하기 전에 얼굴을 씻으시오."

　여자는 순순히 바위틈으로 들어갔다. 시간이 꽤 걸리는 것으로 보아, 여자는 제법 정성 들여 얼굴과 손을 씻는 모양이었다.

　이윽고 바위틈에서 나타난 그 얼굴! 박종태의 눈이 휘둥그레 되었다. 생김새로 보아 미녀라는 사실은 짐작했었지만, 그토록 미녀일 줄은 참으로 미처 몰랐었다. 먹구름이 갠 하늘의 명월이라고나 할까. 비 멎은 뒤의 목련꽃이라고나 할까. 아무튼 비유를 절絶한 미녀가 다소곳이 옆얼굴을 보이고 조금 떨어진 곳에 앉았다. 종태는 가까스로 마음을 진정시키고 물었다.

---

*　무섭고 놀라서 정신이 얼떨떨함.

"화급하게 어디론가 가시는 모양인데, 어디로 가시는 길이옵니까?"

말이 없었다. 개울물만 잔잔히 흐르고 있을 뿐이었다.

"무슨 급한 일이라도 있사옵니까?"

"…"

"말씀을 하셔야 되지 않겠사옵니까."

"…"

"우연히 동행이 된 것도 인연이 아니겠습니까. 혹시 내가 도울 일이라도 있을까 하여 묻는 것이옵니다."

어디선가 뻐꾸기 소리가 있었다.

박종태는 그 이상 말을 할 수가 없어 한동안 잠잠히 있다가,

"말 못 할 사정이면 말씀을 안 하셔도 좋사옵니다…"

했을 때, 여자의 말이 있었다.

"말씀을 낮춰주셔야 제 사연을 여쭙겠사옵니다."

"어떻게 초면의 부인에게…?"

"전 부인이 아니옵니다. 미천한 아낙에 불과하옵니다. 말씀을 낮추시옵소서."

여자의 말투엔 애소哀訴하는 빛이 있었다.

"기어이 낮추라고 한다면 낮추겠습니다."

"전 미천할 뿐 아니라, 나이도 얼마 되지 않사옵니다."

"아무튼 사연을 말해보시구려."

여자는 왼손으로 이마를 짚고 한참을 앉아 있더니 또박또박 말했다.

"나으리께서 절 데리고 가주옵소서."

박종태는 뭐라고 말할 수가 없었다.

여자의 말이 있었다.

"절 데리고 가서 무슨 일이라도 시키시면 평생을 종으로서 정성을 다하겠사옵니다."

종태는 쉽게 말문을 열 수가 없었다. 여자는 말을 이었다.

"이왕 죽기로 작정한 몸이오나, 나으리를 뵙고 죽을 작정을 바꿔볼까 하였소이다."

그제야 박종태는 겨우 입을 열 수가 있었다.

"청춘이 만리 같은데, 왜 죽음을 들먹이시오?"

"저 같은 아낙에게 무슨 청춘이 있겠사옵니까? 하찮은 목숨만 있을 뿐이옵니다."

나직하나마 여자의 음성은 개울물 소리 사이에서도 또렷또렷 들렸다. 박종태는, 그 말소리와 태도로 보아 여자 자신이 말하듯 미천한 출생은 아니라고 판단했다.

"지극히 황송한 말이나 부인의 용자를 접하니 천하의 절색을 본 느낌이오. 그만한 용자면 시쳇말로 부와 귀를 한몸에 겸전할 수 있을 것인데, 죽음을 들먹이며 청춘이 없다고 하니 나로선 그저 해괴할 뿐이오."

"사정을 아시면 해괴할 것이 없을 줄 믿사옵니다."

"그러니까 사정 얘기를 해보시란 것 아니오."

"어찌 초면인 나으리에게 그런 사연을 고할 수 있사오리까."

"사연을 고할 수 없으시다면, 나에게 데리고 가달라는 청은 어떻게 하실 수 있소?"

하고, 박종태는 조용히 웃었다.

"저를 데리고 가시어 나으리의 종으로 만들어주시면, 일 년 후를 기약하고 제 사연을 말씀 올리겠나이다."

이렇게 나오는 여자를 어떻게 할 수가 없어, 박종태는

"남의 비밀을 듣길 나도 원하지 않소. 그러나 내가 알 수 없는 비밀을 지닌 분을 내가 모시고 갈 수가 있겠소?"

하고 박절하게 나설 수밖에 없었다.

"그러시다면 나으리께선 절 데리고 갈 수가 없다는 말씀이옵니까?"

금방 울음이 북받쳐 오를 것 같은 비애를 한사코 참으면서 한 말이었다. 박종태는 일단 대답을 피해놓고 보아야겠다는 마음이 되었다.

"그것보다 내가 먼저 묻겠소. 어째서 내게 그런 청을 할 마음을 가지셨소?"

"오늘내일 사이에 목숨을 끊으려는 차였습니다. 그런데 어젯밤 꿈에 우물가에서 도인을 만났사옵니다. 그 꿈이 하두 이상하기에, 오늘 아침 우물에 나갈 일이 없었는데도 혹시나 하고 나가보았사온데 거기서 나으리를 만났사옵니다. 집으로 돌아가며 생각해보니 나으리 같으면 절 도와주실 것 같았사옵니다. 그래서 부랴부랴 좇아온 것이로소이다."

"사정이 꼭 그렇게 된 것이라면 빨리 집으로 돌아가시오. 그리고 내일이건 모레이건 우물가로 나가보시오. 부인께서 나를 따르신 건 꿈을 헛짚은 것이오. 나는 도인도 아니고 나으리도 아니오. 빨리 집으로 돌아가시오."

"제겐 집도 없사옵니다."

"집이 없다니, 그게 무슨 말이오?"

"남의 집 헛간을 빌려 살고 있사옵니다."

"그러나 가족은 있을 것 아니오."

"아무도 없사옵니다. 혈혈단신이로소이다."

"남편 되시는 분은?"

"…"

"죽었소?"

"…"

"집을 떠나버렸소?"

"…"

"왜 답을 못 하시오?"

"제겐 원래 남편이 없사옵니다."

"그런데 어찌 머리는…?"

"거기엔 깊은 사연이 있사옵니다."

박종태는 성품이 침착한 사람이라서 원래 덤비는 일이 없었다. 그러나 그 여자를 두곤 궁금증을 억제할 수가 없었다. 평생에 처음 본 절세의 미녀가 곤궁한 모습으로 있는 것도 궁금한데, 남편이 없으면서도, 아니, 결혼을 한 적이 없다면서도 유부녀처럼 꾸미고 있는 까닭이 궁금하기 짝이 없었다.

그러나 차근차근 물어볼 수밖에 없다고 생각하고,

"아버지와 어머니는 어떻게 되셨소?"

하고 여자의 답을 기다렸다.

"양위분께선 벌써 돌아가셨사옵니다."

"형제는 안 계셨소?"

"오빠가 셋 있었사오나, 위로 두 오빠는 죽고, 제 바로 위 오빠만은 살아 계셨는데, 지금은 생사를 모르옵니다."

"부모님이 돌아가신 것이 언제쯤이오?"

"제가 젖먹이였을 때라고 들었소이다."

"그럼 여태껏 어떻게 사셨소?"

"모진 목숨이라서 그럭저럭 부지했사옵니다."

여자는, 그 이상은 무슨 말을 물어도 답하지 않았다.

다만, 자기를 종으로 만들어주기만 하면 일 년 후엔 모든 사정 얘기를 하겠노라는 말만 되풀이했다.

박종태는 하는 수가 없었다. 아무리 절세의 미색이라도 여자를 데리고 갈 형편이 아닌 것이다.

"듣고 보니 정상이 딱한 것 같은데, 지금의 내 처지로선 어떻게 할 수가 없소."

여자는 고개를 숙이고 숙연했다.

"그러나 고생스럽더라도 살던 데로 돌아가셔서 때를 기다리도록 하시오. 풍파가 어디 그대에게만 가혹하겠소? 바로 말하면, 나도 고아로 자란 사람이오. 사람이란 죽는 건 언제라도 죽을 수 있지 않소. 죽음을 재촉할 필요는 없소. 사는 데까진 살아야죠. 마음을 단단히 가지시고 애써 살아보시오. 그대와 같은 용색이고 인품이면 언젠가 한번은 꽃을 피울 날이 있을 것이오."

말하면서 관찰하니, 여자는 이미 귀를 닫아버린 것 같았다. 넋을 잃고 망연히 머리만 숙이고 있었다. 대꾸할 생각은 물론 없는 것 같았다. 듣지도 않는 말을 계속하다가 쑥스러워 박종태도 입을 닫아버렸다.

개울 소리에 섞여 뻐꾹새가 울었다. 산속의 적막은 그런 소리들로 해서 더욱 깊어만 갔다.

종태는 자기가 갈 길을 생각했지만, 망연자실해 앉아 있는 여자를 그대로 두고 훌쩍 떠날 수도 없었다.

"여보시오."

하고 불렀다.

여자는 고개를 들었으나 꿈에서 깨어난 사람처럼 멍청했다.

"나는 갈 길이 바쁜 사람이오. 뿐만 아니라, 앞으로 일 년은 객지 생활을 해야 하오. 객지 생활도 내 뜻대로 마음대로 하는 것이 아니고 스승을 찾아가 수도를 해야 할 처지에 있소. 내 마음은 당신을 돕고 싶어 안타깝지만 사정이 그렇게 되었으니 어떻게 하겠소."

듣고 있는지 듣고 있지 않은지 여자의 표정으로선 알 수가 없었는데, 여자는

"먼 길 가시는 분을 붙들어 죄송했습니다."

하고, 손으로 흙을 파서 얼굴에 바르기 시작했다.

그 동작이 기괴해서 주춤, 박종태는 여자를 지켜보았다. 여자는 흙을 바르되, 미친 사람이 되는 대로 함부로 얼굴을 더럽히는 그런 동작이 아니라 정숙한 여자가 화장을 하듯 흙칠을 했다. 먼저 흙을 가늘게 비벼 눈썹에 바르고, 다음엔 머리와 피부의 접근 부분에 바

르고, 그리고 목덜미, 뺨, 이마로 발라가는데, 아침 우물가에서 본 그 얼굴을 만들어나갔다. 박종태 같은 안력의 소지자가 아니면 거기서 미인을 발견할 수 없는 그런 얼굴로 되어갔다.

'자기의 미색을 고의로 숨기고 살아야 할 그런 사정이 있는 여자로구나.'

하는 추측이 종태의 뇌리에 솟았다.

'저런 사람을 돕지 않으면 사람이라고 할 수 있을까?'

하는 뭉클한 측은의 정이 뒤따랐다.

'그러나 내 처지가…'

하다가, 그가 지금 찾아가는 동학의 동지 가운데 선심이 있는 집을 골라 충분한 시량柴糧을 마련하여 맡겨보면 어떨까 하는 생각을 해보기도 했다.

하지만 수도하러 가는 몸으로 여자를 데리고 가면 시작부터 신임을 잃을 염려가 있었다.

'눈 딱 감고 떠나버리자.'

'아니, 그럴 순 없어.'

박종태는 자기의 마음을 걷잡을 수가 없었다.

이때, 불현듯 하나의 생각이 떠올랐다.

한밭의 주막 주인이 만나보라고 한 물레방아의 노인을 만나 지시를 받은 후 얼마 동안의 시간적 여유를 얻어 여자를 한성으로 데리고 올라가 자기 집에 맡겨두고 오자는 계책이었다.

'그것이 최상의 방책이다.'

하는 다짐을 하자, 박종태는 말없이 여자의 곁으로 가서 여자의 손에 쥐어진 흙을 빼앗고 일으켜 세워 개울가로 데리고 갔다.

"얼굴을 씻으시오."

여자의 눈에 싸늘한 빛이 있었다.

"빨리 씻으시오."

종태는 명령하듯 했다.

"제 일은 제가 알아서 하겠소이다. 그러하오니 나으리께선 가실 길을 가옵소서."

감동, 아니, 감정이 전연 없는, 이를테면 돌[石]이 하는 말과 다름이 없었다.

"아닙니다. 내가 모시고 가겠습니다."

이번엔 박종태가 애원하듯 했다.

여자의 눈에 반짝 불이 켜지는 것 같더니, 그것도 순간의 일이었고 다시 암담한 눈으로 되며 말했다.

"제가 살겠다고 장부의 수도修道에 방해되는 일을 해서 되오리까? 전 저의 잘못을 이제야 알았사옵니다. 제 운명을 고쳐보겠다는 마음이 잘못이었소이다."

동시에 두 줄기 눈물이 흙을 바른 얼굴 위로 흘러내려 검은 물이 되었다.

"내, 수도에 방해가 되지 않도록 조처를 할 터이니 걱정 마시고 얼굴을 씻으시오. 빨리 이 산을 넘어야 하지 않겠소? 혹시, 당신을 뒤쫓을 사람이 있을지도 모르지 않소."

박종태의 이 말에 여자는 몸을 떨었다. 그러더니 반사적으로 몸을 일으켜 얼굴을 씻기 시작했다. 종태는 자기의 괴나리봇짐에서 수건을 꺼내주었다.

여자의 얼굴은 다시 먹구름이 걷힌 하늘의 명월, 비 갠 뒤의 목련처럼 되었다. 박종태는 가슴이 두근거리는 것을 어떻게 할 수가 없었다.

길을 찾아 고개를 오르며 박종태가 물었다.

"당신을 뒤쫓아올 사람이 있는 것이 아니오?"

"있습니다."

하고, 여자는 다시 말씀을 낮추라고 했다.

"뒤쫓는다면 그게 누구요?"

"제가 살고 있는 헛간을 빌려준 사람이 저를 첩으로 삼으려고 했는데, 제가 집을 나온 줄 알면 그 집 하인들을 풀어 저를 찾을 것이옵니다."

"무슨 구실이 있기에 그런 무리한 짓을 합니까?"

"구차하게 살자니 신세가 많았습니다. 몇 년 내내 얻어먹은 양식도 있습니다."

"그 빚을 미끼로 무리한 청을 하는 겁니까?"

"예."

"그런 거라면 걱정하지 마십시오. 내가 다 갚아주면 될 일이니까요."

"그런 신세까지 어떻게…."

"아닙니다. 남에게 신세를 진 건 갚아야죠. 우리가 한성으로 돌아가면 곧 사람을 보내 빚을 갚도록 하겠소. 도대체 그 사람의 이름이 누구요?"

"이응석이라고 하는, 진사 벼슬을 하고 있는 사람입니다."

진사라고 하자 박종태는 쓸쓸하게 웃었다. 진사라면 사대부로서 향리에 순풍양속을 권장해야 할 위치에 있다고 할 수 있는데, 못된 짓을 하는 그따위 매관買官한 놈들의 시폐時弊*가 가소로웠기 때문이다.

개울가에서 너무나 많은 시간을 소비한 까닭에 그 산을 넘을 때는 주위가 어둑어둑했다. 적당한 숙소를 마련해야 할 터인데, 그것이 걱정이었다.

다행히 평지에 들어섰을 때에야 어둠이 깔렸다. 근처엔 마을도 없었다. 여자는 십 리쯤 가야 마을이 나설 것이라고 했다.

"그 마을에 주막이 있을까?"

"모르겠습니다."

"시장하시죠?"

여자의 대답이 없었다.

사실은 박종태 자신이 시장했다.

어둠에 익혀진 눈으로 하얀 길만 따라 걸어가는데, 모퉁이를 하나 돌았을 때 저편 산속에 불빛이 보였다.

"저기 인가가 있는 것 같은데…."

종태가 말하자, 여자가

"저건 인가가 아니고 절일 것이옵니다."

"절이면 더욱 좋지요."

---

* 당대의 잘못된 폐단.

하고, 박종태는 그 불빛을 겨냥하고 걸었다.

아니나 다를까, 거기엔 조그마한 암자가 하나 있었다. 박종태는 암자의 주인을 찾아 돈을 미리 내고 밥을 지어달라고 했다. 암자의 주인은 초로의 여승이었다. 그 여승을 보더니 여자는 주춤하고 박종태의 등 뒤로 돌아갔다.

여승이 방으로 들라고 말하고 부엌으로 갔을 때 종태가 물었다.

"저 보살을 아시오?"

"이 진사 댁에 자주 드나드는 보살입니다."

하고 여자는 안절부절못했는데, 여승은 여자를 알아보지 못했다. 그만큼 여자의 위장이 철저했다는 뜻이다. 그러나 문제가 있었다. 종태는 여자를 여승과 함께 자도록 부탁하려 했는데, 여자가 낯을 씻어 얼굴이 달라졌다고 해도 같은 방에서 자는 건 불안했다. 도리가 없어 그들은 부부라고 거짓말을 할 수밖에 없었다.

암자의 밤이 깊었다.

여자를 아랫목에 뉘고 자기는 윗목에 누워 잠을 청하려 했지만 좀처럼 잠이 올 것 같지가 않아, 박종태는 상상력을 총동원해서 여자의 신상을 추측해보기로 했다.

그러나 추측은 중간에서 갈래갈래 분열되기만 하고 좀처럼 생각을 집중시킬 수가 없었는데, 어느덧 몸 자체가 불덩이처럼 달아오르고 있었다.

박종태는 원래 호색하는 버릇이 없었다. 그런데도 서른다섯이라는 건장한 몸뚱이는 가까이에 있는 젊고 아름다운 여자의 냄새와 숨소리를 감당할 수가 없어 자칫 자제력을 잃을 뻔하는 위험을 느졌다.

여자도 역시 잠을 이루지 못하고 있는 것 같은 동정이어서, 박종태는 나지막이 말해보았다.

"잠이 오지 않수?"

"예."

한숨을 섞은 여자의 속삭임이 어둠 속에 있었다.

"잠을 청해보십시오. 내일은 먼길을 걸어야 할 테니까."

종태가 타이르듯 말했다.

"아무래도 새벽에 암자를 떠나야 할 것 같애요."

여자의 말이었다.

"그렇게 합시다."

"그렇게 하려면 잠잘 겨를이 없을 것 같애요."

"그래도 좀 눈을 붙여야…."

"삼경이 지났으니 곧 새벽이…."

이런 말이 오고 갈 동안에 어느덧 두 남녀는 사이가 좁혀져 있었다.

"저를 종으로 만들어주시는 것이지요?"

여자의 속삭임이 있었다.

"왜 하필이면 종이오? 기회가 올 때까지 편하게 모실 테니 안심하시오."

"전 종이 될밖에 없사옵니다."

"굳이 종이 될 것까진 없지 않소? 그리고 나는 종을 가질 처지에 있지 않소. 보다도, 이 세상에서 종이라는 걸 없앨 작정으로 있는 사람이오."

한참을 대답이 없더니 여자는,

"전 평생 동안 나으리를 모시고 싶사옵니다. 그러자면 나으리의
종이 될밖에 없지 않사옵니까."

"종이 아니라도 같이 살 수 있을 것이오."

하고 종태는 팔을 뻗었다. 팔을 뻗은 바로 그 방향에 여자의 젖가
슴이 있었다. 격렬하게 뛰고 있는 그 가슴의 동계動悸*가 손끝으로
해서 전해져 자신의 동계가 되었다. 부지불각 중에 두 몸은 한 덩
어리가 되었다. 바람이 불면 나뭇가지가 흔들리듯, 물이 낮은 곳으
로 흐르듯, 밤이 지나면 낮이 오듯, 만물의 섭리가 음과 양의 조화
로 되어 있듯, 지극히 자연스러운 이치에 따랐을 뿐이었다…

여자는 처녀였다.

'이 무슨 기구한 운명이…'

하는 마음이 솟았지만, 종태는 그 우연 속에서 필연을 느꼈다.

아득한 옛날의 소년 시절이 생각났다. 종태가 금의환향을 꿈꾸
던 그 무렵, 천녀처럼 아름답고 정결하고 정다운, 누님과 같은, 아내
와 같은 여자를 그 공상의 세계에서 그리고 있지 않았던가. 종태는
홀연히, 아득한 옛날 사라져버렸던 동경이 뜻밖의 모습, 뜻밖의 상
황에서 지금 자기의 품 안으로 돌아와 있다는 마음으로 황홀했다.

그리고,

'운명은 시작되었다.'

---

* 두근거림.

는 생각이 잇달았다.

'앞으로 무슨 일이 있더라도…'

하고 마음을 다지며 종태가 물었다.

"성씨가 어떻게 되오?"

"서가라고 하옵니다."

"서씨? 그럼 달성인가?"

"그것까진 모르겠사옵니다."

"어디까지나 비밀로 할 작정이오?"

"일 년 후까지만 기다리시옵소서."

"우리는 일 년 후를 기다릴 필요가 없게 되지 않았소."

"그래두…."

하고 한숨을 쉬더니, 여자는 박종태의 가슴팍에 얼굴을 묻고 속삭였다.

"꿈이란 참으로 이상도 하옵니다."

"뭣이 이상하단 말이오?"

여자는 다시 엊그제 밤에 꾼 꿈 얘기를 했다.

"분명히 도인이 나타났사옵니다. 그러곤 내일 아침 우물가로 나가라는 것이었습니다. 그러나 그 도인의 얼굴을 분간할 수 없었는데, 물동이를 이고 골목으로 들어섰을 때 생각이 났습니다. 그 도인의 얼굴이 바로 나으리의 얼굴이었어요."

상황이 그런 상황이 아니었더라면 박종태는 웃음을 터뜨렸을 것이다. 너무나 황당한 얘기였기 때문이다.

"그래서 나를 따라온 것이군요."

이 말에 여자는 대답이 없었다.

종태가 고쳐 물었다.

"나를 따라와 이렇게 되었는데 불안하지 않소?"

"불안하지 않사옵니다."

"앞으로 무슨 일이 닥칠지 모르는데두?"

"어떤 일이 닥쳐도 제가 지금까지 당한 일보다는 수월할 것이옵니다."

"어떻게 그런 단정을 하지?"

"몇 번이고 죽을 고비를 넘겼으니까요."

"어째서?"

"천천히 얘기해드리겠습니다."

"그것도 일 년 후라야 되는가?"

"예."

이때 어디선가 첫닭 우는 소리가 들려왔다.

"갑시다, 나으리."

하고 여자가 일어나 앉았다.

"그렇게 하지."

박종태도 따라 일어나 앉았다.

암자를 나설 때, 예불을 하려고 일어난 여승이 이상한 표정을 짓고 말했다.

"새댁을 꼭 어디서 본 것 같은데 통 생각이 나질 않는군요. 어디서 보았을까? 새댁은 날 본 적이 없수?"

"없습니다."

하고, 여자는 총총히 걸음을 옮겨놓았다.

　박종태는 얼마간의 돈을 여승에게 쥐어주며,

　"보살께서 아마 사람을 잘못 보았을 게요. 우리 부부는 이곳이 초행인걸요."

하고 얼버무렸다. 여승은

　"그럴까요? 내 눈은 꽤나 매섭다고 하는데…."

하면서도 더 이상은 캐묻지 않았다.

　산길이 평지에 닿은 곳에서 여자가 기다리고 있다가 종태를 보자 다급히 말했다.

　"아무래도 이곳에서 빨리 멀어져야겠어요."

　조금 걸으니 훤히 동이 트기 시작했다.

　이윽고 아침 해가 솟았다. 그 아침 햇빛을 받고 반짝거리며 흐르는 시내가 눈앞에 나타났다. 그 물줄기를 따라 올라간 곳에 물레방아가 보였다. 바로 그 물레방아가, 한밭 삼거리 주막집 주인이 찾아가라고 이른 물레방아일 것이란 짐작이 들어 여자를 돌아보고 말했다.

　"나는 저 물레방아에 잠깐 들러야겠소. 곧 돌아올 테니 이쯤에서 햇볕이나 쬐고 앉아 있으시오."

　방앗간의 문은 닫혀 있었다. 박종태는 잇달아 붙여놓은 방문 앞에 서서 주인을 찾았다. 그러자 부엌 쪽에서 초로의 영감이 나타났다. 건장한 체구였다. 영감은 박종태를 말없이 보고만 서 있었다.

　"한밭 삼거리 주막집 주인의 말을 듣고 영감님을 찾아왔소이다."

　박종태는 공손히 말했다.

"이리로 들어오시구려."

영감은 방문을 열고 먼저 들어갔다. 박종태도 따라 방으로 들어갔다. 그리고,

"나는 박종태라는 사람이오."

하고 절을 했다.

"나는 차가요. 이름이야 있으나마나, 그저 차 노인이라고 부릅죠."

하고 두리번거리더니, 차 노인은

"일행이 있을 것으로 알았는데…."

하며 종태의 눈치를 살폈다.

"내게 일행이 있다는 것을 어떻게 아셨소?"

종태가 놀라 되물었다. 동시에 '먼빛으로 우리가 걸어오는 것을 보았구나' 하는 생각을 했다.

"어제 오실 손님이 안 오시기에 혹시나 하고 살펴보았소."

차 노인은 아무렇지도 않게 이렇게 말하고,

'내겐 마음을 쓸 필요가 없으니, 그 일행을 데리고 오시오. 아침을 먹어야 할 것 아닌갑네.'

하는 눈으로 재촉을 했다.

"내 일행 걱정은 마시오. 얘기가 끝나면 어디 주막에라도 데리고 가 같이 식사를 하겠소."

"이 근처엔 주막이 없소. 그런데 여자를 데리고 어떤 집을 찾아갈 거요? 사양 말고 데리고 오시오. 찬은 없으나 요기할 만큼 밥을 지어놓았소."

노인의 그 말엔 거역할 수가 없어 종태는 여자를 데리고 오지 않

을 수 없었다.

여자가 방으로 들어오자 차 노인은 밥 두 그릇과 김치 한 접시, 국물 두 대접을 차린 소반을 들여놓고,

"나는 잠깐 동네에 갔다 올 터이니 식사를 하고 계시우."

하고 사라져버렸다.

부끄러운 탓인지 여자는 제대로 숟갈을 놀리지 못했다. 종태는 얼른 자기 몫을 먹어 치우고 바깥으로 나와버렸다.

"천천히 드시오."

하는 말을 남기고….

아침 햇빛이 들 위에 골고루 퍼지기 시작했다. 마을이 아침밥을 짓는 연기와 놀에 묻혀 한가했다.

이윽고 노인이 조그마한 보따리를 든 노파를 데리고 나타났다. 노인은 그 노파를 방으로 들여보내고, 박종태를 방앗간 안으로 인도했다. 그리고 첫말이,

"박 생원은 위험천만한 일을 저질러놓았소."

하는 것이었다. 박종태는

"그게 무슨 말씀이오?"

하고 되묻지 않을 수 없었다.

"저 여자가 품팔이를 하고 살던 집의 주인은 이 진사라고 불리는 놈인데, 구렁이와 여우와 이리를 합쳐 만들어놓은 것 같은 사람이오."

하고, 차 노인은 침을 탁 뱉었다.

"그렇다고 해서 내가 위험천만한 일을 했다는 게 뭐요?"

종태는 약간은 불쾌해서 이렇게 말했다.

"그런 게 아니고…."

하고, 노인은 다음과 같은 얘기를 했다.

"박 생원이 나를 찾아오리라는 소식을 나는 어제 아침에 들었소. 전하는 사람의 말로는 늦어도 점심때엔 도착할 것이라고 합디다. 그런데 해가 저물어도 오질 않데요. 한밭까지의 길을 밟아보았죠. 도중 느티나무골에 들렀는데, 이 진사 집이 소동이 나 있다는 소문이었소. 하인을 모아 사방으로 보내고, 종이 달아났다고 해서 관가에 알리는 등 법석을 떨고 있었소."

"그럼 저 여자가 종이었단 말인가요?"

"종은 아닙니다. 종으로 만들려고 하다가 안 되니 첩으로 하려고 들었는데 말을 듣지 않았죠. 그래, 굶기기도 하여, 수월찮이 굶었을 거요."

"그렇다면 도망하는 게 당연한데 무슨 시비가 있다고 그러우?"

"이 진사의 요량으론, 종은 아니지만 빚을 못 갚으니 종으로 만들 만하다고 생각하고 있는 거라오."

"아무튼 종이 아닌 것은 사실 아니오. 관가가 간섭할 일이 아니지 않소."

"관가가 어디, 그런 말이 통할 줄 아시우? 붙들리면 박 생원도 온전하지 못할 것이오."

"내 걱정은 마시오."

박종태의 말투가 이렇게 강하게 되자, 노인의 얼굴에 불쾌한 빛이 떠올랐다. 그러나 말은 조용했다.

"박 생원은 이곳에 뭣 하러 오셨소? 큰일을 하려고 오신 사람이 하찮은 일에 말려들면 박 생원 자신은 빠져나갈 수단이 있을지 모르나, 우리의 일엔 이만저만한 낭패가 되는 게 아니오. 지금 어떤 세상인 줄 아시오? 죽고 살기가 경각에 달려 있는 세상이오."

"노인장의 말은 알겠소이다. 내가 오죽했으면 저 여자를 데리고 왔겠소. 잘은 모르나 그 정상이 너무 가련해서 망설이던 끝에 데리고 왔소이다."

"박 생원의 그 갸륵한 마음을 모르는 바는 아니오. 그러니 저 여자의 일은 내게 맡기시고, 이 길로 바로 목동이란 곳을 향해 떠나시오."

하고, 차 노인은 부첩 같은 종이쪽지를 종태에게 내밀었다.

종태가 그 쪽지를 받아들고 말했다.

"그 목동이란 델 가는 걸 보름쯤 연기하는 것이 어떨는지요?"

"그건 안 되오!"

하는 노인의 얼굴이 무섭게 이지러졌다.

"불과 보름 동안의 일인데 왜 안 된다는 겁니까?"

"보름은커녕 하루도 안 되오. 박 생원에 대한 통달은 벌써 몇 고개를 넘어 높은 어른에게까지 닿아 있을 것이고, 거기 따라 몇 가지 일들이 다음다음으로 이루어지게 되어 있소."

종태는 어이가 없어 노인의 얼굴을 물끄러미 바라봤다.

'사람이 하는 일이니, 사정에 따라 바꿀 수도 있지 않을까.'

해서였다. 종태의 그런 기분을 눈치챈 모양으로 노인이 타이르듯 말했다.

"우리는 한번 결정한 일이면 어떤 일이 있어도 그대로 거행하오. 결정을 바꾸면 기강이 흐려진다는 그런 뜻에서만은 아니오. 사람의 허약한 몸으로 금석金石을 쪼개려면 금석 이상의 의지가 있어야 하는 법이오. 하물며 우리는 경천애민敬天愛民할 수 있는 나라를 만들려고 힘쓰고자 하는 사람들이 아니오? 철통같은 단결이 필요하오이다. 그러기 위해서도 한번 결정한 것은 변할 수가 없소."

"그럼 내가 목동으로 간다고 치고, 노인장은 저 여자를 어떻게 할 작정입니까?"

"그건 내게 맡기고 괘념치 마시오."

노인의 말은 단호했다.

"설마 저 여자를 다시 그 이 진산가 하는 사람의 집으로 돌려보낼 생각은 아니시겠지요?"

노인은 어이가 없다는 듯 웃었다.

"나도 사람의 마음을 가지고 있소. 사람의 마음을 가진 사람이 어떻게 호랑이 아가리에 어린애를 넣어주는 것 같은 짓을 할 수 있겠소? 이응석이란 놈은 사갈蛇蝎과 같은 놈이오. 저 여자의 남편은 그자 때문에 죽었다고 해도 과언이 아닐 것이오."

"저 여자에겐 남편이 없다고 하던데요."

"그건 잘못 들은 말일 것이오."

박종태는, 남편이 있었던 여자가 어떻게 처녀일 수 있었을까 싶었지만, 그 말을 할 수는 없었다.

노인이 말을 계속했다.

"저 여자의 남편은 오 년 전에 느티나무골로 와서, 이 진사 집에서 머슴을 살았소. 부부가 같이 그 집 일을 거들게 된 것이오. 그런데 여자가 하두 추한 꼴이라서 거들떠보지도 않다가, 어쩌다 미색을 알아차린 모양이오. 어느 날 난데없이 관에서 와서 저 여자의 남편을 붙들어 아라사와 접경이 되어 있는 변방에 병정으로 끌어가버렸소. 그 뒤 소식이 끊어진 것이오. 그로부터 이 진사는 수단을 다해서 여자의 얼굴을 씻겨보려고 애를 쓴 것 같소. 아무튼 별의별 수단을 다 쓴 것 같았소. 이 진사 아내의 보호가 있어서 그럭저럭 고비를 넘겨온 것 같은데, 요즘 이 진사의 아내, 그것도 둘째인가 셋째의 첩인 그 여자가 와병 중에 있다고 합디다. 그래서 이 진사의 발광이 다시 시작되었다는 풍문이 있더군요. 그런 사정을 알고 있는 내가 어떻게 저 여자를 그리로 다시 보내겠소? 지금 내 아내가 여자의 옷을 갈아입혔을 것이오. 그리고 내 아내가 여자를 안전한 곳으로 데리고 가게 돼 있소. 그러니 걱정 말고 빨리 목동으로 떠나도록 하시오.”

이때 방앗간 문을 두드리는 사람이 있었다. 차 노인이 얼른 가서 문을 열었다. 차 노인의 아내로 보이는 여자가 뭐라고 말했다.

차 노인이 종태 가까이로 와서,

“여자가 내 아내를 따라가지 않겠다고 한다오. 박 생원이 가서 잘 타일러주슈.”

하는 것이었다.

박종태는 일시 마음의 방향을 잡을 수가 없었다. 일을 위해선 노인의 충고를 따라야 하고, 정을 위해선 그럴 수가 없었다.

박종태는,

"노인장, 일 년쯤 후에 저 여자를 무사히 내게로 돌려보낼 수 있겠습니까?"

하고 물었다.

차 노인은 정색을 했다.

"하루 앞을 예측할 수 없는 처지이니, 일 년 후 얘기는 하지도 맙시다."

무안은 했으나 옳은 말이었다. 박종태는 노인을 따라 이웃 방으로 갔다. 다소곳이 고개를 숙이고 있다가 여자는 얼굴을 들었다. 새 옷은 아니었으나 깨끗한 의복을 두른 그녀의 얼굴이 너무나 아름다웠다. 박종태는 한동안 말을 잊고 멍청히 그녀를 바라보고만 있었다.

박종태는 격정을 참고 노인이 시킨 대로 말했다. 여자의 눈에 금세 눈물이 괴더니,

"미천한 저를 위해 나으리의 마음을 번거롭게 한 것이 한없이 죄송하옵니다. 제 일은 걱정 마시옵고 가실 길을 떠나시옵소서."

하고 옷고름으로 눈시울을 눌렀다.

"저 노인장의 지시가 당신에게 이롭지 않게는 안 할 것이니 나는 떠나겠소."

박종태는 이를 악물고 그 방에서 나왔다. 뒤도 돌아보지 않고 시내를 건너려는데 차 노인이 따라와서 귀띔을 했다.

"목동에 가시거든, 허 생원을 찾아 이 쪽지를 건네시오."

되돌아가고 싶은 마음을 억지로 누르고 들길을 걷다가 수건을 이마에 두른 장정 세 사람을 만났다. 그중의 하나가,

"여보시오, 혹시 젊은 여자가 어떤 선비하고 가는 것을 보지 못했소?"

하며 눈알을 굴렸다.

"보진 않았소만, 무슨 사연으로 묻소?"

박종태가 이렇게 묻자,

"종년이 도망을 쳤다오."

하고, 말대꾸하고 있을 시간이 없다는 듯 획 달아났다.

박종태는 불안해서 앞으로 걸음을 떼어놓을 수가 없었다. 아직도 방앗간에 있으면 혹시 붙들릴지 모른다는 불안이었다. 그는 뒤돌아 앞서간 장정들과 사이를 두고, 그러나 다급한 마음으로 물레방앗간으로 향했다.

방앗간 앞에서 장정들은 차 노인과 한창 무슨 말인가를 주고받더니 방앗간과 이어진 오막살이를 뒤져보곤 동네를 향해 걸어갔다.

그들의 모습이 보이지 않을 때쯤 돼서 박종태가 불쑥 차 노인 앞에 나타났다.

"왜 아직 가시질 않고…!"

얼굴에 핀잔하는 표정이 있었다.

"그 여자는 어디로 갔소?"

종태가 물었다.

"곰재를 넘어갔을 거요."

"곰재를 넘어서 어디로 갑니까?"

"박 생원의 청이 하두 지극해서, 남도에 있는 처갓집에 맡길 양으로 아내가 데리고 갔으니 걱정 말고 가시오."

"놈들이 뒤쫓고 있는데 걱정을 안 하게 됐소?"

하고, 박종태는 장정들을 뒤쫓을 양으로 걸음을 빨리했다. 차 노인이 헐떡거리며 뒤쫓아왔다. 그러고는 황급히 말했다.

"목동은 어떻게 하실 거요?"

"저 고개를 넘어도 목동은 갈 수 있겠지요."

"갈 수는 있지만, 삼십 리나 두릅니다."

"삼십 리를 두르건 사립 리를 두르건, 저놈들이 뒤쫓지 못하도록 해놓고 목동으로 가겠소."

"목동으로 가지 않을 작정이면 말씀을 하시오. 미리 통지를 안 하면 낭패가 생깁니다."

차 노인이 사색이 되어 말했다.

"걱정 마슈. 오늘 밤 안으론 목동으로 가리다."

뱉듯이 이렇게 말해놓고, 종태는 걸음을 빨리했다. 박종태의 걸음은 소문난 걸음이다.

그런데 장정들의 걸음도 빨랐다. 어느 사이에 동네를 한 바퀴 돌고 뒷산 고개를 중턱쯤 오르고 있었다.

그들과의 사이가 반 마장쯤 되었을 때 박종태가 소리를 높여 불렀다.

"앞에 가는 총각들, 거기 잠깐 머물러라."

총각들이 주춤 그 자리에 머물러 섰다.

"아까 그 사람 아닌가."

하나가 말하자, 다른 하나가

"바쁜 사람을 뭣 때문에 부르는 거요?"

하고 우락부락하게 눈알을 굴렸다.

"동행하자는 걸세."

박종태는 부드럽게 말했다.

"동행을요? 저리로 가던 사람이 이리로 가는 우리와 동행하자니 이상하구먼요."

"길을 잘못 들어서 그러니 같이 가세."

"우리는 빨리 가야 할 사람들인데, 어떻게 느릿느릿 동행을 한단 말요."

"가자, 가자."

하고 하나가 앞장을 섰다.

아닌 게 아니라, 꽤나 빠른 걸음들이었지만 그들에게 질 박종태가 아니다. 종태는 수월하게 그들과 걸음을 맞추면서 혼잣말처럼 했다.

"뭣 때문에 이처럼 서두는가?"

"아까 말했지 않소. 도망간 종년 붙들러 나섰다고."

하나가 말했다.

"그 여자를 붙들어다주면 무슨 이득이라도 있는가?"

"그 종년만 붙들면 우린 벼 한 섬씩 받기로 했쇠다."

다른 하나의 말이었다.

"그 여자나 자네들 총각이나 가난하긴 매일반일 것 같은데 도망을 쳐야 했던 그 여자의 사정이 측은하지 않은가?"

"별소리 다 하네. 보리 흉년에 벼 한 섬이 어딘데 측은이고 자시고가 있겠소?"

하는 놈은 그 가운데서도 가장 우락부락한 놈인 것 같았다.

"같은 처지의 사람들은 서로 동정을 해가며 살아야지."

종태는 동행하는 동안 그들을 설복해보려고 은근히 말했다.

"쌀 한 섬이 그렇게 대단하다면 내가 돈을 주지. 쌀 한 섬은 곧 없어져버리지만 그 여자가 붙들리면 오랫동안 고생할 것 아닌가. 암말 말구 내가 돈을 줄 터이니, 아무리 찾아도 없더라고 하기로 하고 이 자리에서 돌아가게."

"돈을 준다니까 고맙소만 우리는 그 종년을 붙들지 못하면 돌아갈 수가 없소."

그중 순해 보이는 놈이 말이었다.

"못 붙들면 그만이지, 못 돌아갈 것은 또 뭔가?"

"손님이 이 진사의 성깔을 몰라서 그러시는구면요. 우리는 모두 그 밑에서 소작 해먹고 사는 사람이라오."

이때, 우락부락한 놈이 꽥 고함을 질렀다.

"손님이 도대체 뭐길래 우릴 보고 이래라저래라 하는 거요?"

"인정상 말하는 것 아닌가."

종태는 여전히 조용하게 말했다.

"인정 좋아하네. 당신 그 괴나리봇짐에 돈푼이나 있은께 인정이니 뭐니 하고 잠꼬대 같은 소리를 하는 모양이오만, 그 괴나리봇짐을 털리지 않은 거나 다행이라 생각하고 잠자코 있으슈."

그러니까 다른 놈이,

"손님도 꽤나 길을 걸을 줄 아는구면요."

하고, 심술궂은 눈으로 박종태의 아래위를 훑어보았다.

'하하, 이놈들이 내 봇짐을 노리게 되겠구나.'

하는 생각이 얼핏 들어, 종태는 손에 잡히는 대로 길가에 있는 마른 소나무 가지를 지팡이 대신으로나 쓸 것처럼 꺾어 들었다.

고갯마루에 이르렀다.

그곳에서부터 내리막이 험한 벼랑을 왼편에 끼고 있었다.

"높은 곳에서 쭈욱 한번 훑어보자."

한 놈이 말하자, 두 놈도 같이 앞으로 트인 전망을 향해 눈을 겨누었다.

"저게 뭐꼬?"

한 놈이 팔을 뻗어 서남쪽을 가리키며,

"저 산 밑으로 여자가 둘 돌아가고 있지, 왜."

하고 소리쳤다.

박종태도 그 방향을 보았다. 흰 옷을 입은 사람의 그림자가 콩알만 하게 보였다.

여자인지 아닌지는 분간할 수 없으나, 그 두 사람이 물레방아의 주인 차 노인의 아내와 그 여자일 것이란 예감이 들었다.

"검정 치마를 입었다고 하던데…."

한 놈이 중얼거렸다.

"그 여우같은 년이 어디선가 옷을 얻어 입었을지도 모르지."

"그런데 남자허구 간다고 하던데, 둘 다 여자 아닌가."

"아무튼 따라가보기나 하자."

"저리 가면 경상도로 가는 길 아닌가?"

"그렇지, 그렇다."

"가는 길을 빤히 알았으니 한나절이면 붙들 수 있겠구면."

"엉뚱한 길로 빠질지도 모르는 일 아닌가."

"걱정 없데두. 우리 걸음이면 당장 따라갈 수 있어."

"따라가서 아니면 어쩔 거야?"

"아니면 달리 찾아보지. 도망간 종년 하나 못 찾아내려구."

세 놈은 이런 소릴 주거니 받거니 하더니, 박종태와 약간 떨어진 곳으로 가서, 이편에선 들리지 않는 소리로 뭔가를 소곤대고 있었다.

'옳지, 저놈들이 내 보따리 뺏을 궁리를 하고 있구나.'

박종태는 속으로 웃었다.

'놈들이 사람을 잘못 보구….'

하다가,

'놈들이 시비를 걸어오는 것이 되레 다행이다.'

하는 생각으로 바꿨다. 여자 문제를 노골적으로 내놓지 않고 놈들의 다리뼈를 부숴놓을 기회가 생길 것 같아서였다.

"손님, 앞장서시오."

한 놈이 다가오며 말했다.

'흠, 내 짐작이 맞구나.'

박종태는 순순히 앞장을 서서 걸었다. 놈들이 와락 달려들어 뒤에서 밀어버리기만 하면, 높은 벼랑에서 굴러떨어져 크게 다치거나 죽거나 할 것이지만, 그런 사태를 미리 예감하고 있는 터라 종태는 뒤통수에 눈을 붙인 기분으로 훨훨 걸었다. 이곳이 가장 위태로운 곳이구나 할 지점에 가서 박종태는 불현듯 몸을 홱 돌려세웠다. 그때가 바로 한 놈이 덤비려는 찰나였다. 그런데 박종태가 돌연 돌아선 바람에 이미 잡아놓았던 태세와 동작을 멈추질 못해 놈은 종태를 향해 쏠렸다.

비키지 않으면 종태는 그놈의 몸에 부딪혀 벼랑 아래로 떨어지려는 찰나였다. 종태는 날쌔게 손에 들고 있던 소나무 가지를 휘둘러 놈의 정강이를 후려쳤다.

'아이쿠!' 하는 소리와 함께 놈은 앞으로 거꾸러져 길바닥에 코방아를 찧었다. 코피가 터졌다.

"네 이놈들!"

종태는 호령과 더불어 남은 두 놈의 정강이를 후려쳤다. 순하게 보이는 놈은 약하게, 우락부락한 놈은 강하게…. 아무튼 놈들을 기어서나 갈까 걸어서는 못 가게 만들어놓았다.

박종태가 서 여인을 불러 세운 것은 점심때가 훨씬 지났을 무렵, 모라실이란 동네가 눈앞에 전개된 고갯길에서였다. 서 여인은 바로 뒤에 박종태가 서 있는 것을 보자 일시 석상처럼 주춤 서 있더니, 다음 순간 꺾이는 나무처럼 그 자리에 주저앉아 눈물을 흘렸다. 통곡을 참은 것은 그 여자의 의지력이었다.

같이 가던 차 노인의 부인은 한참만에야 사태의 의미를 알아차린 듯 놀란 표정을 묻는 표정으로 바꾸었다. 박종태는 차 노인의 부인 앞에 다가서서 공손히 절하고 말했다.

"아주머니께선 수고를 했소이다. 여기서 돌아서서 댁으로 가십시오. 이 여인은 제가 맡겠소이다."

한참을 주저하더니 부인의 말이 있었다.

"사정이 어떻게 되었는진 모르겠소만 제 영감님의 성정은 무섭습니다. 한번 이렇게 정해 영이 내렸으면 그대로 해야지, 만일 조금이라도 어긋나는 일을 했다간 큰일납니다."

박종태가 갖가지 구실을 붙여 차 노인의 부인을 돌려보내려고 했으나 막무가내였다. 하는 수 없이 박종태는 다음과 같은 제안을 했다.

"이분을 뒤쫓는 한 패거리를 겨우 물리치고 나는 이곳까지 왔소이다. 부인께선 영감님의 영을 받들어 이분을 남도까지 데리고 가실 생각이겠지만 또 다른 패거리가 뒤쫓을 것은 명백한 일입니다. 그러하오니 결국은 영감님의 영을 어기고 말 것입니다. 요는 이분을 보호하여 내가 갈 곳으로 가게 되면 영감님의 영을 받드는 것이 되지 않겠습니까. 영감님이 내게 이른 것은 청양의 목동으로 가라는 것이었소. 그리고 영감님은 내가 이리로 온 것을 알고 있소. 그러니 아주머니께서도 목동으로 동행합시다. 제가 목동에 도착했다는 것과 이분을 무사히 모셨다는 사실을 알면 차 영감님께서도 이해하시리라 믿습니다."

그래도 차 노인의 부인은 난처하다는 표정이었지만 박종태의 태도가 변하지 않을 것이라 짐작했던지,

"생원님의 뜻이 꼭 그러시다면 하는 수 없죠."

하고, 청양 목동으로 가는 길을 찾아 길잡이를 하겠다고 나섰다.

차 노인의 부인을 따라 박종태와 서 여인은 묵묵히 걸었다. 만감이 가슴속에서 소용돌이치고 있었지만, 차 노인의 부인이 있는 곳에선 어떻게 할 수가 없었다. 뿐만 아니라, 박종태는 새로운 감동을

발견하고 있었다.

그것은 동학도에 대한 새로운 인식이었다. 한번 결정한 일은 기어이 실행해야 한다는 사실은 차 노인을 통해서 느낀 것이지만, 그 부인이 남편의 명령에 절대 복종하여 어김이 없도록 행동하는 사실에서 동학도들의 만만찮은 결의를 느낀 것이다.

'우리가 대사를 경영하려면 우선 그 결의를 배워야겠다.'

고 다짐하고, 박종태는 서 여인에게 나직하게 물었다.

"발이 아프지 않으십니까?"

"발이 아프다니, 천벌을 받을 것이옵니다. 천리, 만리를 가도 이렇게 같이 걷고 있으면 발이 아프지 않을 것이옵니다."

이렇게 말하는 서 여인의 그 아련한 말투와 몸매! 종태는 가까스로 어떤 충동을 참았다.

뉘엿뉘엿 해가 서산으로 기울어가고 있었다. 어느 고갯마을에서 길을 피해 호젓한 곳을 가려 앉아 도시락을 먹었다. 이때 차 노인 부인의 말이 있었다.

"이 재의 이름을 아시옵니까?"

"모르옵니다. 초행길이라서요."

박종태의 말이었다.

"이 재의 이름을 '한재'라고 하옵죠. '한이 맺힌 재'라고 해서 한재라고 한답니다."

차 노인 부인의 말투가 하도 서글퍼서 박종태가 물었다.

"한이 맺힌 사연이 있지 않겠사옵니까. 까닭을 알고 싶소이다."

차 노인의 부인은 도시락을 싼 헝겊을 밥알 하나 남기지 않고 깨끗하게 입으로 핥고 얌전히 접어 치마끈으로 묶곤 다음과 같은 얘기를 했다.

"옛날 어느 양반집에 머슴살이를 하는 총각이 있었답니다. 그 양반집에 또 예쁘게 생긴 노비가 있었답니다. 총각과 노비는 서로 눈이 맞았던 모양입니다. 이것을 눈치챈 양반은 노비와 성례를 시켜준다는 미끼로 새경도 주지 않고 총각을 수년 동안 부려먹었답니다. 그러나 그 이상 미룰 수가 없게 되자, 양반은 금년 추수만 지나면 성례시켜주겠다고 약조를 했습니다. 추수도 끝나고 오늘이나 성례를 시켜줄까, 내일에나 성례를 시켜줄까 하고 있는데, 어느 날 양반이 총각을 불러 오늘 벼 한 섬을 밤골 누구네 집에 져다 주고 오면 성례를 시켜주겠다고 했습니다. 밤골이란 우리가 얼마 전 지나온 골짜기에 있는 마을입죠.

총각은 좋아라 하고 벼 한 섬을 지고 이 고개를 넘었습니다. 그리고 밤골의 그 집엘 갔더니 벼를 말로써 되어보곤, 한 말이 모자라는데 어떻게 된 일이냐고 총각에게 따져 물었습니다. 총각이, 주인이 지고 가라는 대로 지고 왔다고 했으나 그 집 사람은 도로 지고 가서 한 섬을 채워 오라고 했답니다. 한 말이 모자라면 내일 모자라는 한 말을 가지고 오겠다고 해도, 일단 받아놓으면 트집을 잡는다며 꼭 그 벼를 도로 지고 가라고 성화했습니다. 총각은 하는 수 없이 삼십 리 길에다 험한 고개를 넘어 그 벼를 도로 지고 왔습니다.

사연을 알리자 양반은 당장 되어보라고 했는데, 그때 되어보니 한 되도 어김없는 한 섬이었답니다. 양반은, '이놈, 밤골에 가지도

254

않고 어디서 놀다가 돌아와 거짓말을 한다'며, 당장 지고 밤골로 가라고 호통쳤습니다. 그래도 총각은, 내일이면 성례를 시켜줄 것이란 바람으로 그 무거운 볏섬을 지고 다시 떠났는데, 그땐 벌써 해가 저물어 캄캄한 밤이었더랍니다. 총각이 떠난 뒤에 노비가 그 사정을 알고 거기엔 반드시 곡절이 있을 것이라고 짐작하곤, 벼 한 말을 이고 총각의 뒤를 따랐습니다. 그런데 총각도 무슨 계교가 있는 것이라고 믿고 친구 집에 가서 벼 한 말을 빌려 지게 밑에 자루를 달고 갔던 것입니다.

아니나 다를까, 밤골 그 집에선 여전히 한 말이 모자란다고 트집을 잡았습니다. 그러자 총각은 별도로 달고 간 벼 자루를 쑥 내밀어 상대방을 꼼짝 못하게 했답니다. 그렇게 해놓고 돌아오는 길인데, 고갯길에서 발에 채는 것이 있어 보니 그건 벼 부대였습니다. 무슨 일일까 하고 그 벼 부대를 지게에 얹고 돌아왔을 땐 이미 새벽이었답니다.

…날이 새기가 바쁘게 총각은 노비를 찾았습니다. 그러나 노비는 온데간데가 없었습니다. 총각은 미친 사람처럼 날뛰다가 어젯밤 노비가 벼 한 말을 이고 자기를 뒤쫓은 사실을 알게 되었지요. 총각은 부랴부랴 산으로 달려갔습니다. 그리고 이곳에서 신 한 짝, 저곳에서 신 한 짝, 노비의 신발을 찾아내긴 했는데 노비의 흔적은 알 수가 없었습니다. 아무것도 먹지 않고 개울의 물만 마시고 열흘 동안을 그렇게 찾아 헤맸는데, 어느 날 바위틈에서 앙상하게 남아 있는 사람의 뼈다귀를 찾았고 그 뼈 옆에 언젠가 자기가 노비에게 선물한 자개 빗이 뒹굴고 있었습니다. 노비는 호랑이에게 먹혀 죽은

255

것이었습니다…."

한숨과 더불어 차 노인의 부인이 얘기를 끝내려고 하자 서 여인이 물었다.

"그래, 그 총각은 어떻게 되었죠?"

"너무 비참해서 어디…."

하고, 차 노인의 부인이 망설였다.

"얘긴데 못 하실 것 있습니까?"

박종태도 거들었다.

"총각은 바로 저 상수리나무…."

하고, 거목 하나를 가리키며 말했다.

"저 나무에 목을 매달아 죽었답니다. 그래서 이 재를 한재라고 한다오."

돌연, 서 여인이 어깨를 들먹이며 흐느끼기 시작했다.

"슬픈 얘기요만, 듣고 울 것까진 없지 않소."

차 노인의 부인이 이렇게 달래자, 서 여인은 더욱 슬프게 흐느끼며 말했다.

"제 오빠 생각이 나서 그래요. 오빠도 어느 때 무거운 볏짐을 지고 태산 같은 재를 넘나든 적이 있었어요."

주위가 어둑어둑해졌다.

"슬픈 얘기는 그만하고 길을 떠납시다."

하고, 박종태가 풀을 털며 일어섰다. 차 노인의 부인과 서 여인도 일어섰다.

"여기서 목동까지 얼마나 됩니까?"

하고 박종태가 물었다.

"삼십 리는 넘게 걸어야 할 겁니다."

하는 차 노인 부인의 대답이었다.

"밤중까지면 도착할 수 있겠군요."

박종태가 혼잣말처럼 하자,

"오늘 밤엔 달이 있을 테니까…."

차 노인 부인의 말은 시원했다.

"우리 때문에 안 할 고생을 하시게 되어 민망하기 짝이 없습니다."

박종태는 마음으로부터 사과의 말을 했다.

"천만의 말씀을…. 사람의 도리를 다하지 못하고 죽는 사람이 수두룩한 가운데 생원들의 일에 다소나마 도움이 될 수 있는 일을 하고 있다는 것만으로도 후련합니다."

이윽고 달이 솟았다.

달빛을 밟으며 길을 걸으니 박종태는 무량한 감회가 솟았다. 더욱이 옆에 서 여인이 있다고 생각하니 무조건 기뻤다. 아무리 험난한 길이라도 서 여인과 동행할 수 있다면 수월하게 기쁜 마음으로 걸을 수 있을 것이란 자신마저 생겼다. 어느덧 박종태는, 목동의 허생원을 타일러 서 여인과 같이 있도록 조처가 되지 못하면 서 여인을 데리고 일단 한성으로 돌아가리란 결의를 하고 있었다. 동학의 문제가 중요하긴 하지만, 서 여인과의 인연을 설명하면 다른 사람 아닌 최천중 선생은 이해해주리라는 믿음 같은 것도 있었다. 사람의 불행을 그냥 보아 넘길 수 없는 것이 최천중의 성격이기도 했던 것이다.

가벼운 마음들이었다고는 하나, 여자의 걸음 속도엔 한계가 있었다. 일행이 목동에 도착했을 때는 첫닭이 울고 있었다.

'이런 첫새벽에 남의 집을 찾는다는 것은…'

하고 망설이는 마음이 돋아나고 있었는데, 차 노인의 부인이 마을 한쪽을 가리키며 말했다.

"저기 불이 켜져 있는 집이 허 생원 댁입니다. 아마, 손님을 기다리느라고 등을 달아놓고 있는 것 같소이다."

감격하는 마음이 뭉클 박종태의 가슴에 솟았다. 그러나 이어,

'저렇게 지성을 다해 나를 맞이할 채비를 하고 있는데, 사정이야 어쨌든 여자를 데리고 간다는 것은 예의에 어긋나는 일이 아닐까?'

하는 불안이 뒤따랐다.

하지만 도리가 없었다. 이실직고하고 허 생원의 이해를 구할 수밖에 없었다.

차 노인의 부인이 말한 대로 허 생원이 등불을 켜 달아놓은 것은 박종태를 기다리기 위해서였다. 사립문 밖에 인적기가 있자 허 생원이 방에서 나왔다.

그러고는 사립문을 열고 물었다.

"어디서 오셨소?"

"차 노인의 지시로 온 사람이외다."

하는 대답이 있자, 허 생원은 반가이 박종태의 손을 잡고 들어오라고 했다. 여자 손님이 오는 것도 알고 있었는지, 따라 나온 종자를 시켜,

"빨리 안에 가서 안손님 맞이할 채비를 하라고 해라."

고 일렀다.

　방으로 들어가 박종태는 정식으로 인사를 했다. 이에 허 생원도,

　"나의 이름은 허집許執이라고 하오."

　이렇게 성명을 밝히고

　"한데, 무슨 까닭으로 이렇게 늦었소?"

하고 물었다.

　박종태는, 허집의 나이를 자기 또래라고 보았다. 희미한 등잔불 속에서도 그가 범상한 인물이 아니라는 것을 곧 알아차릴 수 있었다. 체구는 큰 편이 아니었으나 다부져 보이고, 말을 할 때마다 끝을 맺으며 닫혀지는 턱의 윤곽에서 만만찮은 의지력을 느낄 수가 있었고, 넓은 미간과 맑은 눈빛으로 하여 그의 관대한 마음을 알 수 있어, 박종태는 늦게 도착한 이유를 설명하는 가운데 자기의 진정을 충분히 토로할 수 있었다. 조심스럽게 끝까지 종태의 얘기를 들은 허집은,

　"고생이 많았소이다그려. 그러나 무사히 여기까지 오셨으니 다행입니다."

하고, 미리 준비해둔 유과와 냉차를 권하여 우선 시장기를 덜게 했다. 냉차를 마시고 한숨 돌린 박종태는,

　"서 여인을 이리로 데리고 오는 것을 차 노인은 한사코 말렸으나, 사태가 아까 말한 대로여서 부득이했습니다."

하고 변명을 덧붙이지 않을 수 없었다.

　"차 노인은 워낙 성질이 깐깐한 분이 돼서 그렇게 말씀하셨을 겁니다. 그러나 그건 차 노인의 단견短見입니다."

하고 허집이 웃었다.

"차 노인은 단견으로서 그렇게 말씀하신 건 아닙니다. 도를 닦으러 가는 자의 마음가짐을 가르친 것입니다. 나는 그분의 분부를 어긴 것을 가슴 아프게 생각하고 있습니다. 그러나 어쩔 수 없었던 일이니 넓은 양해가 있으시길 빕니다."

박종태의 말은 간절했다.

그러자 허집이 정색을 하고 말했다.

"박형은 무슨 오해를 하고 있는 것 같소이다. 우리가 천도天道를 닦고자 하는 것은 인도人道를 행하려 함입니다. 인도를 행한다는 것은 남의 불행을 자기의 불행처럼 알고 이를 도우려는 마음입니다. 이런 인도를 저버리고 무슨 천도가 있겠소이까. 박형은 훌륭한 일을 하셨지, 구구한 변명을 해야 할 일은 하지 않았소이다. 하물며, 내게 대해 미안한 마음을 가지신 듯한데, 천만부당한 일입니다."

이치로 보아선 허집의 말에 틀림이 없었지만, 차 노인의 태도와 너무나 현격한 것이 이상해서 박종태는,

"도를 닦는 자의 입장에서 말해본 것이로소이다."

하고 얼버무렸다.

허집이 미소를 품으며 말했다.

"흔히들 도, 도 하고 일을 어렵게 만들려고 하고, 그렇게 해야만 무엇을 하는 것처럼 느끼는 사람이 있습니다만, 그것도 하나의 병폐임엔 틀림이 없습니다. 우리 동학 가운데 다소 의견의 엇갈림이 있는 것은 그런 병폐 때문입니다. 그러나 하여간 나는 일을 순리대

로 무리 없이 해야 보람이 있지, 무리하게 한다거나 억지를 써선 안 된다고 믿는 사람입니다. 하루를 가고 말 길도 아니고, 한 달을 가고 말 길도 아니며, 앞으로 수십 년, 수백 년, 아니, 수천 년을 걸어도 이를 등 말 등한 길을 걸으며 무리를 하고 억지를 쓴대서야 될 말입니까? 지금 박형께선 젊은 여인을 데리고 온 것을 심히 부담스러워 하시는 것 같은데, 조금도 걱정을 마십시오. 도를 닦는다고 해서 신神을 내릴 요술을 닦자는 것이 아니고, 범상한 사람으로서 지킬 것을 지키고 살자는 얘기일 뿐이며, 한 사람의 힘으로써 부족한 일은 많은 동지의 힘을 모아 성취하자는 것일 뿐이니 박형은 조금도 근심 말고 우선 푸욱 쉬도록 하시오. 구체적인 일은 날이 새거든 차차 의논하도록 합시다."

허집은 종태를 위해 자리를 깔았다.

종태는 혹시나 하는 의구심을 버릴 수가 없었다. 종태를 안심하도록 해놓고서 여인을 그사이 어디로 보내버리지나 않을까 하는 의구였다. 물론 허집이 서 여인에게 나쁘도록 일을 처리할 까닭은 없겠지만, 종태를 위해 먼 곳으로 보내버릴 수 있는 재량을 발동할 순 충분히 있는 것이다. 종태는 그 의구를 풀지 않고는 발을 뻗고 잠을 이룰 수가 없을 것 같았다. 졸한 인간이라고 핀잔을 받아도 할 수 없다고 생각한 종태는, 발 씻을 물을 떠놓았다는 종자의 말을 들은 것을 계기로 일어서서,

"제가 데리고 온 여인을 어떻게 하실 생각입니까?"

하고 물었다. 그 말의 뜻을 알아차린 허집은 다시 한 번 웃는 표정이 되어,

"그 여인의 처리는 박형 자신이 할 일이오. 나는 다만 도움의 청을 받으면 힘껏 돕는 일밖엔 달리 할 일이 있겠소? 아무튼 형의 뜻을 알았으니, 손발 씻으시고 자리에 드시오."

"부끄럽소이다."

하는 말이 종태의 입에서 튀어나왔다.

"어심魚心이 수정水情이 아니오이까."

허집의 말은 활달했다.

허집은 동학도 가운데서도 특이한 인물인가 보았다. 그는 동학이 무술巫術, 또는 사술詐術로서 오용되는 것을 극히 경계하고, 수심정기守心正氣, 사인여천事人如天의 원리에 입각하여 백성의 활로를 찾는, 이른바 혁명의 이론으로서 동학을 활용하려는 입장에 서 있는 사람이었다. 그런 까닭에, 허집은 동학에 관한 많은 설명을 하지 않았다.

그 대신, 박종태와 서 여인이 같이 살아갈 터전을 마련하고자 하여 다음과 같은 의견을 말했다.

"일단 동학도가 되기로 결심했으면, 한성의 일은 잊는 것이 나을 거요. 내가 들어 아는 바로는, 박형은 한성에 있어서 지반이 든든하고 동지들을 돌보는 정성도 대단하다고 한즉, 박형은 이 기회에 일개의 농민이 되어 동학도 속에 끼이는 것이 장차 일을 도모하는 데 유리할 것이오. 동학도는 동학도 아닌 사람에겐 마음을 허하지 않소. 그리고 또, 동학도는 뜨내기를 신용하질 않소. 박형이 동학도가 될 의지가 있다면 농민으로서 뿌리를 박아야 하오. 그렇지 않곤 동학의 내용을 알 길이 없을 거요. 그래, 내가 생각하기엔 박형은 소백산으로 가는 것이 좋을 것 같소. 거기 가서 화전을 일구어 살도록 하시오. 박형이 데리고 오신 여인이 큰 도움이 될 것이오. 그러고 있으면 내가 동지들과 통하여 긴밀한 연락을 취하리다. 동학 가운데서 신임을 얻으려면 일 년쯤의 세월은 흘러야 할 거요. 그렇게 되면 박형께서 어떤 소임을 맡게 될 것이고, 소임을 맡고 보면 자연 동학의 내실을 알게도 될 거요."

종태는 이 말을 듣자 어이가 없었다. 그는 동학도 내부에 이미 배치해놓은 동지들의 동향을 파악하여, 거사를 했을 때 그 힘이 어떻게 작용할 것인지를 미리 알아두기 위해 파견된 것이다. 물론 동학을 열심히 배워보고자 하는 의욕을 가지고 있긴 했으나, 그것은 어디까지나 동학을 자기들의 일에 유리하게 이용하기 위해서였지, 자기 자신이 동학도가 되기 위해선 아니었다. 요컨대 박종태, 즉 최천중의 동지가 전국에 산재되어 있다고는 하나 어디까지나 인정상의 유대가 있었을 뿐, 시쳇말로 이데올로기에 의한 결합이 아닌 것이라서 박종태는 자기들의 조직을 사상적, 정치적으로 묶기 위한 이데올로기를 찾으려고 일시 동학도가 되어보길 결심한 터였다.

그러나 허집이 아무리 활달한 성격이었기로서니 박종태는 그러한 진심을 밝힐 순 없었다. 하는 수 없이 종태는 허집의 제안대로 할 각오를 했다.

그렇게 한 데는 서 여인과의 관계를 인정해준 허집의 호의에 대한 보답의 뜻도 있었다. 그만큼 종태의 서 여인에 대한 애착이 깊어지기도 했던 것이다.

소백산으로 떠나는 날을 열흘 후쯤으로 잡아놓고, 허집은 한 권의 책을 종태에게 주며 일렀다.

"이것을 그동안에 필사해두시오. 이 책은, 형이 소백산에서 화전을 일굴 동안 동학도로서의 수양에 큰 도움이 될 것이오."

그 책은 동경대전東經大全이었다.

"혹시 여가가 있으면…"

하고, 허집이 또 한 권의 책을 주었는데, 그것은 수운시집水雲詩集이었다. 수운이란 동학 교조 최제우 선생의 아호이다.

동경대전을 필사하며 박종태는 동학의 사상적 골자의 대강을 알았다. 동시에 허집의 배려가 비상하다는 것도 느꼈다. 자기가 설명하느니보다 필사를 통해서 종태 스스로 동학의 사상을 터득하도록 한 배려였다. 총명한 허집은 종태의 재질을 미리 계산에 넣고 있었던 것이다.

동경대전의 필사를 닷새로서 끝내고, 다음엔 수운 시집을 필사하기 시작했는데, 종태는 대전보다 그 시집에 더욱 흥미를 느꼈다. 시집에선 대전에서 느낄 수 없었던 수운 선생의 체취를 느낄 수 있었고, 청량한 유향遺香을 맡을 수 있었고, 고양된 감격을 얻을 수가 있었다. 가령, 다음과 같은 시구에 감탄을 금할 수가 없었다.

운혜운혜득부運兮運兮得否
시운시운각자時云時云覺者
봉혜봉혜현자鳳兮鳳兮賢者
하혜하혜성인河兮河兮聖人
춘풍도리요요혜春風桃李夭夭兮

지사남아낙락재志士男兒樂樂哉

이것을 박종태는 다음과 같이 읽었다.

"만사는 운이 결정한다. 그 운을 얻을 수 있을까, 없을까. 성패는 때가 결정한다. 그때를 얻을 수 있을까, 없을까. 아아, 봉황새 같은 현자여! 강물처럼 유연한 성자여! 봄바람 불면 도리桃李는 요요하게 꽃피는데, 뜻있는 남아가 그 뜻과 더불어 낙락할 때는 언제인가!"

박종태는, 수운 선생이 형사刑死한 사실을 상기하고 눈물을 지었다. 봉황새처럼 활달하게 하늘을 날아야 할 현자가, 유유한 강물처럼 흘러갈 성인이, 아니, 그러한 현자, 그러한 성인이 되길 꿈꾸던 사람이 칼끝에 목숨을 잃었구나 싶으니, 그 시구 하나하나가 귀기鬼氣를 띠고 가슴에 부딪쳐왔다.

그러고 보니 다음의 시는 더욱이나 절절했다.

고대춘소식苦待春消息
춘광종불래春光終不來
비무춘광호非無春光好
불래즉비시不來卽非時

"봄소식을 고대苦待*하고 있었는데, 끝내 봄은 오지 않고 말았

---

* 매우 기다림.

다. 봄인 체한 한때의 경치가 나쁘다는 뜻이 아니라, 때가 되질 않았으니 봄이 와도 봄 같지 않다는 얘길 뿐이다."

이렇게 박종태는 읽고, 다시 한 번 암연한 기분이 되었다. 수운 선생에게 봄이 오지 않았을 때 이 나라 백성 누구에게 봄이 왔을까. 종태는 이 시에 비하면 왕소군王昭君의

호지무화초胡地無花草

춘래불사춘春來不似春*

이란 시는 시들한 난장일 뿐이라고 생각했다. 정말 이 땅의 백성에겐 봄이 와보지도 못하는 것일까? 때가 어긋나 봄이 오지 못하는 것일까? 못된 인간들 때문에 봄이 오지 않는 것일까? 박종태는 수운 선생의 한이 스스로의 한으로 물들어가는 것을 느꼈다. 동시에 동학도들의 정열을 이해할 것 같은 심정이 되었다. 그들은 기어이 수운 선생이 고대했던 봄을 이 땅에 맞이하고 싶은 것이다.

'나도…'

하고 종태는 생각했다.

'내 살아생전에 이 땅에 희망의 꽃이 피는 봄을 맞이해보리라.'

이런 감격을 거듭하면서 그는 필사하는 팔에 힘을 주었다. 그는 시구를 필사하고 있는 것이 아니라 수운 선생의 영감을 옮겨 받고 있는 기분이었다.

---

* '호지(오랑캐 땅)에는 꽃과 풀이 나지 않으니 봄이 와도 봄이 온 것 같지가 않구나.'

수운 선생의 시구는 다음과 같이 이어져 있었다.

춘풍취거후春風吹去後

만목일시지萬木一時知

일일일화개一日一花開

이일이화개二日二花開

삼백육십일三百六十日

삼백육십개三百六十開

일신개시화一身皆是花

일세도시춘一世都是春

글자 그대로라면 어려울 것이 없다. 그러나 박종태는 여기에 무슨 철리哲理가 있을 것으로 믿었다. 그렇기 때문에 이 시구의 이해에 약간의 시간이 걸렸다. 그는 이것을 다음과 같이 풀이했다.

"춘풍이 지나고 나면 모든 나무는 일시에 깨닫는다. 하루에 꽃하나가 피고, 이틀이면 두 개가 피는데, 일 년 삼백육십 일 동안 내내 꽃이 핀다. 원래 인생은 꽃이며, 세상은 봄인 것이다. 다시 말하면 희망의 바람이 불기만 하면, 희망에 보람이 있기만 하면 만사는 꽃이 피듯 아름답고, 일 년 삼백육십 일 동안 꽃은 피는 것이니, 사람 자신이 모두 꽃이요, 세상 자체가 봄인 것이다. 아아, 이러한 인생, 이러한 세상을 만들어볼 수는 없는 것일까?"

종태는 또한, '일신개시화 일세도시춘'을 다음과 같이도 풀이해보았다.

"사람이란 원래 꽃이다. 피었다가 지는 애절하고도 허무한 꽃. 세상은 봄이다. 반짝했다가 가버리는 무상한 봄. 그러한 꽃이고 그러한 봄인데, 어찌하여 사람들은 그런 것을 깨닫지 못하고 허황한 세월을 보내고 있는가."

종태는 이러한 이중의 해석을 통해 수운의 밝으면서도 어두운 사상의 그림자를 파악했다.

'기쁘지 않은 인생이 없고, 슬프지 않은 인생도 없는 것이다.'

그런데 사람들은 왜 화합하지 못하고 서로가 서로를 괴롭히고 있는 것일까. 이 물음에 대한 해답을 종태는 수운 선생의 다음과 같은 시구에서 찾았다.

오도박이약吾道博而約

불용다언의不用多言義

별무타도리別無他道理

성경신삼자誠敬信三字

저리주공부這裏做工夫

투후방가지透後方可知

불파진염기不怕塵念起

유공각내지惟恐覺來遲

"나의 도는 넓으면서도 간략하다. 많은 말을 필요로 하지 않는다. 달리 도리가 있는 것도 아니다. 성誠, 경敬, 신信, 석 자로써 족하다. 이 사이에서 공부를 하여 이를 철저히 하면 마땅히 알 수 있을지니라. 잡념이 일어난다고 해서 겁내지 말고, 깨달음이 늦게 올까 봐 두려워하라."

수운시집은 방대한 것이었으나 박종태의 성력*은 필사를 사흘 동안에 너끈히 끝낼 수 있었다.

필사하고 있는 동안엔 얼굴을 보이지 않던 허집이 필사가 끝났다고 하자 주효酒肴를 마련하여 종태가 들어 있는 골방으로 왔다.

허집은 종태가 이해한 동경대전과 수운시집의 얘기를 듣고 반가움을 금하지 못했다. 백 년의 지기를 만났다는 기쁨을 털어놓기도 했다.

"그러나…."

하고 허집은 엄숙하게 말을 보탰다.

"동학은 지知에서 끝나는 것이 아니고, 행行으로써 보람을 만들어야 하는 길이올시다."

박종태는 소백산으로 떠나기 전날 밤, 백 냥의 어음을 떼어 허집에게 주었다. 허집은 놀라는 얼굴이었지만 사양 않고 받았다. 그리고

"만일 재력이 있으시거든 화전을 일굴 것이 아니라 산속 조그마한 마을에 서울서 낙향한 중인仲人이라고 이르고, 논밭을 얼마쯤 마련하여 정착하는 것이 나을 것 같소이다."

하는 것이었다.

이때 종태가 동학의 현황을 말해줄 수 없느냐고 물었다. 허집은,

"나는 내 소임을 다할 뿐, 전체를 알 수가 없소. 설혹 알고 있다

---

* 誠力: 정성과 힘을 쏟음.

고 해도 말 못할 사정입니다. 다만 한 가지 알고 있는 것은, 해월海月 선생께선 지금 북쪽에 가 계신다는 사실입니다. 그리고 충고를 드리는데, 앞으로 동학의 동지 누구를 만나도 동학의 사정을 묻지 마십시오. 사정을 알려고 하는 노릇은 금기로 되어 있습니다. 사실, 일을 하는 덴 전체의 사정을 알 필요가 없습니다. 각기 맡은 바 소임만 다하면 되니까요."

하고 간절했다.

이어 허집은 소백산에 가기까지의 노순과 도중에 투숙해야 할 집을 차례차례 지명했다. 물론 암호도 가르쳐주었다.

그러다가 문득 생각난 모양으로 말했다.

"어쩌다 화적떼를 만나는 경우가 있거든 활궁弓자를 날짜의 수대로 써 보이도록 하십시오. 초하룻날이면 한 개, 이틀이면 두 개, 열하룻날이면 왼손 엄지손가락을 밀어 보이고 한 개, 스무하룻날이면 그 엄지손가락을 두 번 밀어 보이고 한 개, 그런 방식으로 하십시오. 대개는 무사할 수 있을 것입니다."

"역시 동학이 화적과 관련을 가지고 있는 게로구면요."

박종태는 솔직하게 물었다.

"어떤 소문을 들으셨는지 모릅니다만, 동학과 화적은 아무런 관계가 없습니다. 그런데 어찌 된 까닭인지 그들은 우리 동학을 해치려곤 하지 않습니다. 아까 말씀드린 암호도 그들이 제안해온 것입니다. 우리가 바란 것도 아닌데…"

"그럼 조령의 이필제李弼濟는 어떻게 된 것입니까?"

"이필제에 관해서 얘기를 하려면 길어집니다."

하고, 허집은 대강 다음과 같은 얘기를 했다.

이필제는 수운 선생의 제자였는데, 수운 선생이 참화를 당한 후엔 주로 영월, 문경 지방을 배회하며 피신하고 있다가 드디어 도당徒黨을 만들어 동학의 가르침을 명분으로 하여 농민들을 선동, 관헌에게 대항했다. 그러자 해월 선생은 그런 과격한 행동은 삼가라고 수차 권고했다. 그러나 이필제는 수운 선생의 원한을 풀어야 할 것이 아니냐고, 해월 선생의 권고를 듣지 않았다. 드디어 해월 선생은 다음과 같이 말했다.

"나도 선생님의 원한을 풀어드리고 싶은 생각이 없는 바 아니다. 그러나 대사를 일으키려면 때라는 것이 있고 운이 있어야만 한다. 그런데 지금은 그 때가 아니다. 선생님의 돌아가신 후 도인들의 마음이 아직 아물어 있지 않고, 세인들의 우리에 대한 이해도 박약하다. 이런 때 거사를 하면 실패하게 마련이다. 그러니 후일을 기해 신중히 하도록 하라."

그랬는데도 이필제는 거사하여, 이윽고 관헌에 포박되어 죽었다. 이필제와 동학의 관계는 그 이상의 정도를 넘지 않았다.

"그렇다면…."

하고 박종태가 따져 물었다.

"동학은 장차 어쩌자는 겁니까? 아까 허형께서, 동학은 지로써 끝나는 것이 아니고, 행으로써 보람을 찾아야 한다고 하셨는데, 그 행은 어떻게 되는 것입니까?"

"때를 기다리고 있는 겁니다."

"그때가 언제입니까?"

"선생님만이 알고 계십니다."

"그렇다면 해월 선생께서 언젠가는 거사를 하실 작정으로 있는 것은 확실하다고 믿어도 좋습니까?"

이 질문을 받고 허집은 눈을 감았다. 얼굴에 괴로운 빛이 돌았다. 그리고 한참을 망설이더니 입을 열었다.

"언젠가 선생님께서 이런 말씀을 하셨습니다. '나도 멍청이가 아닌 이상, 싸우고 싶은 마음이 없는 바는 아니다. 그러나 혈기에 끌려 싸움을 하다간 천심을 상하게 할까 봐 두렵다'는 것이었습니다. 그래서 내가 물었죠. 천심이 뭐냐고. 그랬더니 선생님은 '보람 없는 싸움터에서 많은 백성의 생명을 잃게 하면 천심이 슬퍼하지 않겠느냐'고 하셨습니다. 그때 나는 선생님의 뜻을 이해했소이다. 선생님은 또한 이런 말씀도 하셨습니다. '나도 오장육부를 가졌으니 물욕이 없을 까닭이 없다. 그러나 그것을 나타내지 않는 건 양천養天을 할 수 없게 되지 않을까 두려워서이다.' 그때 또 나는 물었죠. 양천이 뭐냐고. 선생님이 말씀하시길, 양천이란 곧 양민養民이라는 것이었습니다. 이렇게 선생님은 천天과 민民을 한가지로 보고 계시는 겁니다."

"요컨대 백성을 상하게 할까 봐 궐기하시지 않겠다는 것인가요?"

"백성을 이익되게 하질 못하고 죽이기만 하면 어떻게 하나 하는 마음이시죠."

"해보지도 않고 그렇게 망설이고만 계시면 백성을 위한다는 것이 무無로 돌아가지 않겠습니까?"

"선생님의 말씀을 좀 더 들어보십시오. 어느 날 우리에게 이렇게도 말씀하셨소. '나는 비록 아녀자의 말이라도 취할 것은 취하고 버릴 것은 버린다. 모든 선善을 천어天語라고 생각하기 때문이다. 세상엔 자기만을 존귀하다고 생각하는 자가 많은데 이는 통탄해야 할 일이다. 나도 사람인 이상 자부심을 가지고 있다. 그런데 내가 나를 존귀하다고 생각하지 않는 건 그런 마음가짐으로선 양천, 즉 양민할 수가 없기 때문이다. 너희들, 생각해보라. 거만하고 사치스런 마음에 유익한 데가 있는가. 거만하면 사람을 잃고, 사치하면 진실을 잃는다. 사람을 잃으면 세상을 포기하는 것이 되고, 진실을 잃으면 자기 자신을 잃는 것이 된다. 세상을 포기하고 자아를 잃은 뒤 도를 구한다는 것은 씨앗을 뿌리지 않고 과실을 얻겠다는 어리석음과 마찬가지다. 그러니 나는 평소 외면을 꾸미는 것을 피하고, 내실을 풍부하게 하려고 애쓴다. 도를 닦으려는 자는 사물을 직시해야 한다. 때 아닐 때의 과실은 조숙한 것이니 쓸모가 없다. 사람은 그 마음을 정하면 하늘을 알 수가 있다. 하늘을 알면 천이 곧 인이란 것을 알 수 있느니라.' 선생님의 사랑은 이러한 것입니다."

박종태는 그 말엔 자기의 질문에 대한 답이 없다고 느꼈다.

그래서 다시 물었다.

"선생님의 말씀이 그러시다면, 사람은 자기 혼자의 수양에만 힘쓰라는 것이지, 천하 만민을 위해 거사한다는 대목은 없지 않습니까."

"그렇지는 않소이다."

하면서도, 허집의 얼굴엔 고민의 빛이 있었다. 박종태는 여유를 두지 않고 추궁했다.

"자기의 수양을 통해 만민에게 미치려는 가르침이면 공자의 도를 따라도 무방하고, 불자의 길을 따라도 될 일이 아니겠소? 동학이 동학으로 될 소이연所以然, 지금 이 나라에 있어서의 절실성은 바로 활민活民, 구민救民하는 힘이 되는 데 있는 것이 아니겠소?"

이것은 바로 박종태가 허집의 사상을 대변한 말이나 다를 바가 없었다. 허집은 비로소 자기의 진실을 토로했다.

"박형의 사상이 내 사상이오. 나는 동학이 무술巫術이 되어서는 안 되며, 미신이 되어서도 안 된다고 생각하고 있소. 극단하게 말하면 백성들을 기사회생시키는 편법이라야만 하는 겁니다. 그런데 지금 우리들은 대충 세 갈래로 나눠져 있소. 하나는 주문만 외면 병이 낫는다는 미신, 또는 무술적인 것으로 끌고 가려는 파이고, 하나는 정신수양의 도장으로서 일관하면 그만이라고 고집하는 파이고, 하나는 박형이나 내가 생각하고 있는 바와 같은 사상을 가진 파입니다. 이것이 좀처럼 화동되지 않는 것이 고민입니다."

"지금의 형편으론 어느 파가 강력합니까?"

"우리 파가 강력합니다. 그래 우리 파끼리 준비를 하고도 있습니다."

"그럼 고민하실 것 없지 않습니까?"

"그렇진 못합니다. 해월 선생의 태도가 수양파修養派의 방향을 고집하니, 우리의 태세도 적극성을 가질 수가 없는 겁니다. 그러나 이런 문제는 이 자리에서 얘기할 것이 아닌 것 같습니다."

"왜 그렇습니까?"

"박형은 아직 동학이 아니니까요."

"뜻이 같으면 그만이라고 나는 생각하는데, 허형의 말씀을 들으니 섭섭하군요."

"언짢게 생각하지 마십시오. 당을 이루고 파를 만들면 자연 그런 약조에 얽매일 경우가 있을 것이로소이다."

"왜 내가 그런 사정을 모르겠소. 그러나 지금 헤어지면 언제 다시 만날 수 있을지 몰라 성급하게 물어본 것이오이다."

박종태가 이렇게 말했을 때, 허집이 손을 내밀었다. 종태는 덥석 그 손을 잡았다. 허집의 말이 있었다.

"나는 박형을 아직 동학은 아니지만 동지라고 믿고 말씀드립니다. 해월 선생의 동의가 없어도 우리는 일어설지 모릅니다. 우선 수운 선생의 억울함을 면하고자 하는 거사로서 시작하겠죠. 평생을 보국안민을 위해 바치신 수운 선생께 흉도兇徒의 죄명을 씌워놓는 대서야 어찌 우리의 양심이 잠잠할 수 있으리까. 반드시 가까운 앞날 수운 선생에 대한 신원伸寃 거사가 있을 것이로소이다. 그 거사를 계기로 해서 우리는 일어섭니다. 우리는 그날을 위해 거사 준비를 하고 있습니다."

"언제쯤으로 기약하십니까?"

"앞으로 이 년, 이 년 후엔 기필코…!"

허집의 눈이 빛나고 있었다.

충청도 청양에서 소백산까지, 여자의 걸음걸이를 감안해야 했으니 열흘의 도정을 작정해야 했다. 편리상 서 여인을 남복男服으로 바꾸도록 했다.

무명 두루마기에 초립草笠을 씌워놓고 보니 교태가 넘쳐, 너무나 남의 눈을 끄는 위험이 있었다. 도리 없이, 다시 얼굴에 흙칠을 해야만 했다.

그러나저러나, 소백산까지의 그 도정은 박종태의 일생에 있어서 잊지 못할 사실이 되었다. 바쁘게 서둘 용무가 있는 것도 아니고, 기다리고 있는 사람이 있는 것도 아닌, 춘색春色 속에 정애情愛를 수놓으면서 소요逍遙할 수 있는 길이니 얼마나 흐뭇한가 말이다.

어느 산속으로 접어들었다. 새소리가 유별났다. 서 여인의 말이 있었다.

"새가 저처럼 지껄일 땐, 무슨 뜻이 있어서가 아니겠습니까?"

"뜻이 있겠죠. 있구말구요."

"무슨 뜻일까요?"

"한번 알아맞혀보시우."

"소녀가 어찌 그런 것을…."

"저 새소리를 해득하지 못한다면, 임자에겐 마음이 없는 거로구먼."

"…."

"분명 임자에겐 마음이 있겠죠?"

"있사와요."

"그럼 그 마음으로 해득하면…?"

"새들은 아마 나리와 제가 나란히 걸어가고 있는 게 부러워 견딜 수가 없는가 봐요."

"옳소! 바로 그거요!"

그리고 한참 잠잠히 걷다가 또 서 여인의 말이 있었다.

"꿈만 같아요."

"나도 그렇소. 나는 지금 꿈속을 걷고 있는 게 아닌가 하고 입술을 깨물어보려던 참이오."

"제가 바로 그랬어요."

서 여인의 말소리는 기어들 듯했다.

산마루에 이르렀다.

산마루에선 꼭 쉬어 가게 돼 있었다.

"천하를 다 준대도 임자완 바꾸지 않을 것이오."

서슴없이 종태의 입에서 이런 말이 나왔다.

흙칠을 한 얼굴인데도 서 여인의 눈은 황홀하게 빛나고 있었다. 종태는 다시 궁금증을 견딜 수가 없어 이렇게 시작했다.

"임자는 혹시 백 년 묵은 여우가 아니우?"

서 여인의 얼굴이 새파랗게 질렸다. 그러곤 신음하듯 말했다.

"제가 여우로 보여요?"

"여우로 보이면 왜 그렇게 물었겠소."

"그럼, 왜 여우를 들먹이는 거죠?"

"알 수 없는 대목이 너무나 많아서 그렇게라도 물어보지 않을 수 없었던 겁니다. 분명히 남편이 있었다고 들었는데 임자는 처녀였소. 천한 신분이라고 했는데 숙녀 중의 숙녀요. 폐월수화閉月羞花할 만한 미인인데 얼굴에 흙칠을 하였소. 나는 한성에 두고 온 가권家眷들을 깡그리 잊어버리게 되었소. 옛날의 얘기에 백 년 묵은 여우는 그런 요술을 부린다고 합디다. 문득 그 얘기를 상기한 것이오. 임자는 여우가 아니겠지요?"

그쯤 말이 있으면 고백의 계기가 될 줄 알았는데 서 여인은 그 유혹에 걸려들지 않았다.

"일 년만 기다리시옵소서. 전 여우는 아니옵니다."

박종태는 너그럽게 웃으며 말했다.

"내가 너무 서둔 것 같소이다. 일 년 아니라 이 년, 십 년도 기다릴 것이니 마음 쓰지 마시우."

"말 못 하는 제 심정이 더 딱하옵니다."

하고, 서 여인은 얼굴을 저편으로 돌렸다. 박종태는 서 여인을 당쟁에 희생된 가족의 한 사람으로 보았다. 사색당쟁에 팔색八色, 십육색十六色으로 갈라지고 번져 이전투구泥田鬪狗를 방불하게 하는 슬픈 상황이 숱한 비화悲話를 엮어내고 있었으니, 종태의 그러한 짐작은 과히 어긋난 것이 아니었다.

종태는 천천히 걸으며 허집의 골방에서 필사한 수운시집 가운데의 시를 생각나는 대로 읊곤 주석을 붙여주기도 했는데, 놀라울 정도로 서 여인은 이해가 빨랐다.

예컨대, 이런 대목이 있었는데,

재득일조로纔得一條路
보보섭험난步步涉險難
수외우봉수水外又逢水
산외갱견산山外更見山
행도수외수幸渡水外水

근월산외산僅越山外山

재도야광처繼到野廣處

시각유대도始覺有大道

이것을 박종태가 다음과 같이 풀이했더니,

"겨우 한 줄기 길을 찾아 험난한 길을 조심스럽게 걸으니, 물을 지나 또 물을 만나고, 산을 지나 다시 산을 보는구나. 다행히 많은 강을 건너고 근근이 많은 산을 넘고서야, 가까스로 넓은 들로 나와 큰길이 있다는 것을 처음으로 느꼈노라."

서 여인이,

"꼭 우리의 오늘의 사정 같소이다. 강을 건너니 또 강이고, 산을 넘으니 또 산이 아니었소이까. 수운 선생께서 오늘의 우리를 위해 쓰신 글 같소이다."

하는 것이 아닌가.

"그렇군요."

박종태는 감탄하여 덧붙였다.

"그러니 곧 넓은 곳으로 나가서 큰길을 만날 수 있을 거요."

"나으리는 큰길을 걸어야 할 어른이오이다."

"큰길이 나서면 어찌 나 혼자만의 큰길이겠소?"

하며 돌아보았는데, 서 여인의 얼굴엔 금세 수심의 구름이 깔렸다.

"내게 큰길이면 임자에게도 큰길이 될 텐데 왜 그러시죠?"

종태가 근심스럽게 물었다.

"문득 생각이 났소이다."

"무슨 생각입니까?"

"전 이런 소로에 있어서의 동행은 되어도, 대로의 동행은 되지 못할 신분이 아니옵니까."

박종태는 서 여인의 심정을 알아차렸다. 그래서 활달하게 다음과 같이 말했다.

"내 신분은 인지상人之上도 아니고 인지하人之下도 아니오. 임자의 신분도 마찬가지 아니겠소? 천지간의 인人인데, 신분을 따져 무엇 하겠소. 신분을 따지는 것은 악이오. 나는 그 악을 미워하는 사람이오."

봄은 깊어만 갔다.

연록軟綠이 농록濃綠으로 짙어졌다.

그것은 흡사, 박종태와 서 여인의 사랑이 농도를 짙게 해가는 과정을 닮았다. 어느덧 종태는 이 여자 없인 살아갈 수 없으리란 생각을 문득문득 하게 되었다. 한성에 두고 온 처자식들의 모습이 안개에 싸인 양 희미하게 되었다. 이래선 안 된다는 마음이 물론 없진 않았다. 그러나 마음의 방향을 바꿀 수는 없었다.

옛날 박종태는 '경국지미傾國之美'니 '경성지미傾城之美'니 하는 말의 뜻을 이해할 수가 없었는데, 서 여인을 만나고 나서 그 뜻을 알 것만 같았다. 그런 만큼 고민이었다.

'대사를 기도하는 자, 나라와 백성을 구하려는 자가 이게 무슨 꼴이람!'

하는 뉘우침이 가슴을 억누르기도 했다. 그래도 소용없는 일. 밤이 되어 숙소에 들면 서 여인이 몰래 얼굴을 씻고 종태의 품에 안기는데, 그런 때면 나라고 백성이고 동학이고 다 집어치우고 어느 동산의 기슭에 삼간초옥을 짓고, 둘레에 도리桃李를 심어 꽃이 피면 정화情話를 나누고, 새가 울면 정담情談하고, 바람이 일면 영풍咏風하고, 월출月出하면 상월賞月하며, 백 세 미만의 일생을 천 년의 밀도密度로써 살고 싶은 충동을 느끼기도 했다.

이러한 내심의 갈등이 한창 심할 무렵, 박종태와 서 여인은 어느 산사山寺에서 하룻밤을 지내게 되었다. 퇴락頹落이 심한 산사에 노승 하나가 어린 상좌를 데리고 살고 있었다. 쓸 만한 방이란 미닫이를 사이에 둔 두 개의 방뿐이어서, 서 여인은 어린 상좌와 같이 뒷방에서 자고, 박종태는 노승과 함께 안방에서 자게 되었다.

노승의 기품이 청수해서, 종태는 어쩐지 자기의 심정을 토로하여 가르침을 얻고 싶은 생각도 있어 그날 밤 그렇게 한 것인데, 밤이 이슥했을 무렵 종태가 물었다.

"노사老師께선 남녀 간의 정리를 어떻게 생각하시는지요?"

"남녀 간의 정리는 소중하게 해야죠."

하는 순순한 노사의 대답이어서,

"그렇다면 불설佛說관 약간 다르지 않습니까?"

하고 되물었다.

"조금도 다를 바가 없소. 남녀의 정리는 조화의 극極이며 만리萬里의 핵核이어늘, 부처님이 가장 소중하게 설하신 인연 가운데 하나이오."

"그러나 부처님은 색을 금기의 하나로 치지 않았소?"

"견성見性의 대도에 이르려면 색을 금기해야 하겠죠. 그러나 견성의 대도란 만에 하나, 아니 억에 하나일 수 있는 법기法器*에게만 트이는 대로이오. 중생은 이를 따르려다가 되레 인연을 멸하는 망신이 되는 거요."

이 말에 촉발되어, 종태는 자기의 고민을 털어놓았다. 노승의 대답은 다음과 같았다.

"화홍유록花紅柳綠이오. 정류情流에 휩쓸려 가는 데까지 가보시구려."

"가는 데까지 가면…?"

"인생의 허망함을 알게 될 것이오. 그때 모든 것을 다시 시작해도 늦지 않소이다. 깨달음에 조만早晚이 있을 까닭이 없을 테니까요."

노승의 결론은 인생에 있어선 서둔다고 해서 되는 일이 아니란 것이었다.

박종태는 물었다.

"노사의 말씀은 눈앞에 악이 있어도 방치해두라는 뜻인 것 같은데, 생민을 도탄의 고통 속에 빠뜨리고 있는 정사를 보고도 속수방관束手傍觀하라는 것입니까?"

노승은 껄껄 웃었다.

"사람이란 묘한 것이오. 방관하라고 해도 방관하지 않는 사람이 있고, 방관하지 말라고 해도 방관하는 사람이 있소이다. 그런 세정世情을 알고 있는 바엔, 하라니 말라니 하는 소리 자체가 허망한

---

* 불도를 수행할 수 있는 소질이 있는 사람. 부처가 될 수 있는 사람.

것이 아니오이까."

"그렇다면 부처님은 무엇을 가르치려는 것입니까?"

"꽃은 꽃처럼 피고 지고, 벌레는 벌레처럼 생멸하는 가운데 스스로의 운명을 한탄하지 말라는 것을 가르칠 뿐이오."

"성불을 권유하는 것이 불설佛說이 아니오?"

"성불할 수 있는 길의 몇 가닥을 가리켰을 뿐이외다. 그 길을 따라가고 안 따라가고는 각기의 마음에 있는 것이니, 부처님도 그 이상의 권유는 하지 않았다고 생각하오."

"불설에도 권선勸善이 있지 않습니까?"

"권선이 곧 길을 가리켰다는 뜻이오."

"권선이 있으면 징악이 있어야 하는 법인데, 불설에서의 징악은 어떻게 되는 것입니까?"

"징악은 스스로 행하는 것이니 남이 할 수도 없고, 해서도 안 된다는 것이 내가 이해한 부처님의 가르침입니다."

"그럼 여기에 백성을 토색하는 탐관이 있다고 합시다. 그것을 목전에 보고도 가만있으란 말입니까?"

"그 탐관을 징치할 마음이 있고, 그럴 만한 힘이 있으면 해도 되겠지요. 그러나 모두가 그럴 힘을 가지고 있지 못하는 게 실상 아니겠소. 그러니 부처님은 하라 말라고 하질 않습니다."

"노사의 말씀 그대로라면, 중생을 제도濟度한다는 불설엔 어긋남이 있지 않습니까. 지금 고통하고 있는 중생을 그 고통에서 제도하는 것이 보다 긴급한 일이 아니겠습니까. 처참하게 맞아 죽는 참상을 그대로 보아 넘긴다면, 그게 무슨 중생제도가 되겠습니까?"

"영靈의 제도라는 것이 있습니다."

"육신은 갈기갈기 찢어져 죽었는데, 육신을 잃고 무심무각無心無覺하게 된 영혼을 구제하는 것이 무슨 보람이 있다는 말입니까?"

"육신은 찰나의 현상이지만, 영혼은 영생하는 것이오."

"나는 그 영생을 믿지 않습니다."

"바라지도 않습니까?"

"바라지도 않습니다."

"꼭 그러시다면 부처님과는 인연이 없는 분이라고 할밖엔 없습니다."

노승은 활달하게 웃고 덧붙였다.

"그러나 지옥이 있다는 것은 믿으셔야 할 것입니다. 지옥이 없다고 치면 지상에 범람해 있는 제악諸惡을 감당할 수가 없기 때문입니다."

박종태는 그 말엔 눈이 번쩍하는 느낌이어서 중얼거렸다.

"지옥은 있어야죠. 지옥이 없고서야 어찌 천리天理가 있다고 하겠습니까."

서로의 의견이 어긋날 때도 있었으나, 박종태와 노승은 피차 마음을 열고 갖가지 얘기를 했다. 그래, 밤이 깊어가는 것을 잊고 얘기에 열중하고 있었는데, 어느덧 예불 시간이 되었다.

노승이 상좌를 깨워 법당으로 간 뒤 박종태는 뒷방으로 가서 서여인을 안았다. 염불 소리와 목탁 소리가 그들의 정사를 축복하는 것처럼 들리기도 해서 환희는 한량이 없었다.

종태가 잠을 깨었을 때는 어느덧 햇살이 창을 비추고 있었다. 서 여인은 어느덧 흙화장을 하고 머리맡에 앉아 있었다. 박종태는 노승의 호의로 조밥으로 아침 요기를 하고 암자를 떠났다.

암자를 떠날 무렵, 노승은 의미가 심장한 말을 했다.

"꽃의 시절은 한때이오. 지기 전에 아름답고 충실하게 활짝 피도록 하시오. 보건대 박 생원은 드문 행운을 얻은 것 같소이다."

암자와 떨어져 고갯마루에 이르렀을 때, 박종태는 노승의 말을 서 여인에게 전하며,

"노승은 임자가 여자임을 알아차린 것 같소."

하고 웃었다.

서 여인이 얼굴을 붉히며 말했다.

"어젯밤 노스님이 무슨 말씀을 하실까 해서 가슴을 졸였사옵니다."

"우리 얘길 다 듣고 있었군."

"잠을 이룰 수가 있어야죠."

"걱정 마시오. 우리의 사이는 노승으로부터 축복받은 사이요. 앞으로 활짝 꽃피울 생각이나 합시다."

"나으리의 사업은…?"

"나는 각오한 바가 있소. 노승의 말마따나 서둔다고 해서 될 일은 없소. 순리순류順理順流대로 최선을 다할 뿐이오. 먼저 임자와 나 사이를 위하고, 다음엔 한양에 두고 온 가족과 동지를 위하고, 그다음에 나라와 백성들을 위할 참이오. 그래도 어긋남이 없을 것이란 믿음 같은 것이 생겼소. 원래 성공할 수 있는 일이란 관사사關私事와 관공사關公事가 조화를 이룰 수 있어야만 하오. 관사사를 관공사를 위해 망쳐도 마음 아픈 일이고, 관공사를 관사사를 위해

285

망쳐도 떳떳하지 못할 것 아니겠소. 나는 임자의 총명이 나를 도와 두 길 합일슴—할 수 있을 것으로 믿소.”

“고마운 말씀이로소이다. 소녀의 미력이 나으리 하시는 일에 도움이 될 수만 있다면 얼마나 생광스럽겠소이까. 천주님께 기도하고 싶은 마음 간절하오이다.”

“천주님?”

하고 박종태는 깜짝 놀랐다. 순간, 서 여인의 얼굴에 당황하는 빛이 비쳤다. 박종태는 얼른 서 여인의 손을 잡고,

“내게 무슨 말을 해도 좋소. 더 이상 묻지 않을 것이고, 그렇다고 해서 내 마음에 변함도 없을 것이니, 큰 배를 탄 심정으로 계시오.”

서 여인은 박종태의 무릎 위에 얼굴을 대고 조용히 흐느꼈다. 그것을 행복에 겨운 흐느낌이라고 믿고 박종태는 말을 보태지 않았다. 다만 깊은 감회가 있었다.

‘아아, 여기에도 교난의 희생자가 있구나.’

서 여인이 마음을 진정하길 기다려 박종태는 일어서며 말했다.

“오늘 우리가 묵을 집은 단양 근처에 있는 이시화란 동학도의 집이오. 특히 체면을 차려야 할 일이 있을지 모르니 각별한 조심을 하시오.”

이시화李時化는 나이가 마흔 전후.

“허집 씨의 전갈을 받았습니다.”

하고 마중을 하면서도 긴장된 표정을 풀지 않았다. 너무나 정직한 성격이어서 반가운 태도를 보이지 못할 뿐, 냉대하는 것이 아니라

고 종태는 판단했다. 이시화는 서 여인이 남자임을 의심하지 않았다. 세상을 나타나 있는 대로 보는 단순한 성격 탓이었다. 종태는 서 여인의 정체를 알리지 않은 허집의 배려에 감사했다.

저녁 식사를 끝내자 이시화는

"단둘이서만 할 얘기가 있사온데…"

하고 종태의 눈치를 보았다. 그것은 서 여인을 옆에 두고 말해도 좋은가 하는 태도 표명이었다.

종태는 무방하다고 말하고 싶었으나 이시화의 단순하고 강직한 성격을 감안하여,

"어디, 머슴들 방에라도 가 있으라고 하면 어떨지…"

하며 서 여인을 돌아보았다.

이시화에겐 서 여인을 벙어리라고 속였던 터라서, 서 여인은 말끄러미 두 남자의 표정을 번갈아 보았다.

"저의 집엔 머슴들 방이 없사옵니다."

하고 이시화는, 집안 아이들을 위해서 서당을 차려놓은 별채가 있으니, 거기 가 있으면 어떻겠느냐고 했다.

서당이면 훈장이 있을 것이다. 종태는 얼른 얼버무렸다.

"날씨가 춥지도 아니하니, 잠깐 바깥에서 바람이나 쐬도록 하면 되겠죠."

하고 서 여인을 바깥으로 내보냈다.

서 여인이 자리를 피하자 이시화가 나직이 말했다.

"사실은 해월 선생이 이곳에 와 계십니다."

종태는 깜짝 놀랐다.

"허집 형에게 듣기론, 선생님은 지금 강원도 인제에 가 계신다고 하던데…."

"어제 이곳에 당도하셨습니다."

"그럼 이 댁에…?"

"아니올시다. 등 너머 우리 집안 재실 뒷방에 모셨습니다."

"그럼 해월 선생을 당장에라도 뵐 수가 있겠습니다그려."

"그건 안 될 것이옵니다. 재실 뒷방에 모신 것은 우리 집안이 자작일촌自作一村*하고 있는 터라 위험이 없기 때문이라고는 하나, 지금 그곳에 사람을 출입시킬 순 없습니다."

"혹시 밤중에라도 만나뵐 수 있지 않겠습니까? 천행의 기회인데 이 기회를 어찌 그냥 지나칠 수 있습니까. 부디 이형께서 주선의 수고를 다해주셨으면 고맙겠습니다."

이시화는 난색을 표했다. 박종태는 거듭 간청했다.

"한번 여쭈어보겠습니다만, 선생님께선 먼길을 걸으시어 피곤하시기도 할 테고, 게다가…."

"장황하게 폐가 되도록 하지는 않겠습니다. 선생님의 얼굴을 배알하는 것만으로도 족하옵니다."

"한번 여쭈어는 보겠습니다. 그러나 과히 믿지는 마십시오."

"선생님께서 마다하시는 걸 전들 어떻게 하겠습니까만, 꼭 제 소원이 이루어지도록 힘써주십시오."

이시화의 얼굴엔 괴로운 빛이 있었으나 애써보겠다고 약속했다.

---

* 한 집안끼리 하나의 마을을 이룸.

강직한 사람의 약속이니 믿을 수가 있었다. 종태는 아연 가슴이 두 근거리는 것을 느꼈다.

'여기서 해월 선생을 뵐 수 있게 되다니….'

하는 흥분이었다.

"그럼 선생님한테 갔다가 오겠습니다."

하고, 이시화는 일어서다가 말고 도로 앉아 다음과 같이 말했다.

"지금의 충청감사 심상훈沈相薰은 우리 동학에 대해 대단한 악의를 가지고 있는 자입니다. 게다가 또, 신임 단양군수 최희진崔喜鎭이 역시 그러한 자입니다. 그러니 선생님께서 이곳에 오셨다는 것을 알기만 하면 우리 일촌은 소가掃家될 판입니다. 이 점 명심하시고 거동하시길 각별히 당부하옵니다."

"제 걱정은 하지 마십시오."

박종태는 단호하게 말했다.

이시화가 나간 뒤 서 여인이 들어왔다.

박종태는 대강의 사유를 알리고,

"밤중에 내가 나가거든 곧 일어나 적당한 곳에 숨어 있도록 하시오. 집둥 같은 데라도 좋고, 그 밖에 사람의 눈에 띄지 않을 곳에 말이오. 임자가 남복한 여인이란 것을 눈치챈 자가 혹시 이 근처에 있을지도 몰라 하는 소리요."

하고 당부했다.

"걱정하지 마사이다."

하고 서 여인은 뜨락을 배회하는 동안에 적당한 피신처를 보아놓았다고 했다. 그러고 두 사람은 잠잠해져버렸는데, 종태는 언젠가

동학이 기왕 천주교도가 당한 것 같은 교난을 당할 날이 있을지
모른다는 생각에 잠겼다. 참으로 어이없는 일이었다.

착하게 살려고 애쓰는 자들을, 착하게 살려고 노력한다고 해서
박해의 구실로 삼는, 그런 경우에 어긋난 짓이 어떻게 있을 수 있
느냐 말이다. 닭은 닭의 소리로 울고, 소는 소의 소리로 울고, 지렁
이는 지렁이 소리로 울지 않느냐. 동물이 각기 성性에 따라 울거늘,
하물며 각각 얼굴이 다른 사람들이 각각 자기의 생각을 가질 것이
아닌가.

그 생각이 만일 패륜으로 통하고, 인도人道를 어긋나게 하는 것
이면 모르되, 착한 덕을 얻으려고 하는 방향일진대, 나라는 이를
권장해야 할 일이긴 해도 박해할 일은 아닌 것이다. 박종태가 이해
한 동학은 천도를 행하고자 하는 것이니, 비록 그것의 전례典例를
좇아 행할 수는 없다고 하더라도 그 지향하는 바가 순풍양속淳風
良俗을 일깨우는 데 있어서 큰 보람을 다할 수 있는 것이었다.

'도리가 멸한 나라가 부지될 수 있을까?'

박종태는 동학마저 박해하게 된다면 이 나라는 끝장이라고 생각
했다. 하물며 많은 인심을 모으고 있는 동학을 박해한다면 그만큼
인심을 이탈시키는 노릇이 아닌가. 굳이 인심을 이탈케 하려는 정
사가 하늘 아래 이 나라를 두고 어디에 있겠는가 말이다.

이런 생각이 저도 모르게 깊은 한숨이 되어 나왔다.

그 한숨 소리에 놀란 듯 서 여인이 고개를 들었다. 박종태는 눈
으로 서 여인을 쓰다듬었다. 그리고 손가락을 입에다 대고 입을 열
지 못하도록 혼자 중얼거리는 체했다.

"양심에 어긋남이 없는 생각을 가졌다고 해서, 양심에 어긋남이 없는 행동을 한다고 해서 벌을 주는 나라! 슬프고도 슬프구나!"

그러고는 수운 시 한 구절을 읊었다.

"불견천하문구주不見天下聞九州 공사남아심사유空使男兒心士遊."*

헛되게 남아의 마음을 흔들어놓은 정세! 박종태는 그 시와 자기의 마음이 어쩌면 이렇게도 일치되는가 싶었다.

이경二更이 가까웠을 무렵에 이시화가 데리러 왔다. 박종태는 그를 따라나섰다. 서 여인은 살며시 방문을 열고 나와 어디론지 몸을 감추었다.

인사를 드리자마자, 박종태는 해월 선생의 그 부드러운 눈빛에 감동했다. 종태는 아직껏 그처럼 부드럽고 맑은 눈빛을 보지 못했다. 슬픈 듯하면서도 슬프지 않고, 그 시선을 느낀 사람을 포근하게 안아주는 것 같고, 시들려는 풀이 물을 만난 것처럼 기운을 돋우어주는 해월 선생은 그 눈빛만으로써도 능히 천하의 인민을 감화시킬 수 있을 것으로 보였다.

"원행하시어 노독이 심하실 것으로 살피옵는데, 하찮은 천인에게 배알의 은혜를 베풀어주시오니 감지덕지하나이다."

종태가 머리를 조아리자, 해월 선생의 말은 의외에도 소탈했다.

---

* '천하를 보지 못하고 구주는 말로만 들었으니, 공연히 남아로 하여금 마음만 들뜨게 하네.'

"나는 원행엔 지치지 않소. 내 별호가 보따리요. 최보따리지. 매일 보따리를 메고 동가식서가숙하는 노릇에서 비롯된 이름이오."

그 꾸밈없는, 카랑카랑한 음성이 정다웠다. 부드러운 눈, 정다운 음성, 동학의 창창한 앞날을 약속하는 것으로서 그 이상의 증거가 있을 수 없다는 심정으로 박종태는 아뢰었다.

"소생, 선생님의 도에 입문하고자 불원천리 여기까지 왔사온데, 뜻하지 않게 선생님을 직접 뵙고 보니 뭐라 여쭐 말씀이 없소이다."

"입문하실 뜻을 가졌다니 반갑소. 그러나 나에게 입문한다는 생각은 버리시오. 나나 당신이나 똑같은 제자일 뿐이오. 우리에게 선생님은 천도이며, 그 천도를 체험하신 수운 선생님이 계실 뿐이오."

해월은 엄숙하게 말하고, 곧 가벼운 말투로 바꾸어 물었다.

"한성에서 오셨다고 들었소. 그리고 최천중 선생의 시하라고 들었는데, 최 선생은 요즘 어떠하오?"

"우리 선생을 어떻게 아시온지?"

"남군을 통해서 들은 적이 있소."

'남군'이라면, 이십 년도 전에 과천에서 만나 최천중에게 동학 교리의 대강을 설명한 사람이었다.

"그 남 선생은 지금 어디에 계시옵니까?"

"돌아가셨소."

"어떻게 돌아가셨사옵니까?"

"정명定命이었죠. 그 남군을 통해서 최천중 씨의 호탕한 기품을 알았소. 기필 교우敎友가 될 것이라고 임종하는 자리에서도 누누한 남군의 말이었소."

박종태는 그저 감격할 수밖에 없었다. 사생을 같이하기로 한 최천중 선생을 해월이 이해하고 있다 싶으니 형언할 수 없는 감동이 솟은 것이다.

"사실은 제 뜻도 있었사오나, 금번의 출향은 최천중 선생의 간곡한 권유에 힘입은 바 크옵니다."

"그 지리에서 입문해도 무방할 것을 이런 곳에까지 온 덴 무슨 이유가 있었겠지요?"

"그러하옵니다. 우리 최 선생께선 물심양면으로 동학을 도울 양으로 저를 심부름꾼으로 보내신 것이옵니다."

"고맙소. 그런데 박공의 가족은 어떻게 되어 있소?"

종태는 사실 그대로를 고했다.

해월은 잠깐 생각을 하더니 다음과 같이 말했다.

"불가피한 사정이 있는 것도 아닌데 가족과 떨어져 있다는 것은 사리에 어긋난 일이오. 우리 동학은 있는 그 자리에서 가족과 더불어 수修할 수 있고 행行할 수 있는 도道이오…."

해월의 말은 계속되었다.

"…보다도, 가족과 더불어 있어야만 충실할 수 있는 도라고 하는 것이 옳소. 불자는 출가하고, 도가道家는 입산入山하고, 유도儒道 또한 특이한 규구준승規矩準繩*을 가졌지만, 우리 동학은 그런 짓을 배리背理**라고 치오. 부夫는 부婦로 인해 사람의 도리를 다하

---

* 일상생활에서 지켜야 할 법도.
** 이치에 맞지 않음.

293

며, 자子는 어버이를 모시는 데서 도리를 다하는데, 출가 입산, 또는 가규家規에 어긋난 수행 방식이 어찌 인도人道를 행하는 데 마땅하리까. 내가 박공에게 이르노니, 빨리 한성으로 돌아가 가권과 더불어 동학을 행하도록 하시오."

어느덧 해월은 부드러운 말투를 버리고 엄한 말투가 되어 있었다. 이때 박종태가 직감한 것은, '해월이 외간 여자에게 혹해 있는 나의 현장을 꿰뚫어보고 있구나' 하는 두려움이었다.

아니나 다를까, 해월은 다음과 같이 말을 이었다.

"부부가 화합하는 것이 우리 도의 근본이오. 도를 행하고 있는가 아닌가의 여부를 따지는 기준이 바로 부부의 화불화和不和에 있다고 말할 수 있소. 부부가 화합하지 못하고서 어찌 타인과 화합할 수 있겠소. 그것은 자기 집의 불을 끄지 못하면서 남의 집의 불을 끄려고 서두르는 노릇이나 마찬가지로 어리석은 짓이오. 부인과 화합하지 못하면 하루 열 번, 스무 번씩 공물供物을 놓고 한울님께 빌어도 감응이 없을 것이오. 뿐만 아니라, 우리의 도는 자기 혼자만의 평정과 행복을 얻겠다는 자를 달갑게 생각하지 않소. 가족과 더불어 평정해야 하며 행복해야 하오. 그 가족이란 의식이 있어야만 사해동포四海同胞 천하일족天下一族의 신앙과 우의를 얻게 되오. 박공은 동학에 입교하기에 앞서 가족과의 화목을 먼저 이루어야겠소. 동학을 하기 위해 가족을 버린다는 것은 언어도단이오."

자기도 모르게 숙여진 얼굴을 박종태는 들 수가 없었다.

해월의 부드러운 말이 있었다.

"내 말이 지나쳤거든 용서하시오. 초면에 할 말은 아니었지만, 나는 박공의 인품이 주옥같기에, 그 주옥에 티가 섞이지 않도록 하기 위해 고언苦言을 하게 되었소. 그러나 박공에게도 할 말이 있을 터이니 해보도록 하시오."

박종태는 두려움을 느끼면서도 이시화에 대한 원망 비슷한 감정을 가졌다.

'서 여인의 정체를 전연 모르는 것처럼 꾸며 보이곤 해월 선생에게 고자질을 했구나.'

하는 감정이었다.

그 마음의 움직임을 알아차렸는지 해월이 웃으며 말했다.

"박공의 신상에 관해 한 내 말을 두고 박공은 이시화를 의심하는 모양인데, 이 사람으로부터 들은 얘기는 한성에서 박종태라고 하는 사람이 허집의 주선으로 자기 집에 와 나를 만나자고 한다는 것밖엔 없소. 공연히 이시화를 오해하진 마시오."

이시화는 뭐가 뭔지, 해월이 무슨 말을 하고 있는지 모르는 어색한 표정으로 해월과 박종태를 번갈아 보고 있었다. 그러고 보면 이시화의 고자질로써 해월이 박종태의 사정을 안 것이 아니라는 사실이 확실했다.

"선생님의 말씀 천만 지당하옵는데, 제가 무슨 할 말이 있겠습니까."

하고 박종태는 머리를 조아렸다.

"아니오. 나는 나의 견식을 말했을 뿐이오. 나는 박공의 사정을 듣고 싶소. 그리고 도움이 될 수 있으면 동지들의 힘을 빌리기로 할 터이니 기탄없이 말하시오."

이렇게 말하는 해월의 눈엔 아까완 다른 온유한 빛이 깃들였다.

"사실은 작지도 크지도 않은, 그러나 사람의 생명에 관계되는 인연이 생겼사옵니다."

박종태는 조용히 서 여인의 신상 관계를 설명하고 다음과 같이 덧붙였다.

"다행히 한성에 두고 온 가족은 돌봐주실 어른들과 친구가 많아 걱정하지 않아도 될 형편이옵니다. 그러하온즉, 소생은 불쌍한 서 여인이 삶의 보람을 느낄 수 있도록 보살펴줄 작정으로 있습니다. 지금 만일 소생이 그 여인을 돌보지 않으면 여인의 앞날이 어떻게 될지 심히 두렵사옵니다. 뿐만 아니라 정직하게 말해서, 소생의 마음도 심한 상처를 입을 것 같사옵니다. 소생의 이러한 사정을 감안하시고도 입문을 허하신다면 그런 다행이 없겠사옵니다. 그러나 소생을 위해서 동학의 기강을 어지럽히는 일이 있다면 안 될 줄 아오니, 가차 없으시길 바라옵니다."

해월은 심사숙고하더니 입을 열었다.

"만일 그와 같은 말을 박공 아닌 다른 사람이 했다면 방자한 언행이라고 치고 일고할 여지도 없겠지만, 박공의 말이고 보니 사람의 심금을 두드리는 바 있구려. 대저, 같은 말이라도 사람에 따라 뜻이 다르다는 것을 박공의 말을 통해 새삼스럽게 느꼈소. 공자가 강둑에 서서 물을 보며 '서자여사부逝者如斯夫'*라고 하였을 땐 철리哲理를 말하는 것이 되지만, 하찮은 인간이 강둑에 서서 그와 같

---

* '가는 것은 모두 이와 같은가.'

은 말을 했다면 거기 무슨 뜻이 있겠소. 범부의 푸념 섞인 한탄일 뿐 아니겠소. 마찬가지로, 박공이 이제 한 얘기는 유약한 자의 핑계가 아니고 깊은 정리情理가 숨 쉬고 있는 말이라고 하겠소. 나는 그렇게 보고 박공과 동지가 되고자 하니, 다시 때를 기다릴 것이 아니라 이 자리에서 동학의 정의**를 맺고자 하오. 이공은 나가 냉수 세 사발을 떠오도록 하시오."

"황공하오이다."

하고, 종태는 다시 한 번 머리를 조아렸다. 이윽고 바깥으로 나간 이시화가 냉수 세 그릇을 소반에 얹고 들어섰다.

해월은 그것을 받아 자기 앞에 놓더니,

"자, 이 물잔을 받으시오. 이것은 단순한 물이 아니라 천지의 정情이요, 만물의 근원이요, 수운 선생의 수水이오."

하며 박종태에게 내밀었다.

종태는 그것을 받아들었다.

"이것은 이공이…."

하고 다른 물그릇을 이시화에게 내밀었다. 이시화도 그것을 받아들었다.

해월은 마지막 남은 물그릇을 들어 눈높이에까지 가져가며 말했다.

"어시호於是乎***, 재천의 주상主上이여, 영계의 수운 선생이시여, 오늘 박종태라는 또 하나의 동지를 얻었사오이다."

** 情義: 따뜻한 마음과 의리.
*** 이리하여.

이어 해월 선생의 다음과 같은 말이 있었다.

"명命은 운運이 정하는 바이니, 천명을 사람이 어떻게 할 도리가 없고, 인명 역시 거역할 수 없다는 것은 자명한 이치요. 그러나 덕은 성誠을 다하고 경敬을 다하여 오도吾道를 행하면 인지소귀人之所歸는 덕지소재德之所在요, 도를 적자赤子처럼 소중히 지니고 대자대비 수련하여 성도하면 이일관지以一貫之할 것이오. 성誠은 심지주心之主이며, 사지체事之體, 수심행사修心行事해도 비성非誠이면 무성無成, 경敬은 도지주道之主이며 신지용身之用, 수도행신修道行身에 유경惟敬이면 성취되는 법이오. 외외는 인지소계人之所戒 천위신목天威神目이 임불무처臨不無處이오. 심心은 허령虛靈의 그릇, 화복지원禍福之原이며, 공사간公私間에 있어서의 득실지기得失之機라고 할 수 있소. 하나, 박공은 성경誠敬의 사람이니 내 무슨 말을 더 보탤 것이리오만, 오로지 두려워할 것이 있다면 박공의 정情이오. 박공의 지극한 성誠은 정에 있어서도 지성至誠일 것이니, 그 정에 흘러 스스로를 찾지 못할 경우가 있을지 모른다는 뜻에서 하는 말이오. 그러니까 인지대본人之大本을 잊지 말도록 하시오. 일지一指를 끊어 일체一體를 살릴 수 있는 기미가 있는 것이며, 읍참마속泣斬馬謖의 정황이 있을 수 있는 것이 인생이 아니겠소. 정은 깊되, 그 정에 휘말려 떠내려가는 일이 없도록 자계自戒하는 일만 돈독히 하면 박공은 지성의 인人으로서 빛을 발할 것이며, 오도吾道, 즉 동학을 위해서는 만 근의 기량이 되리다."

박종태는 황공할 뿐이었다.

"분부, 몽매간에도 잊지 않겠소이다."

해월 선생은 박종태의 손목을 잡고 한참을 무언으로 있더니,

"박공은 내일이라도 길을 떠나 소백산과 철탄산鐵呑山 사이의 계곡으로 들어가시오. 거기 영천榮川의 발원지가 있을 것이니, 그 근처에 가서 탄허呑虛 김용하 옹을 찾아 내 말을 전하고, 그의 지시에 따라 생계를 꾸려나가도록 하시오. 심심산곡이지만, 부지런히 일하면 살아갈 수 있을 것이고, 주경야독을 게을리하지 않으면 수심수도에도 불편이 없을 것이오. 때가 오면 다시 만날 날이 있으련만, 험한 세상이라 기약할 순 없구려. 그럼 빨리 침소로 돌아가시오. 나는 계명鷄鳴을 기다려 이곳을 떠나야 하오."

"이곳을 떠나시면 어디로 가시나이까?"

"보은으로 갈 작정이오만, 그곳에 오래 머물러 있을 순 없을 것이외다. 오죽해서 보따리라는 별명이 생겼겠소이까?"

일순, 방안에 비감이 감돌았다. 회자정리會者定離는 인생에 있어서 법칙과 같은 것이지만, 이처럼 수유須臾 간의 만남으로 이별해야 하는 운명은 슬펐다.

박종태는 살아 있는 동안엔 그 밤을 잊지 못할 것이다. 하물며 그 이별은 영이별이었고, 박종태가 다시 보게 된 것은 시체가 된 해월이었으니 말이다.

〈9권으로 이어집니다〉